Of

Hideo Furukawa

講談社

目次

山形県
宮城県
仙台
岩沼
阿武隈大堰
槻木
逢隈
亘理
阿武隈川
鳥の海
丸森
越河
あぶくま
阿武隈急行線
坂元
新地
釣師浜
新地発電所
太平洋
相馬
福島
小国
4
鹿島
原町火力発電所
原ノ町
6
二本松
小高
福島水素エネルギー研究フィールド（FH2R）
本宮
浪江
請戸港
猪苗代湖
国道4号線
双葉
中間貯蔵施設区域
福島第一原子力発電所（イチエフ）
大野
郡山
夜ノ森
富岡
富岡港
福島県
福島第二原子力発電所（ニエフ）
須賀川
木戸川
藤沼湖
Jヴィレッジ
JR東北本線
広野火力発電所
矢吹
葉ノ木平
JR常磐線
久ノ浜
白河
四倉港
いわき
国道6号線
小名浜港
植田
栃木県
勿来発電所
勿来
茨城県
0
20km

ゼロエフ

母に

福島のちいさな森

二〇一九年十二月十五日に母の遺骨を墓に納めた。この日が四十九日の法要で、骨壺は私が抱えて持ち、法要会場である実家から墓地（古川家の墓がある）まで運んだ。ほんの五百メートルほどの距離だった。その墓地は集落の裏手にある。車に乗り込んだ参列者が大半だったのだが、私と、私の妻、義姉《あね》、それから甥っ子の一人は徒歩だった。義姉が先導した。集落をどのように迂回するか、にはルールがあって、義姉は「日出男くん、これは葬式回りなのよ」と言った。私たち四人は他界《あのよ》のルールに拠《よ》って、日常とは逆に回っている、ということだ。実際には私たち四人と、それから母の骨（一人ぶん）だったが。

古川家の墓の敷地の内外で、いろいろと所作があり、私はまだ精神的に混乱していたので、誰に何をどうしたのだったか、あまり憶えていない。日本酒はどのタイミングでふるまわれたのか？　はっきりと目に焼きついているのは、墓石がその台座から動かされて、地中に、納骨のスペースが現われたこと。そこに祖母の骨があったこと。その遺骨は一九九九年の暮れに納められたのだし、その時にも私が骨壺を運ぶ担当だったこと。そして、祖母以前には土葬の習慣があっただけだから（つまり私の肉親たちは茶毘《だび》に付されていない）、納骨室には祖母しかいないのだとの事実。祖母の骨は二十世紀の骨だ、と私は思った。旧い骨だな、と私は観察した。懐かしいな婆《ばば》ちゃん、とも考えていた。そこに新しい骨が注がれた。母の――二十一世紀の――遺骨はまさに「注がれる」との勢いで地中の納骨室に入った。あっという間《ま》だった。しかし私の網膜を射た。

納骨を終わらせて、また義姉たちと戻る。今度は集落の中心を真一文字に通り抜ける道を採ったが、その前に墓地内を突っ切る。義姉が「見て」と言った。私は見た。義姉は、「この辺りのお墓はどれも新しいんだよね。どの家《うち》のも」と言った。私は、解説されながら、それらが言わばぴかぴかであることを確認していった。鏡面のような真新しさ（墓石の）、整備された墓域（各家ごとの）、ある種の清潔感。私は、なるほどなと了解した。私は、ああそういうことだよなと納得していた。語る必要はないと言えばないのだが、八年と九ヵ月前に、おおきな、おおきな地震があった。それはこの墓地の墓標《はかじるし》の類いを多数倒壊させた。語る必要があるかもしれないとも判断するのは、その応急の修復措置に市販の瞬間接着剤が使われる等したことで、つまり墓標は「つなげられ」て「建て直され」た。まあ、これは私の地元だけに限られる事例かもしれないが。しかし、そうまでして「家《うち》の墓をどうにかしたい」と考える人たちの存在、を私は爾後《じご》ずっと考えつづけている、とは言える。

帰路の果てに実家が見える。最初に視界に入るのは現在は使用されていない作業場で（築四十年となる「新しい」作業場が別な箇所にある）、そのかたわらにはビニールハウス群。作業場の背後にあるのも同種の蒲鉾《かまぼこ》形のハウスだ。幾棟も連なっている。私の生家はシイタケ生産業者である。しかも三百六十五日の周年栽培を行なう。専業生産者である。しかも父、兄と二代続いている。私は、その「古い」作業場を目にすると、瞬時に幼少期のあれこれを想い起こす。かつて、その屋内《なか》には乾燥シイタケを作るための乾燥機が複数台あり、それらは夜中も稼働していた。作業場の庇《ひさし》の下には導入直後の——導入とは大枚をはたいての購入を指す。その直後の——自動包装機が置かれた。そこでパック詰め（トレー出荷用）のための作業が夜の八時、九時、いや十時まで行なわれていた。私は小学三年生だった。その、ベルトコンベア式の包装機による作業を手伝っていて、不器用でちいさな指をベルトの末端に嚙まれた。エスカレーターのお終いの、あの床面との接続部分に一本の指が呑み込まれる（吸い込まれ／巻き込まれる、そして潰される）等の情景をイメージしてもらえればよい。しかし際どいところでマシンを兄が停めた。それからコンベアを逆回転させた。おかげで私の左手の親指は、いまも、まだ付いている。

このように記述しながら、けれども私は私の記憶を疑う。本当に小三だったろうか？　四年生か、あるいは五年生の時ではなかったか？　小三当時あの「古い」作業場の庇の下で行なわれていたのは、シイタケの乾燥のための前作業《プレ》であって（金網の台にシイタケを敷き詰める、ということをする）、自動包装機の導入はもっと後だ、とも感じる。私がこのようにいったん自分の記憶を疑ってかかる理由《わけ》は、私は父から「三十の時に、おれはシイタケ生産を始めた」と聞かされつづけていたからで、するとそれは一九六六年か六七年、私の生まれる直前かゼロ歳児の頃だと計算していたのだけれども、兄が「もっと前だと思う。その二年か三年前だよ」と今回証言したからだった。そして、考えてみればシイタケは菌を植えてから発生まで二年かかる。その当時の原木栽培《げんぼく》ではそうだったはずで、もしかしたら発生し、収穫し、販売したのが父、三十歳の時点だったのかもしれない。記憶はデータではない。意図的な嘘はつかないが、当てにはならない。

いずれにしても私はシイタケ生産業者の家に生まれた。

そして、生まれた時には、原木・菌糸・森に囲まれていた。

専門的なことを言えば、シイタケは「特用林産物」である。農産物ではない。そのようには分類されないので、私には自分が「林業の家の子だ」との自覚があった。タケノコもコシアブラもフキノトウも蕨《わらび》も、栗もクルミも林産物であって、シイタケもそうであって、だから私は、林産――木から・林から・森から産まれる物、に養われる子、と自らを規定した。いまもそうである。福島を十八の齢《とし》で出てからも、福島が被災県となった二〇一一年三月十一日以降も、そうである。

私の生地は福島県郡山市で、公表された震度は六弱、福島県内には六強を観測した市町村が十一ヵ所もあるのだが、しかし民家の全半壊の数では郡山市が頭抜《ずぬ》けた。二千七百三十二棟を数える。この数字は二〇一一年五月六日付の毎日新聞に記載されていて、私は、記事があまりに興味深いので保管している。〈東日本大震災で、10万年前に福島県中部の内陸にあったとされる古代の湖『郡山湖』の内側で、特に家屋倒壊などの被害が大きかったことが、同県玉川村出身で東大大学院生の小林達也さん（23）＝地理学専攻＝の調査で分かった〉とある。この〝郡山湖〟は〈約2万3000年前までに大部分は泥で埋まったとみられるが、一部はその後、沼地になっていた〉ともある。地盤が基本的には堅いと考えられている台地で、福島県内最大の家屋倒壊が記録された。震災（というよりも原発事故）後は、たとえばプルトニウム239

の半減期は約二万四千年だの、ウラン238のそれは約四十五億年であるだの、まさに桁違いの数字を次々と突きつけられたが、私は、生地に関しても同様の数字——時間《とき》の数字——を見せられた。そして、その「10万年」は、震災後に初めて帰省した際、私に「これは酷《ひど》い。これは、これは酷い」と声を上げさせている。市当局が、実家（の家屋）を半壊と認定した。玄関はある、が、一歩屋内《なか》に足を踏み入れると、広間の四面の壁のうちの二面がない。あるのは多数の、剝き出しの柱、梁《はり》、それから陥没した床板。この日、帰省する私を出迎えたのは母と義姉で、母は、前述したようにいまは亡い。この時の義姉の言葉はかなり強烈に心に残っていて、「玄関そのものが崩れたら『全壊』扱いになって、補償がいっぱい出たかもしれないんだけど」だった。

後日談を記せば、半壊認定は取り消されて（家屋全体の面積と被害部分の比率が再計算された、らしい）、補償はなかった。また、現在は玄関から内側はきれいに改装もされた。

無惨に壊れている、という光景は、もはや私が努めて想い起こそうとする局面にしか存在しない。

ここ数年、何度も何度も、いろいろな人たちから同じ質問をぶつけられる。「あの震災の後に、これで日本は変わるのだと思っていました。たとえば（日本の首都の、そして東京電力福島第一原子力発電所の供給する電気を消費していた）東京も変わるのだと思っていました。けれども変わらなかった。日本の社会は、日本人は何ひとつ変わりませんでした。なぜなんです、古川さん？」

私にわかるわけがない。

あるいは私は、わざと、忘れるのは人間の性《さが》だから等と答えたりもする。

目下こうして文章を書いているのだから、ここでは作家の性として、私は努めて正確にならんとしてみたい。そのような回答を試みたい。二つ、簡潔明瞭に答えうる。第一に、日本（日本人）には持久力がなかった。思考するための持久力が、だ。第二に、メディアには責任がある。大衆《マス》のメディアが大衆《マス》の欲望に応えすぎた。大衆《マス》の心性とは、天国は退屈で、地獄とは刺激的だ、と判断する類いのものである。私の心も同種の傾きを有する。これを「天国＝復興」そして「地獄＝復興しない被災地、被災県」と置き換えれば、事態はすっきり見通せる。復興報道は、たしかに多少は行なわれた、しかし紋切り型だった。なぜならば、退屈なのが天国だから。そして、被災地、被災県にさらなる悲劇が萌《きざ》せば、それは価値のあるニュースになる。なぜならば、「さらなる悲劇が起こりそうだぞ」と感じとるや人（大衆《マス》）はぞくぞくするから。そしてここから生じる問題も二つで、その一、ある程度の刺激はたしかに関心を喚《よ》ぶ、が、それが〝恐怖〟の域に達するや、人（大衆《マス》）は思考を停止する。

思考は——おおむね——日常に根ざす。

日常とは持続である。

価値あるニュースとは非日常の顕現であって、すなわち反対の極に位置している。また、持続、は持久力とほぼ等号で結ばれもする。どうして思考が絶えたか？　その要因は、もう解かれた。

しかし、あとひと言は足す。

「徹底した〝恐怖〟は忘却の駆動力となった」と。

私は、だとしたら〝恐怖〟がそこまで徹底的ではない、との解説＝ニュースが要るのだ、と続けることもできるが、それが大衆《マス》の求めるところでないのならば（私は「ないのだ」と断じうる）、大衆《マス》のメディアはその種の報道は原理的に為しえない。しかし、何者かは試みるだろう。そのような報道人はいるだろう。いわば努めて挑むメディア関係者が。私はこれは疑わない。しかし、それでも私は、そこ（に一義的に関わること）が私の役割だ、とは思わない。勘違いしない。いずれは、そちら側に動き出すとしても、私はどのみち作家なのだ。作家であること、これが私の第一義だ。すると、この作家という人種は、こんなふうに言う。思わず——私にも思いがけないことに——こんなふうに語り出す。「悲劇が強調されて、悲劇に価値があると認識されて、悲劇が欲望されたがゆえに切り捨てられたのならば、おれも悲劇《それ》をやってやろうか？」と。

私は結局、そのような敗北必至の闘いを挑む。

性《さが》なのだ。

アルベール・カミュに『悲劇《トラジェディ》の未来について』と題された講演がある。一九五五年の四月、ギリシャのアテネで行なわれた。このなかで、カミュは定義する、悲劇は対立する二つの勢力を要するのだ、と。この二つがそれぞれに正当さを有して、それぞれに理論武装しているのだ。なるほど。まるで原発推進派と反原発派の対立の構図だ。そしてカミュは、ひと言でまとめれば「悲劇とは、全員が正当化できるが、しかし誰も正当ではないもの」だとする。なるほど、なるほど。私はカミュを尊敬しているが（小説家として演劇人として、人として）、ここまでの言葉を遺《のこ》していたことにただただ圧倒される。

しかし、この言葉には圧倒されすぎるので、あえてカミュの立ち位置にはないものの引用から入る。

端野《はの》洋子は福島県白河市在住の漫画家である。私は、面識はない。だから、この人が私と同じ福島県の中通り（県中部の地域）の南部の、西郷《にしごう》村というところの、シイタケ生産業者の家に生まれ育った、と知って驚いたし、シイタケ生産業者の息子を主人公にした漫画を発表した、と知って驚いた。『はじまりのはる』の第二巻「チェーンソー・ラプソディー」というのがそうだ。その、六ページから七ページにかけての見開きの台詞（及び戯曲でいうところのト書き）を、以下まるまる引く。一人の男子高校生が自転車に乗っていて、携帯電話で友人と会話している。友人というのは、酪農家の跡継ぎである。つまり牛屋だ。そして主人公は、同種の物言いをするならば、茸《きのこ》屋である。

2011年4月4日

研一（＝主人公）　うん／今ずっと／出荷停止
4月10日から／集荷再開らしい

玄太（＝友人）　えー／大丈夫かー／研一

研一　あー
お前こそ／大丈夫かよ／玄太
毎日　牛乳／捨ててん／だべ？
80㎞あっても／飛んで／きちまったもんな

玄太　やっぱ／しいたけも／厳しい？

研一　うん／春物の露地（※露地栽培の椎茸《しいたけ》）／ダメだ

玄太　え／あの一番／旨いの

研一　外だもん／もろ被《かぶ》ったわ／放射性物質
ソ連の事故でも／短期的には／牛乳汚染
長期的には／菌類が／問題だっつうし
まぁ／ある意味
俺達が／主役だ

二人は十七歳または十八歳である。私はこの漫画に触れて、全身に鳥肌を立てた。と、告白する。

私が兄に聞き取りをしなければならないと考え出したのは、いつのことだったか、思い出せない。しかし「取材というものをするのだ」と心を固めたのは、手帳によれば母の死のおよそ一ヵ月半前である。その時点では私はそれ——とは母の死だ——が翌《あく》る月にあるとは知らない。知るのは、これも手帳によれば九日後のことである。ここで母について記せば、この数年はずっと施設に入っていた。全身が衰弱して、いわゆる「寝たきり」の状態だった。この衰弱のきっかけは鬱病の発症である。そしてある段階から食事が摂《と》れない状態になった。それで胃《い》瘻《ろう》の造設を行なった。が、さきほど記述した九日後というその日に、兄から、体内に胃瘻で送り込んでいる養分《もの》ですら嘔吐することが続いている、つまり胃瘻をやめる決断をするしかない、しかし、施設の方針として延命処置はしない（これに関しては入所の際に同意した）、日出男はどう思うか、どう判断するか、と電話があった。

　私は判断したし、私以外のきょうだいも、判断した。私たちは三きょうだいで、兄と私のあいだに姉がいる。姉夫婦の家では米と苺《いちご》を生産している。専業農家である。

　説明されたのは、胃瘻での栄養の供給を停めれば、平均して一週間から十日後には死に至るだろうとの予測で、そこからの日々はとても緊迫していた。当然のことだけれども。そのデッドラインの前に、いったん見舞った。兄に、「兄貴に取材をしたいんだよ。落ち着いてからでいいんだけれど。もちろん」と言ったのは、この機会にだった。私はとても奇妙な心理状態だった、と記憶している。あるいは極度に冷静だったのかもしれない。記憶は当てにならない。

母はじつに身罷《みまか》るまでに二十五日も粘った。

東京で待機する私（と私の妻）には、それは異様な時間だった。余談だが、母の死の翌日、妻の父親が脳梗塞に倒れた。いっさいが翻弄される状況だった。私たちから見れば、母の死は延びていた。が、当人からはそのような延長は認識されない。認識されえない。彼女はただ懸命に生きていた。そして、その、前方に延びる死、というものが、私に、前方に延ばされた生、というものを連想させなかったと言えば嘘になる。が、延びる誕生、あるいは、誕生の猶予、が何を意味するかは私はまだ語れていない。少しも説明できていない。

私が、兄に取材すること、あるいは「肉親を取材すること」とも言い換えてよいのだが、それを敬遠しつづけていたのは単純に恐怖があったからなのだと言える。私の側に、だ。私の内側、私の内奥にだ。「そんなことをしたら私は私自身を真剣に見据えなければならない、ことになるではないか」と考えていた。「そうしたら、私はそれを書かざるをえないではないか」と理解していたからだ。繰り返す。作家には作家の性《さが》がある。ゆえに避けた。私はもちろん、シイタケ生産業者が東日本大震災後にどのような苦境に陥《お》ちているかとか、それ以外の農家がどんな困難に直面したかとか、ちゃんと認識していた。ちゃんと皮膚《はだ》で感じていた。にもかかわらず、代弁できない。

それはできない。

ここでもシンプルなことを言う。簡潔明瞭にまずはここで、こう言ってみる。もしも東日本大震災後に「故郷の福島県を応援するのだ」と声を上げるのだとしたら、前提として、私は「福島が好きだった」と言わなければならない。そして私は、応援するのだと声を上げた、実際に。その途端、自分の内面に関しては箝口令《かんこうれい》が布《し》かれた。

いま私は、極めて論理的だな、おれは――と考える。

おれは、論理的だったな――とその意識を過去形に変容させる。

目下こうして文章を前へ前へと書き進めながら、私に予測できる物事は、おれはじきに慎みをうしなうだろう、と、それだけだ。実兄に取材したら、確実にそうなる。福島のシイタケ生産業者である自分の兄を語りたい、と望んだら、自分を語らなければならない、との衝動に確実にやられる。それを「しょうがねえべ。んだべ?」と受け止める。

しかし、その前に、こうした記憶を描出するのはどうだろう? こうした記憶の、こうした情景は? 私の母親はフォークリフトの運転免許を持っていた。私の実家の裏手には浸水槽があって、それは数百本あるいは千数百本のホダ木《ぎ》(シイタケの菌糸を植えた原木)を沈めるための設備なのだけれども、その「沈める」のにフォークリフトが要った、わけだ。母は、それを本当に上手に操作した。母は、私の幼少期は朝四時台に起き、夜は十一時過ぎまで働いた。そういう女《ひと》だったし、そういう家業だった。ほとんどが肉体労働なのにそうだった。私は、この母親を稀有だと思う。つまりそれは敬意であるし、愛だ。

その感情を私が見誤ることはない。

私が生まれた時、兄は八歳だった。三ヵ月後には九歳になる。小学三年生だった、はずだ。私が生まれた時、周囲には菌糸の匂いがたち籠《こ》めて森に腐葉土があったのだけれども、兄の場合にはそうではない。兄、古川邦一の小一の時にわが家はシイタケ生産を家業とした。その時点では家業ではないのだが。未《いま》だ賭け（家業となりうるかもしれないという）、なのだが。千二百本の原木が購入されて、植菌された。これの発生が二年後だった。ちなみに植菌が行なわれるのは春（三月～四月）で、シイタケ生産の事業が拡大すると、春とは、ひと月にわたる「植菌の期間」となる。大量の本数の原木に、臨時雇いを含めた大量の人間が、植菌《それ》をする。

原木とは何かを解説すれば、それは一メートルには満たない、約九十センチの丸太だ。これに電気ドリルで穴を空ける。そこに種駒《たねこま》というのを金槌で打ち込む。やがて原木の内部に菌糸が繁殖して、前述したホダ木に——立派なホダ木に——なる。

私の生家は三百六十五日の周年栽培を行なうシイタケ生産業者だ、ともう説明した。兄が小一の春（とは小二になる直前の春）に初めての植菌が試みられて、二年後、シイタケは発生して、つまり〝周年栽培〟が可能となったのはこれ以降である。つまり私は、生まれている。

農家、という言葉は、たとえば農繁期と農閑期を持ち、兼業も可で、だから出稼ぎ——季節労働——の必要が生じる等と理解されがちだが、うちはそうではなかった。そして、それはつまり凄絶な環境だった。三百六十五日、正確には四年に一度は三百六十六日、休めない。

その家業を、兄、邦一が継いだのは一九七六年のことである。高校を卒業した春であって、邦一は十八歳であって、私は九歳である。ちなみに姉は、十五歳である。私たち三きょうだいは、上から三歳、六歳、と齢《とし》が離れる。

　私は、兄、邦一をいつも「おおきい」と思っていた。背《せい》が高い、弟の私よりも。当然だ。私の父親は二歳の時の小児麻痺の発症で、片足に障《さわ》りを持つ。障害者手帳も持つ。だから私は背負われたことがない。兄は、私を背負った。おんぶをした。ぐるぐると回して、遊びもした。それが兄を「おおきい」と感じさせた理由だ。私が十五歳となって、それは中学三年生の三月だったのだけれども、兄に初めての子供ができた。女児、つまり私の姪だ。姪なのだけれども、私は年齢の離れた妹なのだと感じた。そして、その子を負《お》ぶり（「負ぶる」とは方言だろうか？）、たとえば哺乳をし（もちろん哺乳瓶でだ。湯を沸かし、粉ミルクを溶いた）、おしめも替えた。私が、姪を「妹だ」と感じていたということは、兄を父だと思っていた、に通ずる。

　しかし私のことは、意識してひとまず封ずる。邦一だ。

　これは二〇二〇年一月の取材である。母のあの四十九日の法要から、四十二日が経っている。

「菌床《きんしょう》栽培には百パーセント切り替えていた。東日本大震災の前年に？　そうじゃない。もっと前だ。二〇〇〇年から、菌床シイタケの生産というのに挑んだ。原木栽培と並行して。初めは原木シイタケが半分、菌床シイタケが半分の比率だったよ。どうして『菌床をやる』と決めたかは、順序を追って話す。いずれにしても、その百パーセントの菌床への切り替えがなかったら、どうにもならなかった。なにしろ、切り替えていてもどうにもならなかった」と邦一は言った。

兄、邦一は、廃業をまぬかれた理由を語った。

私は誤解していて、実家は、二〇一〇年に菌床を専《もっぱ》らにするようになったのだと思っていた。そうではなかった。紆余曲折、というよりも外的要因に強いられる試行錯誤があって、もっと早い段階で〝菌床シイタケのみ〟に転換していた。私が実家を出たのは一九八五年の三月――植菌の期間、ホダ木作りの時季――のことだから、私は菌床栽培のことを何ひとつ知らない。いろはも知らない。が、山林にホダ木を並べて組み(専門的には「本伏《ほんぶ》せをする」と言う)、収穫も、そこ、すなわち露地でやるということはないのだとは理解している。菌床シイタケはハウス物だ。

これが死活の境《さか》いとなった。

事態は深刻だった、とここに改めて記す。周知のように、福島第一原子力発電所の原子炉建屋の水素爆発(二〇一一年三月十二日。十四日、十五日にも)以降、茸類は「危険な食材」視された。これは、福島の茸類は「危険な食材」視された――と言い換えたほうが実態に適《かな》う。セシウム等の放射性物質を吸収しやすい農林水産物は何か、との情報は、あの頃ただちに共有された。林産物であれば、多種類の茸、そして山菜である。私の実感では、ひと言でいえばシイタケは恐れられていた――だから売れなかった、価格は下落した。そうした現実は東京にいても感じた。なにしろ産地忌避が起きているので、そもそも、スーパーの売り場に福島県産品がない。

それに、露地栽培のシイタケであれば出荷停止がある。

二〇一一年四月十日に、まず、厚生労働省が「福島県飯舘村《いいたて》のシイタケから暫定規制値を超える放射性セシウムを検出」と発表したのだった。そしてその三日後に福島県内の五市八町三村で採れた露地栽培シイタケが出荷停止、と相なる。飯舘村の露地栽培シイタケは摂取制限。四月二十五日、さらに一市の露地栽培シイタケの出荷停止と、一市の出荷制限が解除。が、いずれにしても――いずれにしても相当なことになる。

菌床栽培シイタケは出荷可で、だが、問題はあった。

菌床のいろはも知らない私は、この取材前後に学んだのだが、菌床は〝玉〟と呼ばれるものを人工の原木（のちホダ木）とする。これは広葉樹のオガ屑《くず》に栄養源を混ぜ、固めた培地であって、すなわちオガ屑が必要とされる。邦一はどこからオガ屑を調達していたのか？　原町《はらまち》だった。南相馬市原町区、しかし二〇〇五年まではここは独立市町村の原町市でもあった。

工場は、阿武隈《あぶくま》山地の東麓にあったのだろう、と想像する。

その場合、隣接するのは飯舘村である。

「そのままだったら汚染されたオガ屑を使うことになる、はずだった。線量の高い地域のやつを。けれども、うちは調達先を嘘みたいな、いい、いい、タイミングで替えていた。ちょうど三月に――二〇一一年の三月に、宮城県の丸森《まるもり》町のに切り替えていた。幸いだった、と思った。県内（福島県内）のオガ屑じゃないから大丈夫だ、これで菌床栽培でいける、このままいけると思って、すると、出たんだよ」

「出た？」と私。

「放射能が」

　そうか、としか私は言えない。丸森町は宮城県最南部に位置して、阿武隈川の下流域にある。この取材の三ヵ月前に、台風十九号で甚大な被害を受けた。あそこか、と私は思ったのだった。あそこは、福島県と接していて、原発事故の直後、放射性雲は（福島第一原子力発電所の）北西方向に飛んで、そして、丸森町はその北西方向だ。

「これで、オガ屑は調達できない、ということになった。すでに仕込みを終えている、これより前の〝玉〟はあるから、シイタケは出る。シイタケの収穫はできる。シイタケの出荷もできる。売れない。もちろんセシウムなんかは不検出で、なのに、どうにも売れない。そして、次の仕込みができない。秋になって――」

　それは二〇一一年の秋を指す。

「やっと、山形の、オガ屑を買える算段がついた。ただしナメコ用のオガ屑だった。違うんだよ。ちょっと違うし、うん、決定的に違う。これも大変だった。つまり、販売、仕込み、それがダブルでどうにもならなかったのがあの年だよ」

　私は、邦一から無理に言葉を引き出してはならないと考えて、やはり「そうか」と言い、唸る。それから、背中を少し伸ばして、「そうかあ」と――同じ語の、その語尾も伸ばして――繰り返す。

　すると兄は「年末に賠償金が入ったんだ。それで、何かは、どうにか」と語り、いったん二〇一一年の困難に関する話を締めた。

そこから私たちは、兄、邦一が青年であり、私が九つ下の子供である時間まで戻ることになる。

こんなことは誰も知らないのだろうが、福島県はその県土の七十一パーセントが森林である。全国四位の森林面積を誇る。

こんなことは誰も知らないのだろうが、二〇一〇年の福島県の木材生産量は全国七位、また、茸類を栽培するための原木の自県外への供給量は一位、だった。

こんなことは誰も知らないのだろうが、生シイタケの生産量も同年、全国七位、だった。

こんなことは私と兄ばかりが知るのだろうが、ホダ木の、〝本伏せ〟を行なうためのちいさな森に入ると（そういう〝ホダ場〟の森は複数用意されていた）、栗鼠《りす》がいた、小綬鶏《こじゅけい》がいた、雉子《きじ》がいた。

こんなことは私ばかりが憶えているのだろうが、原木栽培のための〝種駒〟の、その菌糸の感触、その弾力、その匂い、が私は好きだった。私は、自分自身をそういう菌糸の仲間なのだと感じた。それから原木の断面、その年輪。自宅の作業場の前に、春――例の「植菌の期間」――積まれている一万本超の原木もまた、森だった。私のちいさな森だった。私はその人工の森に、身を隠したことすらある。詳細は語れない。

私は、しかし、家業そのものは（それを手伝うことは）きつかった。

兄、古川邦一は一九七六年に家業を継いだのだった。十八歳だった。シイタケを栽培することに惹かれていたからそうしたのか？「いや」と邦一は否《いな》む。そもそも、この家業はきつかったと否む。私はもちろん何を言われているかはわかる。わが家で、子供は〝労働力〟だった。それはきつ
いことなのだ。日曜日が憂鬱だったと邦一は語る。当時、学校は土曜日まであった。週五日制ではなかった。「日曜日が憂鬱」とは、休日には肉体労働が待つ、の意味である。

いわんや長期休暇をや。

が、その家業を継いだ。シイタケ生産の事業規模が拡大し、「これならば安定した暮らしが将来的にも営める」と父が判断し、命じたからである。この時、邦一には逃げ場がなかった。弟の私、日出男にはあったが、しかし九歳の私はまだ模索している。

たしかに暮らしは上り調子だった。一九七九年、新しい家屋《いえ》は建つ（それは二〇一一年三月十一日に玄関の広間などを半壊させる）。

一九八〇年代の半ばから風向きが変わる。

中国産の乾燥シイタケというのが日本のマーケットに流通しはじめる。

そこで乾燥シイタケの生産をやめる。割に合わない、と。生シイタケ専業となるが、収入面では、これはきついことだった。

一九九二年、まだ父は健在だが、家の「財布」というのが兄、邦一に渡される。

翌一九九三年、中国産の生シイタケが日本の市場に入り出す。

悪《あ》しき予感。

一九九七年、中国産のその生シイタケの流通量が激増する。邦一は「どーんと来た」と形容した。

ここで国産の生シイタケは暴落した。

さらに一九九九年、二〇〇〇年と中国産はその流通量を増やしつづけて、赤字は膨れあがる、借金が嵩《かさ》む。

「だから菌床にした」と邦一は言う。兄は言う。

原木栽培からの転換だ。初めは半々の比率で、それからまた〝玉〟も、シイタケ菌の接種がすでに完了しているものを購入していた。「生産コストを下げて、発生回数を上げるために、菌床栽培に挑みだしたんだ。初めは購入玉で、それから研究して、五年後の春からは自分で仕込むようになった。〝玉〟に」

二〇〇五年のことだ。

それよりも前に、二〇〇一年、セーフガードが発動されていた。緊急輸入制限――特定商品の輸入の急増から国内の生産者を守る措置。生シイタケと葱《ねぎ》、畳表《たたみおもて》の三品目が保護されたのだった。

この二〇〇五年と、それに先立った二〇〇一年と。あいだにはデフレ（値崩れ）の進行と。それでも持ち直した。「軌道に乗ったか？」と邦一は考える。

二〇〇八年九月、世界規模の金融危機、いわゆるリーマンショックが生じる。またもや手痛い打撃。

それを乗り切る。

二〇一一年三月が来る。

その時に兄が何歳だったのだろうか、と計算したら、いま現在の私と同じ齢《とし》だった。五十三歳。

母の通夜のことを話す。

兄、邦一と、私、日出男の（そして姉の――姉には取材をしていないから名前は出さない）母の、その通夜の席上での出来事。私は、参列者に酒を注いで回った。テーブルごとに。母方の親族のテーブルまで進んだ。私の実家は、父系の威勢ばかりがいい。だから、じつは、私はあまり母方の親戚に馴染みがない。いとこが、私に言った。「日出男くん、知ってる？」

――知ってる話だろうか？

「日出男くんのお母さんが、日出男くんを妊娠したんだと知った時にね」

――知っている話だろうか？

「うちのお父さんに、相談に来たの。『お兄さん、産んでもいいのか。シイタケ屋は忙しい。子供の世話はできない』。でもできてしまった。産んでもいいのか？』って。すると、父は『産んだほうがいい』と言った。知っていた？」

知っていた。

伯父にそんなふうに助けられたとは知らなかった。

初めて聞いた。が、知っていた。

三十二歳か三歳の時だったと思う。記憶は当てにならないのだが。私は、母の運転する車に妻とともに乗っていて、その時に初めて告白されたのだった。堕《お》ろすつもりだった、と。育てるのは無理だから、そうする気持ちでいた、と。私が聞いたのは、「婆《ばば》ちゃんが、『自分が面倒を見る』と言ったから、産んだ」だった。私は結局、祖母と伯父との言葉によって、ある種の〝猶予〟ののちに誕生した、のだと思う。

私が知っていたことを、姉は（その同じテーブルに、その同じ供応《ふるまい》の場に姉はいたのだけれども）知らなかった。兄は、いまも知らないのかもしれない。この文章に触れて、初めて知るのかもしれない。


私は不器用で、肉体労働には不向きで、すなわち〝労働力〟には不適な子で、失敗ばかりをした。怪我ばかりをした。

中一の春季休暇（明ければ中二となる）に、植菌作業のさなか、金槌で自分の手指を強打した。左手の人さし指だった。そして――植菌作業という――戦線を離脱する。

あるいは中二の夏。私は、山林までホダ木を運搬する。三輪自動車を運転するのだが（林内作業車で「デルピス号」という）、その〝ホダ場〟の山林で、ちいさな森で、私はこのデルピス号を暴走させてしまい、立木に激突する。ブレーキをかけられなかったのだ、恐慌《パニック》に陥っていたのだ。左胸を強打する。私は当然叱責される。父親から叱責される。父の叱り方は独特で、なにしろ彼には障害者のプライドがある、だから健常者が自分のできることをできない（務めを果たせない）ということは怠惰にしか映らない。私には反論ができない。

私は家業において戦力にならない。

不器用だ、と言われるたび、言葉は呪縛となる。

たとえば、こう書いてもいい。私は蓄膿症を患った子供で、その家の隅のほうで、いつも鼻水を垂らし、就学するまでは「頭が悪いんだと思っていた」とも伯母に証言されて、というのも私が多動で、物事を自分なりに考えすぎていたからで、……他には？　他には、私は虚弱で、気管支喘息も酷《ひど》かった。ある夫婦が、その二人には子供ができなかったのだが、私を「養子にしたい」と言ってきた。私は、そうはならなかった。どうしてならなかったか、の事情は知らない。私は、（私にまつわる）何かの基盤が不安定だ——とは感じていた。私は模索した。

たしか小二だった。私は、家を出て、集落を離れて、田圃《たんぼ》を突っ切って、ただ歩きつづけた。捜索願が出された。

私は、小六の時に、神奈川県横浜市に在住する親類にコンタクトを取り、横浜市の公立中学校に進学できないか、と相談した。その脱出の試みは叶わなかった。

脱出、と私はいま書いた。私は家から出たかった。「家を出る」とは「福島を出る」ということだ。私は福島を捨てたかった。さかのぼれば、小二の時点にはすでに。

兄、古川邦一は、いまもシイタケ生産を続けている。キクラゲも栽培している。生キクラゲの市場での需要は増している。

二〇一一年に戻る。三月十一日以降に戻る。邦一は、シイタケを県外には流通させていなかった。地元で売っていた。JA経営の直売所と、郡山市に本社のあるスーパーマーケットのチェーン各店舗に卸《おろ》していた。その双方で、茸類の売り場は閑散としていた。福島県の人間も、それを——放射能汚染の代名詞である恐ろしいシイタケ等を——買い控えた。経済的被害は、劇烈だった。

「T村で自殺者が出た時に」と、邦一はある市町村名を出した。福島県内の専業農家の、将来に絶望しての自死。「おれは、相当に……相当に、ショックだったよ。そうなってしまったらどうなるのか、と」

その発言は、慎重に何かを濁している。つまり、自分も、その選択をしてしまったら、どうなるのか、等の謂《い》いで、そして、私はもちろん理解するのだが、人は「あるオプションを目の前に突きつけられた時に、そのオプションが存在することに気づいてしまう」のだ。報道は選択肢を増やす。誰かが死を選んだのだとしたら、自分もまた選べる。

ただし、私はT村での自死者、の報道は知らない。大きかったのは（衝撃が大きかったのは）、二〇一一年三月下旬の須賀川市の有機栽培農家の自死、それから同年六月の相馬市の酪農家の自死で、このうち、前者は姉夫婦の友人だった。

姉について。

姉には取材していないから、基本的には何も書いてはならないと感じる。一つだけ、自分との関わりで記す。私の実家に本はなかった。いわゆる〝本〟、教養を授けるようなものや文学全集の類いは、皆無で、兄も言っていたが、絵本になど触れたこともない。そんな私が〝本〟に出会うのは、小二の冬で、私はその頃中二だった姉の、所有していた児童文学（佐藤さとるの著わした『だれも知らない小さな国』）を勝手に読んだのだった。それもひと晩で読み通したのだった。その〝本〟――『だれも知らない小さな国』――には、小山が出、つまり、ちいさな森が出て、幻想的な幸福な国が出る。私は、シンプルに表現すれば「熱中した」のだ。熱に中《あ》たった。そこには、森があり、しかも希望を与える。

以来、私は読書を習慣づけて、私にとって〝本〟はサバイバルに直結する道具《ツール》だ、との確信を育む。

このことを姉に話したことはない。私は。


兄、邦一が最後に語ったのは、「それでも――」というひと言で、二〇一一年に、どのように家業（シイタケ生産）を続けると判断したのか、を説明した。

「茸類が、原発事故のシンボルだからこそ、やめるわけにはいかなかった」

そう言い切った。

私は泣きそうだった。

私たちには森がある。私たちきょうだいには森がある。三きょうだいにだ。それから、それ以外のきょうだいたちにも、だ。私は、福島を「出たいから出た」人間であって、そんな人間にあの原発事故後に語れることは何もないのだとも思っていて、にもかかわらず福島を〝応援〟してしまって、そうなのだ、にもかかわらず国内外で語った。語りつづけた——何かを、というよりも、何かは。そして、その先である。私は骨の髄まで了解している。人が、その全部を語るなど、容易ではない、と。そこまで理解したからこそ、私は、他者《ひと》の話にただ耳を傾ける、傾聴する、とのモードに切り替えてよいのではないか？　そこで生じるのは誤解だけかもしれない。しかし、それでも——、

——それでも——。

それでも、たとえば復興のために「あの（二〇一一年三月十一日以前の）よかった福島を取り戻す」とのスタンスだけでは、何ひとつ恢復《かいふく》されない局面もあるし、人間たちもいる、と確信している者であるからこそ、成せる意味は（もしかしたら、もしかしたら）あるのではないか？

……もしかしたら、とだけ考える。

あとは自分の、不器用さに委ねる。

［二〇二〇年二月］

4号線と6号線と

「おい」とかれは魚に向って呼びかけた、「おれはお前が大好きだ、どうしてなかなか見あげたもんだ。だが、おれはかならずお前を殺してやるぞ、きょうという日が終るまでにはな」

アーネスト・ヘミングウェイ『老人と海』（福田恆存訳）

陸を離れる

二〇二〇年八月六日

その八月六日に遊漁船に乗ったのだった。

それまでに県内を二百キロほど歩いていた。県内とは福島県内である。いつから歩きはじめたのか、を説けば二〇二〇年七月二十三日からである。木曜日だった。この八月六日も木曜日。

遊漁船は富岡漁港に属する。その漁港は太平洋に面している。富岡町とは海に臨む町である。福島県には三つの地域があり、東から浜通り、中通り、会津という。一八七六年八月に合併するまで、これらは三つの県である。私は中通りの人間なので浜通りを知らない。つまり海をぜんぜん知らない。湖ならば知っている。中通りと会津とを、郡山市出身の私の感覚では猪《い》苗代湖《なわしろこ》が分けているからだ。そこで泳いだし、そこで溺れかけたこともある。

郡山は中通りにある。富岡は浜通りにある。

それどころか富岡町のこの漁港は、郡山市の私の生家から真東にある、と言える。直線距離で六十三キロほど、けれども間を阿武隈《あぶくま》山地が隔てる。やはり相当に距《へだ》たる。

私が海を知らない、とは郡山が海を持たないの謂《い》いである。——が、それは真実か？

十五年ほど前の話。

その秋、私は青森から秋田、山形、福島と旅していた。移動には電車を用いた。訪れる（というか訪れたい）場所しだいでタクシーも使った。山形県の、米沢から新幹線に乗り、福島県の、郡山で下車した。駅前のホテルにチェックインした。午後の早い時間だった。しかし部屋は提供してもらえた。荷を置いた。私の意識は、おれはここのよそ者だ、と言っていた。なにしろ東京——そこに私は暮らす——から故郷に帰ったのではないのだ。山形から来たのだ。その前は秋田にいたのだ。その前は青森に。

私は南下してきたのだ。

だとすれば局外者というか異邦人、異人《いじん》にもなれるだろう。なれないとしても、「異《い》な人間」程度にはふるまえる。

十五年ほど前、と書いたが、年単位で話を進めるならばちょうど十五年さかのぼるのであって、しかも宿泊手続きをした日もやはり木曜、それは二〇〇五年十月の二十七日だった。私はその頃、東北、東北、だの、東北六県、だの憑《つ》かれたように唱えていて、この旅行にしても、福島県の後は宮城県へと北上して、さらに岩手県へ進み、その果てに本州北端の県・青森にふたたび入る、こう予定していた。私は六県（＝東北地方）だけを見ようとしていた。どうしてか。東北とは、ただの方位である。どこかから見ての東北である。そのどこかが、どこかからを消したら、東北は新たなる名前というもの、もしかしたら真の名前を獲得するのではないか、顕《あら》わすのではないかと期したのだ。

真……、真実？

私は、事実はどうでもよかった。史実だの現実だのは。

私たちはそれぞれに幻想を抱えている。そのどこが悪い？

事実として東北地方の名前は「東北」である。それは地名だとは到底言えない。

方位、方角しか与えられない土地であるという現実に、唾《つば》しろ。こう私は思っていた。その二〇〇五年十月二十七日の私は、だから、荷物をホテルの部屋に置いて、まず歩いた。郡山は新鮮には見えた。しかし私は疑った。……そう見ようとしているだけだろ、おれは？私は一、二時間で部屋に引き返した。

ここは地方である、と現実を咀嚼し直した。なに地方かはひとまず措《お》いた。私はこう考えた、地方には地方局があると。つまり、テレビだ。そこでリモコンを手に取った。以下の四つのどれかを映そうとした。映るだろうと期待した。FTV、あるいはKFB、TUF、FCT。これらは順に、福島テレビ、福島放送、テレビユー福島、福島中央テレビ、である。そのようにチャンネル名を挙げられる私は当然〝異人〟の資格を有していないのだが、この矛盾にすら気づいていない。よそ者の目を持ちたい、と望むがあまり悟れない。ところが準備《プリセット》されていたチャンネルは、衛星放送で、NHKだった。

映画を流しているのだった。NHKのBS2（衛星第二テレビジョン）、たぶん午後三時台、だった。使用言語は英語、むろん字幕は日本語、そしてナレーションが多い。妙だ。その質が、その感触《てざわり》が妙だ。そして海が映し出されて、老人が映し出されて、他には……魚、海鳥、漁具。しかし魚とは海に属するものであり、海鳥は海に、あるいは海上の空に属し、漁具は老人に属する。すなわち海と老人しか映っていない。

こんな映画があったのか、と私は思った。これは確実にヘミングウェイの『老人と海』の映像化だ。
私は途中から観て、しかし筋は容易に追えた。なにしろ『老人と海』の展開はシンプルである。梗概は簡単にまとめられる。メキシコ湾で漁をする老人がいる。沖に出る。そして驚くほど巨大なカジキマグロを釣りあげる。が、その釣り「あげ」るまでには何十時間もかかる。海中の仕掛けには食いついているのだが「あげ」られない。一日、二日、三日。老人は闘いを制する。が、釣り「あげ」られて漁《いさ》り舟《ぶね》に横づけされたカジキマグロは、鮫に狙われる。複数の種類の何尾もの鮫どもに。カジキマグロは頭、骨、尾だけになる。
老人は港に戻り、眠る。翌日の昼も眠る。
二度眠る。
というエンディングまで、私は観た。冒頭をまるっきり欠いた形で観はじめ、結局、最後まで観たのだ。私は「『老人と海』か……」とは思って、が、それだけではなかった。「老人と、海と……」とも思った。題名（固有名詞）とは考えずに普通の名詞として扱い、さらに何かを続けよう、つなごうとした。すなわち、
老人と、
海と、
郡山と。
ただちに部屋を出た。ホテルを出た。街に出た。ＦＴＶとＫＦＢ、ＴＵＦとＦＣＴとが追い払われて、ＮＨＫが私の〝郡山〟に海を内蔵させていた。歩きまわった——泳ぎまわった？

その晩、私は日誌にこう記している。「魅力はある。驚いたことに。この驚き。これは、郡山との和解か？」

二〇〇五年に福島は被災県ではない。二〇一一年三月十一日からは被災県である。たとえば津波の。たとえば原発事故というものの。富岡漁港は、まず津波で損壊した。防波堤、岸壁、漁協の事務所も。ついで富岡町が「全町避難」を経験する。原発事故ゆえに、である。しかし二〇一九年の七月二十六日に富岡漁港は復旧、再開する。その一年と十一日後――の木曜日――に私はそこを訪れている。

その遊漁船に、魚を釣らないのに乗ろうとしている。

木曜、すなわち二〇二〇年の八月六日だった。何月何日、の部分は意識していた。が、そのことを私は誰にも言わない。私にはいっしょに歩いている仲間がいて、それは学と耕太郎と言ったが（学が三十八歳、耕太郎が二十九歳）、他にもいて、これはＮＨＫである。ＮＨＫの撮影クルーである――ディレクター、カメラマン、音声マン。私は、ずうっと昔に月曜だった八月六日のことは語らない。学、耕太郎に語らず、まして撮影用カメラ、マイクには語らない。さいわいディレクターもそれは質問しない。

私は撮られている。

私の独行が撮られている。新地町以降は私たちの歩行（三人歩き）が。そこから学、耕太郎が加わった。新地は宮城との県境《けんざかい》にある太平洋に臨んだ町である。それ以前からＮＨＫは私を撮影しているが、撮られることは私の目的ではない。たとえばこの日、私の目的は長栄丸に乗り、石井宏和船長と話すこと、でしかない。

石井さんは四十三歳。

私はこの日は、午前五時前に起きて五時半には朝食を摂《と》り、十分そこいらで支度をし、漁港には六時半に着いた。約束がこの時間だった。もちろん石井さんは、もういた。挨拶した。私（古川）は茸屋《きのこ》の息子で、郡山市の出身で——等。私は「中通りから来たのだ」と言いたかったし、たぶん言った。「中通りから、この浜通りに」と。

私たちはまだ埠頭にあるだけだ。

長栄丸には乗り込んでいない。

「どこに船を出すんですか？」石井さんに訊かれた。「どこまで？」

この瞬間に私は硬直した。一秒の何分の一か、の間だったけれども。私は、その遊漁船に乗り、石井さんという人物《ひと》と話せば（話せれば）よい、と考えていた。船が海を進めば、それだけでよい、と思っていた。しかし海というのは広いのだった。海は、閉じた陸《おか》ではないのだった。正直に言えば私は、長栄丸がどこを航行するかは画《え》の都合が優先であって、それはＮＨＫがもう決めている事柄だろう、当然、事前に石井さんと話して（話をつけて）いるだろう、と思い込んでいた。

しかし私が決めねばならなかった。

そうしなければ、船が出ない。

だから、口を開いたらこう言っていた。「ここまでが福島だ、と石井さんが感じられるところまで、行ってほしいんですよ」

「どこまで行っても、福島ですよ。おれには」と石井さん。

「あ……」私の口が閉じる。

「延々走らせちゃいますよ」

絶句というのはこういう時に起きる。この人の福島県は、ひたすら海上に延びるのだ、と認識すること。私は地図を捨てる。頭のなかにあった地図《それ》を。そしてノー・ジオグラフィー、と唱える。


こういうことなのだった。

東京オリンピックの開催が決まり、それは二〇二〇年の七月二十四日に開会式、八月九日に閉会式、と定められたのだった。「復興五輪」を謳い、聖火リレーは福島県の楢葉・広野の両町にまたがるJヴィレッジから出る、とされたのだった。そのまま丸三日、福島県内（だけ）を回る。私は、単純に妙だと思ったのだ。東京オリンピックは東京でやればよい、「復興五輪」ならば被災地だけでやればよい。そもそも私は〝国威発揚〟には興味がない、が、そういう次元を超えて言葉が蔑《ないがし》ろにされていると感じた。さて、どうするか。

歩こう、と思った。

その開会式からその閉会式まで、福島県内を歩いて、それが歓迎されているのか、そうではないのか、それは復興に貢献しているのか、そういうことではないのか、まず見よう、と思った。

そして話を聞こう、と思った。

私は私以外の意見ばかりを傾聴しよう、と考えた。

徒歩《かち》を選択したのは「アスリートたちに礼を欠いては駄目だ」と判断したためで、みな、真剣に競うのだから私だって真剣にこの肉体を酷使する。あと一つ、私は福島県の中通りを国道4号線が縦断し、浜通りを国道6号線が縦断することを知っていた。中通りは地元（とその他）である。浜通りには原発事故の現在＝課題（とその他）が集中している。

その二つの国道を踏破すればよい。何かは見える。

で、誰に話が……どのような方々に話が聞ける？

私は、可能なかぎり多様、多彩な方々に、と思った。と同時に、いわゆる「当事者」にもと考えた。私は福島民報という地元紙に定期的に原稿を発表しているので、ここを恃《たの》めると考えた。それから地元の知人、地元から出た知人、こちらもいる。伝手《つて》はある。となると。問題は二つだった。一、体力。二、どちらの国道にも現われるであろう危険区間。ここには6号線の「軽車輛および歩行者は通行できない高放射線量地帯」も含まれる。

一のために、私はトレーニングを開始した。これは二〇一九年十二月二十三日から、だった。母の、あの四十九日の法要の八日後から。

二のために、サポートが要る、と判断する。

まず甥っ子に車を出してもらって道路の下見を手伝ってもらう。4号線にまるまる一日、6号線にまるまる一日、計二日をかけた。想像以上に剣呑《けんのん》な箇所がある。国道なのに歩道がない。どこを歩こうか？　ダンプが異様な数、已《や》まず走行しつづける。これは6号線の、南相馬市の小高《おだか》区以南、かつ楢葉町以北で顕著な光景だった。「中間貯蔵施設」に線量の高い廃棄物を運んでいるのだ。除染土壌等を。輸送車輛は一日に千五百台とも二千台とも言う。現地では「三千台だよ」とも聞いた。私はここを歩けるのか？　しかも、ここにも歩道の消失する区間が複数ある。

独りではこりゃあ撥《は》ねられるな、と思った。

目立たないと無理だな、と。

耕太郎と学がそれぞれに「何か手伝えますか？」「きつい日程、あるんじゃないですか？」と訊いてきたのは、ちょうどこの段階でだった。耕太郎が二〇二〇年の三月上旬に、学が同月中旬に。私は二人に、それじゃあ6号線をお願いする、と言う。三人で縦列になり、（ダンプ等の）運転手たちの目につきながら前進し、凌ぎたい、と頼む。帰還困難区域——そこが歩行者をNGとする——内ではレンタカーも出してもらう。

私は、一人ではできないことは三人でやることにした。

他者《ひと》の力を借りればよい。

それと同時に、前年（二〇一九年）後半からNHKのあるディレクターが私のこの行動に関心を見せ、「可能であれば記録したい」と申し出た。最終的に、その役割はNHK福島局の、別なディレクターに引き継がれた。福島民報紙には「オリンピック期間中に、福島県内を歩く」という主題でしっかりと原稿（数回か十数回のシリーズ）を載せられそうだった。あとは肉体鍛錬に励むだけだ、と考えて、私は前から親しいスポーツ・インストラクターに指導を仰ぎ、また、真夏に熱中症になることを避けるために、医師にも助言を乞うた。

そして、ここからは医学、医療の話にもなるのだが、新型コロナウイルスが世界を襲った。

三月二十四日、東京オリンピックの年内開催はない、とアナウンスされた。

そうか、と私は思った。「復興五輪」も奪《と》られるのか。

だったら、やっぱり歩かないとな。

外出は自粛せよ、と命じられる東京都内で、私はトレーニングを続けた。オンライン会議を開き、そこに参加したのは学、耕太郎、およびＮＨＫ。会えないままに、行動する日のことを計画する。いつのまにか、なのだが、ほぼ全行程を撮影されることになっている。

八月六日なのだった。

長栄丸は海に出た。石井船長は、何度も何度も私をハッとさせ、うなずかせ、共感させ、それからまた私を笑わせもする話をするのだが、そして長栄丸は、私の注文《リクエスト》でもって浜通りの双葉郡に特徴的であるはずのその海岸線、つまり断崖から断崖、それがフッと途切れて谷間、だがしかしまた断崖、を目撃させながら沿岸を走っているのだが、そうすると南進してじきに東京電力福島第二原子力発電所が現われる。その先、同じ東京電力が建設した広野火力発電所というのも視認できる。石井さんが言う。「今日は視界が悪いんですけどね、いい日には、沖に洋上風力発電が見えます」

　ああ、あるんですよね、と私。二十キロ沖にある。

「こうやって第二原発が見えて、第一原発も見えます。広野の火力もね。そんなの、まとめて眺められる場所は、ここ、ここしかないですよ。だからね、おれはここで問いかけをしたい」

　問いかけ？

「『さあ、考えてよ』って。肯定するのか否定するのか、とかって、そういうんじゃないんだな。『君たちならどうする？』ってだけ、おれは言いたい。この船に乗ってもらって、ここで」

　エネルギーを考える場が海上《ここ》にある。

　送電線——広野火発《かはつ》の——は延々とつながり、東京に延びている。

　私は、だから考える。

　だから言われたままに考える。

　広野火力発電所はもちろん広野町にある。福島第二原発は富岡・楢葉の両町にまたがる。だから町名を冠していない。これは地元でニエフと呼ばれる、と聞いた。ニエフのFが福島Fukushima である。他方、福島第一原発はと言えば、双葉・大熊の両町にまたがり、やはり、そのような立地ゆえに町名を冠していない。これがイチエフと呼ばれる。私はあと一つ、もっと北のほうにも原発の建設が予定（または模索）されていた、と知っている。これは東京電力の発電所ではない。東北電力の小高・浪江にまたがる発電所だった。小高は二〇〇五年までは独立市町村の小高町だったから、両町にまたがっていたと言える。もしも……もしもこれが完成していたら、やはりその原発も町名は持たなかった、頭には冠《かぶ》せなかったと予想される。福島、が付いただろうか？　だとしたらそれは、東北電力の思惑を無視してサンエフ呼ばわりされたか？

私はイチ、ニ、サンと数える。

さらに数える。数えられない数字《もの》を数える。

事故を起こした福島第一原発。その敷地には前世がある。戦時下に、そこは軍用飛行場として拓《ひら》かれた。大日本帝国陸軍の。練習用の飛行場であり、じつは特攻隊を養成もした。私は、反射的にゼロと思った。零戦《ゼロせん》は海軍の戦闘機——零式艦上戦闘機——だからこの連想はぜんぜん的を射ない。しかし、射はしないのだけれども外してもいないとも感じた。サンエフがあり得、イチエフ、ニエフがあったのならば、ゼロエフはあった。

ゼロエフはある。

「しかしどこに？」と私は問いかける。この海は問いかけの海である。

この海はどこまで延びても福島の海である。

記憶の海でもある。川でもある。

というのも河口は海に接続する。

「あれが木戸川です」と石井さんが示す。

そこを私は前日に陸の側から訪れている。木戸川の下流域は楢葉町である。木戸川は、鮭の遡上する川としてはほぼ南限だ、と聞いている。ここで社会学者の開沼博さんを紹介してよいか、わからない。が、前日、すなわち八月五日に私に楢葉町の鮭漁（のかつての有り様《あよう》、今後の展望）を解説して、楢葉の広域を案内したのは開沼さんだから、やはり紹介する。つまり私は鮭がさかのぼる生物《いきもの》である点に免じてもらって、記憶を一日さかのぼらせる。と同時に、他人の人生を二十、三十年とさかのぼる。その他人とは開沼さんである。

前日、楢葉の商店街「ここなら笑店街」で合流した。NHKは立ち会っていない。私と学と耕太郎の三人が開沼さんの車に乗った。その日の私たちは富岡町から楢葉町まで6号線を歩き、それから「ここなら笑店街」の敷地に入った。開沼さんと豚丼というのを食べた。初めて開沼さんと会った時、彼はまだ二十代だった。いまは三十六歳になる。

木戸川に案内された。地元の漁協があり観光食堂のあるところ、のそばである。

川に用意された仕掛け——鉄骨造りの梁《やな》——は壊れていた。というか流されていた。

「去年の台風十九号ですね。その被害です」と開沼さん。

「ひどいもんですね」と私。

「二〇一四年に、放流は再開されていたんです。翌一五年から、部分的に水揚げが始まって、食べられるようにもなっていました。しかし梁場がないと」

「鮭は、何年で海から帰るんでしたっけ？」

「鮭は、四年から五年回遊して、生まれた川に帰ります」

「一四年に放流再開だから……」

「ちょうど、だったわけですね。そこにあの台風です」

二〇一四年には試験的に放流。二〇一六年春に、木戸川で前年の秋に採卵、孵化させた稚魚を放流。これが本格的な再放流で、まさに今年（二〇二〇年）から大いに増えるだろうと期されていた。いや、ここは過去形にする必要はないのだが、しかし梁がうしなわれている。

ところで、伝統的にはどういう漁だったのか。

『合わせ網漁』です。ひじょうに珍しい漁法です。河口に五ヵ所の仕掛けを、固定された杭と網なんだが、それを用意します。そこに上流から別の網を流します。鮭を追い込みます。そして網を合わせる」

「いつからあったんです？」

「江戸時代から存在した漁法らしいんだが、木戸川の鮭が商売化、というか産業化したのはたぶん四十年ほど前です。その頃から楢葉町の名物になりました。僕は年に一、二回は親に連れられてここに来ていました」

ここ、は木戸川の、梁場があって河岸には漁協があって観光用の食堂があって、という箇所を指す。

開沼さんはいわき市出身である。

私たちは孵化場のある一角に移る。鮭の慰霊碑が建つ。「鮭霊塔」というのだ。隣りには

「木戸川鮭一千万粒ふ化場建設記念碑」が建つ。

「鮭の摑《つか》み捕《ど》りもここでやっていたんですよ。一回千円」と言い、開沼さんは記憶をさかのぼらせる。開沼少年になる。「食堂ではね、汁物が出されていて。あと白子。あと鼻」

「鼻？」

「コリコリして美味しいんです。ここでしか食べられなかった」


食の記憶があった。記憶の海、記憶の川に。私もやはり刺激される記憶があった。ちょうど石井船長が「郡山の人って……」と言ったから。「鯉を食べるんですよね？」

「ええ。名物ですね」と私。

「鯉……」と操舵室の石井さんが難しい顔をする。

「甘い煮付けにします。甘煮《うまに》っていって」

「でも、刺身でも食べるんですよね？」

「『洗い』ですね。洗いも、食べます」

石井さんは懸命である。偏見を口に出すまいと努める。しかし中通りには海がなかったのだ。その事実を浜通りで体感するには、こうした「郷土料理の実例《サンプル》」等で衝撃を受けるに限る。

私は、鮭は海水魚だが川の魚だな、と考える。

鯉は淡水魚だな、と考える。

おおきな鯉の話。

吉田博文くんが私の質問に答えてくれる。博文くんは同郷で、という説明では書き足りない。私の実家の三軒隣りが彼の実家で、年齢《とし》が三つ下だった。つまり同じ小学校に三年間通った。朋輩《ほうばい》だったとの思いがある。現在は「住宅をやっている」が本人の言《げん》で、建築設計会社の代表取締役である。私はその博文くんに長沼について尋ねた。長沼は普通名詞の「(長い)沼」ではない。地名である。現在は須賀川市の一地区、だが二〇〇五年三月末までは独立市町村の長沼町。そしてその町の長沼は私たち二人の町(これは私が生まれる前年に郡山市内に編入された旧・三穂田《みほた》村である)に隣接していた、ということがあったので、私は博文くんに連絡を入れたのだった。私は、そこが「長沼町」として報道されていたら、もっと激しい、いや痛烈な衝撃を受けていた。しかし須賀川市でその灌漑用のダムが決壊した、との東日本大震災直後のニュースは、隣り町という感覚までは喚《よ》び起こさなかった。この事実はいま私を責める。ダムはしかし「ダム」とは認識されていない。それは名称が藤沼湖である。私には、湖だと認識してしまったものはやはり湖である。その決壊は惨《むご》い被害をもたらした。もちろん博文くんは私の連絡を受けて、ただちに「あそこ(藤沼湖)は、郡山周辺では最大の被害でしたね。震災の」と言い、さらに誰かに話を聞きたいなら紹介できるかもしれないと言う。それどころか、彼は独立前は県南の会社に勤めていた。福島で言う県南とは、中通りの白河市、西白河郡、東白川郡。その経歴ゆえに白河市内での大規模な地滑りについても言及した。これももちろん、二〇一一年三月十一日の出来事であって、その惨禍を私は忘れたことがない。なぜならば原発事故がその惨禍を世間に忘れさせたからだ。吉田博文くんはそこ（被災地域――葉《は》ノ木平《きだいら》という）の住人も、知り合いを介せば紹介できるかもしれないと言った。実際、彼は知人に当たり、その知人が知人たちに当たり、その知人たちが、の連鎖が、ある人物に私を見《まみ》えさせた。また博文くんのクライアントというのはいわき市の北東部にもいた。津波の後、家を建て替えたが、その「家」を自分が担当した、と言った。この方にもつないでもらう。が、私は博文くん自身にも取材した。あまりに興味深かったからだ。そして郡山で落ち合う前にメールでこう訊いた。

おれたちの暮らした集落の裏に、鯉の養殖池が、二つ三つあったね？

暮らした――いいや、博文（私は呼び捨てにした）はいまも暮らしているんだけど、あったね？

いや、いまもあるね？

その池にまつわる思い出はある？　鯉にからんだ思い出はある？

「ありますよ」と博文くんはメールに書いてきたのだが、メール本文は引用しない。不躾《ぶしつけ》だから。私は、それを読み私のこの頭に響いた彼の声をこそ書き留める。「池から鯉が逃げるんですよ。しじゅう脱走してたでしょう、日出男くん？　川とか田んぼに。逃げたヤツは誰のもんでもないです。だから釣りましたね。それから網で捕ったし。おれは婆《ばあ》ちゃんといっしょに捕ったな。日出男くんも捕ったでしょう？」うん、捕った。「あとね、冬の前に養殖池を空にするのを見たことがあって。水を抜いてね。そうしたらたね鯉の、いやあ巨《おお》きかったこと！

あの驚くべき巨大魚ぶりったら……」

私は、顧みているこの現在、こう考える。

郡山と、
子供たちと、
池と。

こんなことは誰も知らないで構わないのだが、郡山市は日本一の鯉の産地である。また、産地であった。この過去形は一位から震災直後には転落したことを指す。そこに原発事故は関わる。セシウムの数値というのは関わる。天然物の鯉にいわゆる基準値超えがあったのだ。それは養殖物ではぜんぜんないのだが。養殖される鯉から基準値を上回る数字が出たことは、検出されたことは、ただの一度もないのだが。しかし過去形はもたらされた。

「近所の新盆《あらぼん》まわりをすると、絶対に鯉の『洗い』は定番だった。ふるまわれたでしょう？

日出男くん」

博文くんの声。

私は、洗いにつける酢味噌の味を思い出す。洗いのひと片《きれ》を噛む感触を思い出す。

4号線に呼ばれている。

4号線

（栃木県那須町から宮城県白石市まで。北上する）

1

本来の計画では七月二十四日に歩行開始、八月九日に終了、だった。東京オリンピックの開会式、閉会式に合わせた。が、もはや合わせることに意味がない。少しでも余裕をと思い、私は一日早めた二十三日が出発の日、と定めた。二〇二〇年七月二十三日、これは祝日である。「海の日」は本来七月の第三月曜だが、復興五輪に備えた法改正が、今年に限り第四木曜――七月二十三日だ――に移動させた。私は海の日に、海のない中通りに入った。栃木側から県境いを越えた。北進である。

この七月で私は五十四歳になっていた。

そして、夏だった。徒歩《かち》だった。荷物を負っていた。境界線の向こう側の福島は、まず西郷《にしごう》村。それから白河市、泉崎《いずみざき》村、矢吹町、鏡石《かがみいし》町、須賀川市。ここには私の姉が一家で暮らす。結婚後の姉の姓は西間木である。そして郡山市、その北に本宮市、大玉村、二本松市。二本松では、七月十三日からの数日間、相次ぎ熊が目撃された。道路わきでも、である。たぶん私はそこを通る。二本松のさきには福島市、伊達市、桑折《こおり》町、国見町。

その北は宮城県内であり、結論を言えば、私は七月三十日までにいま挙げた市町村を全部足で踏んだ。また、取材相手との対面のためにNHKの車に乗って、伊達市の霊山《りょうぜん》町(二〇〇五年までは独立市町村)に寄った。同様に天栄村の域内も通過している。

独りだった。歩いているのは私一人で、だがNHKがいて、妙だった。

ある日の学からのメッセージ。「カメラには暴力性がありますからね。大丈夫ですか、古川さん？」

また、ある日の耕太郎。「ひたすら安眠を願います」

眠れない夜もある。いかに肉体がしんどいとしても。


葉《は》ノ木《き》平《だいら》に高野都央さんの家を訪ねる。玄関前に三人の子供がいる。寄り集まって立っている。小学生らしい女の子が二人、と、稚《いと》けない男児が一人。私は混乱する。高野さんには二人のお子さんがいて……と聞いていた。三人？　全員が元気に挨拶する。一人が「お父さんは、あっち！」と言う。私は案内される。自宅からほんの数十歩で、そこは公園だ。八千五百平方メートルもの広さがある公園だ。そして公園の一角の背景は、凹んだ山だ。

公園は、葉ノ木平震災復興記念公園といい、二〇一六年に整備された。そこで高野さんは待つ。

子供の一人が「来たよぉ！」と言う。

高野さんは四十一歳。Tシャツを着ている。そこにThe Chemical Brothersと文字がプリントされている。ケミカル・ブラザーズ、つまりイギリスの私も大好きなデジタル・ロック・グループだ。私は安堵する。と同時に、私はケミカル・ブラザーズの最新アルバムのことを当然考えている。それは『ノー・ジオグラフィー』というのだ。そして日本盤のライナーノーツに併載される対訳では、歌詞が「地図は白紙だ《ノー・ジオグラフィー》」と訳されているのだ。

なんだ、地図は白紙か。

それまでの私の不安と言えば、たとえば県境いを越えて西郷村に入り、自分の記憶のためにと写真を撮る――と、その写真を撮る私が撮られる。おおきなテレビカメラに撮られる。なぜ、いま写真を撮ったのか、とディレクターに問われる。しかも音声が記録されている。私は説明を試みるが、全部嘘だ。私は感じたから撮った、とも言える。しかし、何を感じたかは言語化できない。それを言え、と年若いディレクターは言う。あらゆる場所で、ここについて言え、いま感じていることを言え、と言う。私は初日から調子を狂わす。私の地図はどこへ行った？

が、地図は白紙でよいのだ。

ほぼ二週間後の木曜にも（高野さんと会ったのは二十四日、金曜である）、私は異なる意味合いで地図を捨てる。それは福島の地図だったが。

あとで高野さんは、このTシャツは下ろしたてなんです、と言った。買ったばかりで、今日、初めて着たんですと笑った。テレビに映るから。私はその、高野さんの率直さにまず安堵し、ノー・ジオグラフィーに鼓舞され、そして「いわゆるテレビ的状況は極力避けたい」と考える私は、そのまま立ち話でことを進める。高野さんの三歳の息子さんが、私の右足を、ぎゅーっ、とした。柱につかまるように。しがみついているように。愛らしい。

「お子さん……三人ですか？」と私。

「いやいや。あの、いちばん年齢《とし》が上なのは、近所の子」

「あの女の子は、ただの近所の？」

「遊びに来てるんですよ」

こういう出会い頭《がしら》で、私はもう、たぶん高野さんに魅了されている。


そこに山があり、しかし山は部分的に消えた。崩れた。そこに民家があり、建ち並んでいたそれらは消えて、公園になった。敷地面積八千五百平方メートル。その土砂だが、幅百メートル、高さ約四十メートルにわたって崩落した。十軒が呑まれた。死者十三名。

「勤務先にいたんです。だから土砂崩れには居合わせていないんです。職場から、そうだなあ、何十分かかったのか……、三十分？　車を走らせて。道は混んでいましたね。それからマンホールが飛び出しちゃってたり。地震で。葉ノ木平に戻ったら、近所の人に『あんたン家《ち》は大丈夫だよ』と言われるんです。その意味がわからない。自宅をめざして。そうしたら、そこまで――自宅の目の前まで土砂が迫ってたわけです。祖母は無事でした。足が悪いんで心配したんですけど。母は、ちょうど買い物に出ていて。それにしても、周囲はこういう状況です」と私に写真を示す。二〇一一年三月十二日撮影のものを。「家が、あった場所に、あった、と思える……がない」その〃……〃が私に聞き取れない。たぶん言語化はできない何かなのだ。

「で、近所を回りました。ここ、年寄りが多いから。『大丈夫か？』と聞いて回って。自分は居合わせなかったんですけどね、まず地震の揺れがあってね、ワッと砂埃《すなぼこり》が立ってね、湧いてね、たちまちって感じだったらしいですね。あの日は雪がね……。自宅は、断水です。電気も駄目。姉のところや友達ン家《ち》に世話になりました。その頃、僕は独身で。姉のところにも被害はあったんですけどね。そういう、二軒に厄介になって、その間に自宅に戻って、いろいろ整理して。壊れてましたから。いまもガタが来たまんまですけど」と笑う。

十二歳の時に建った家だという。

私は、高野さんと話をしているのだけれども、その私と高野さんをテレビのカメラと音声収録用のマイク（高度な単一指向性の銃型《ガン》マイク）、ディレクターが囲んでいる。私は、三月十二日……やはり二〇一一年三月十二日のある民放テレビの報道を思い出している。ここを映していたのだ。葉ノ木平を。その土砂崩れの発生一日後の現場《ここ》を。そして、「家族が見つからない。埋もれている」という女性に取材をしていたのだ。レポーターが質問した、「いまの……お気持ちは？」と。女性は答えられない。女性は噎《むせ》ぶ。画面越しにその光景を見る私はと言えば、憤激している。お前は、お前は何を訊いているのだ？　私は涙を流しながら憤《いきどお》る。私はその日の、その番組のことを忘れない。この九年忘れていない。九年と四ヵ月か。四ヵ月と十三日か。で、いまのおれは、なんだ？

テレビカメラとともにいる。

一つだけ、言い残さないようにする。福島第一原子力発電所の建屋（一号機の原子炉建屋）が水素爆発すると——その三月十二日、午後三時三十六分に——それ以降私はもう葉ノ木平に関する報道をいっさいテレビ画面に見ることはなくなった。

「二週間……かかったかな？　記憶はあいまいなんですけどね。職場に戻るとか、自宅に戻るとかには。会社もやられてましたしね。地震で。あの頃の記憶は、あいまいだなあ。時間がね、どう流れたのか。ほら、ここね、もう公園でしょう？　問題はね、子供たちにどう伝えるか、ですよね。子供たちは東日本大震災そのものを知らないから。教えたいんです。どう教えたらいいいかなあ」

ここは阿武隈川に近い。

「昔ね、泳ぎましたよ。汚かったんですが。鯉もいて。いまは鯉はいないなあ。いるのは鮠《はや》とか？　きれいですよ。でも子供たちは遊ばせないですね。自分は、子供たちと遊びますけどね。いっぱい遊びます」

「阿武隈川は、去年の台風十九号、やっぱり大変だったんでしょう？」

「避難しましたね。その避難所で、やっぱり子供たちは楽しそうで。子供たち、いまは小一と三歳です。今年は、コロナですけど、上の娘《こ》の入学式はやりました。ちゃんとやれて――あ、避難所の話でしたね？　キャンプ道具を持っていったんですよ。寝袋とか。そうしたら、楽しい雰囲気になっちゃったのかなあ。もちろん不安げな人たちもいっぱいいましたけど。うちは違って。震災後の一等おおきな変化が、僕、結婚ですね。家族ができたこと。僕は、自分では二十三の時に親父を亡くしてて。いっしょに酒を呑んだことがないんですね。だから、奥さんの実家が、楽しいんです。妻の両親と呑めてね。二週間に一回、あっちの実家に行きま

す。義母《はは》は今年一月に、往生したんですけどね。いろんなことがありがたい。感謝していま
す。そして、いま子供第一です。家を直したいんだなあ。子供たちのためにも。築三十年にな
りますから」

笑う。

「前向きですね」と私。

「そうですか?」

「前向きですよ、高野さんは」

「『いつでも楽しく』ってね、そう思うんですよ。僕は、父親の、家族の死を経験したし。なるようにしかならないです。それが世の中かなあって。あとは自分がどうするかだけだ、って。それで、僕にできることは……明るくすること? 周囲にもよいでしょ。だから、そうしてます。でも、いままでこういう話、地震の話、地元《ここ》の話、一度もしたことがなかったなあ」

収録が終わり、テレビカメラが離れる。私と高野さんは二人で公園を散策する。ぽつりと、高野さんが誰にも話していないことを話す。お父さんのこと。私はそれをここに書かない。

竹貫博隆さんは臨済宗聯芳寺《れんぽうじ》の住職である。葉ノ木平のあの震災復興記念公園で、毎年三月十一日に慰霊祭を営む。

「震災の時に、たまたま自治会長でもあったんです。葉ノ木平も含んだ地域の。ええ、前年、二〇一〇年の四月に就任していました。それまでは副会長ですね。土砂崩れでは、犠牲になら

れた方のうち七人が、お檀家さんで。聯芳寺の。あそこは六反山《ろくたんやま》と言うんですね。それが崩れて。駆けつけた時は、待てよ、なんだこれはと。いったい、どの家とどの家とどの家が埋もれてるんだと。ああ、誰にも言葉をかけてやれないと。いえ、ちいさい者ら……子供にはできました。声をかけられた。でもですね、遺族にはとても。両親《おや》だの子だのを亡くしてしまっている人には、ええ、とても。何も言えないですよ」

順に話してもらう。その日のこと、翌日のこと。

「午後の二時四十……六分ですよね？　あの大地震。石造りの山門が崩れたんです。それから本堂の漆喰が全部落ちた。濛々《もうもう》と煙が立って。その後に、副住職が『裏山のお墓（山墓地《やまぼち》）がほとんど倒れてしまっています』と報《しら》せた。九十七パーセントですかね。九十八パーセントですかね。三百五十基のだいたい、ほとんどです。そうしたら、消防団の人が来た。『自治会長さん、裏山が崩れた！』って」

その裏山は、山墓地ではなかった。六反山だった。竹貫さんは現場に走った。それは言葉を喪失させる惨禍、惨状であり、実際、言葉をかけられない、いや、かけてはならない知人、家族が多々いる。無念。そして堪《こら》えがたさ。三月十一日の夜は自治会で炊き出しを進める。地域の食堂に協力を乞う。翌十二日、朝七時過ぎには再度現場へ。前日からの消防団、警察に加え、もう自衛隊が来ていた。だいたい二日間、その部隊には自治会館にいてもらう。長野の師団だった。

「長野と言ったら、その時は……」と私。やや絶句しながら。

「ええ、栄村《さかえ》ですよね。震度六強の地震があって」

長野県北部地震だ。三月十二日の午前三時五十九分、発生。これは東日本大震災ではない。それに誘発はされたが、じかの揺れではない。

そして、栄村は忘れられている。

「忘れられているんですよね」と竹貫さん。「葉ノ木平も栄村も。ともに忘却、されているというか……」

こういう言い方もできる。福島第一原発――イチエフ――内の最初の水素爆発は、栄村（長野県）と葉ノ木平地区（福島県白河市）の報道の重要性を吹き飛ばしたと。

「ご遺体は体育館に収容されました。でも、全員がお揃いになるにはだいぶ時間がかかりました。私はお経をあげました。一週間でしたかね、読経しつづけました。その一週間を過ぎてから、七人の合同葬を。聯芳寺の本堂が、壊れるまではいかなかったことは幸いでした。それで、だいたい一年後ですね。一年後の三月十一日ですね。その頃はまだ崩れた現場のままでしたが、いまは公園になっているあそこで、慰霊祭を執《と》り行ないました。自治会で。そのまま毎年やっています。供養です。私にできることは供養です。風化させないために供養《それ》をするんです。コロナ？　来年は十回めです。新型コロナウイルスがまだ脅威であっても、取りやめはしません。一度中止したら終わってしまう。それは駄目なんです」

2

歩行は何度も何度も私に認識させた。いま、肉体がある、と。たとえば聯芳寺からの十三、四キロを語れば、まず一キロで国道4号線に出る。いや、木造りで建て直された山門からの距離とすれば、およそ八百メートルか。矢吹町の、駅前に折れる交叉点まで三時間、と踏む。午後四時だった。日没は必至だが、まあ行けるだろう。夕方、沿道の林にカナカナ蟬《ぜみ》がうるさい。数十四の斉唱《ユニゾン》に厚みがあり圧倒的である。それを認めるのは私の耳である。また、私の目は歩道の上に干涸《ひか》らびたミミズの死骸を多数認めて、ああ福島だ、おれの知る福島だな、と思う。その歩道が消える。すると、今度は皮膚《はだ》が風を感じる。車輛とは、通るのに風を生じさせる物体、である。私は、歩道が消失する区間では車道のいちばん端をそろりそろり往《ゆ》けばよい、と考えていたが、その見通しが甘い。大型車輛というのは速度を落とさない。そして、背後から迫り、わきを掠《かす》める。烈風。その風に私は威圧されて、私は私という肉体（あるいは肉《にっ》塊《かい》？）の輪郭を意識する。目が、次いで陽《ひ》の翳《かげ》りを認める。もう日暮れ？　そうではない。雨だ。

傘はさせない。捲《ま》き込まれる。

私は、NHKがいて初日から調子を狂わされた、と書いた。が、二日めのこの夕刻から夜、二つ、いや三つと助けられた。第一に、ディレクターが「ダンプはしばしば何台か連なり、車間距離をとらないに等しい。しかも先頭が注意を払うのは、前方、および対向車のみ。歩行者が『いる』とはそもそも考えていない」と言ってこなかったら、無茶をした。第二に、私はそれから迂回するようになるのだが、その抜け道の指示を担ったのは、NHK福島局のプロデューサー（の自家用車）で、この日、わざわざ福島市内から八十キロ強、車を走らせて助っ人に来た。そして私の前方という前方の道――延びる国道4号線――の状態を見定め、助言した。夜になった。第三、これは翌日の装備だけれども、私を撮るカメラマンと私を録る音声マンとが、いまのままの状能では日が暮れてからは私（古川）の姿が見えない、危うい、そう強く言って、私は靴のヒールに反射材を貼った、点滅するライトというのをリュックに付けた、それらが――4号線沿いのホームセンターで――調達されていた。

夜である。

またも迂回している。ここはどこなのか、と思いながら。林道のようなところに入り、すると犬舎（どうして犬舎があるのだ?）に幾頭もの犬が飼われていて、吠える。私が近づいたから吠え、離れても離れても哮《たけ》ることを已《や》めない。と、連れ込みのモーテルが現われる。そこを抜け、視界が展《ひら》け、と、ソーラーパネルが敷きつめられた場所に出る。もとは農地か？　その先に4号線。依然として弱い雨。まだポンチョの出番ではない。

鼓膜にいまだ犬の吠え声。

私の脳が再生《よみがえ》らせるのだ。恐れろ、怯《おび》えというのを感じろ、と。この刹那も認識する。私には肉体がある。

翌朝、午前八時二十分にならない。

藤沼湖の本堤《ほんてい》にいる。この灌漑用ダムには二つの堤防があり、主要なほうの堤である。藤沼湖は須賀川市の西部にある。かつての長沼町である。私はＮＨＫの車に乗り、４号線をおよそ二十キロ離れるここへ来た。天栄村を経由した。

山深い。

本堤は二〇一一年三月十一日、あの大地震による決壊部分である。

森清道さんが「想定外という言葉は許せない。あっちゃならない」と言う。森さんは被災者の会の代表、私は会って十数分で、何か親《ちか》しいものを感じる。森さんを兄のように感じる。あとで確認したら、森さんは六十三歳——私の実兄とほぼ同じ年齢《とし》だった。それもあった。が、それだけではない。

藤沼湖（というよりもダム）の築造は、着手が一九三七年四月、戦時中には工事が中断されたために、竣工が一九四九年十月。その当時の「技術水準には即して築かれた」と県の検証委員会は報告し、また、改修もその当時の「一般的な工法から選定した漏水対策が施された」といい、では、どうして東日本大震災はこの湖、このダム、本堤を決壊させて犠牲者を出したのか。

死者七名、行方不明者一名。

「数じゃないんだよね」と森さん。

「わかります」と私。

私は〝行方不明者〟の、お年も知った。名も知った。書かない。

しかしながら名前を知ると、重い。

それは人の生命《いのち》の重さだ。

本堤……そこから百五十万トンの水が流出した。そして下流にあった集落を呑んだ。森さんの自宅は、基礎を残して流された。森さんの奥さんとご両親は助かったが、それは他者《ひと》の助けがあったからで、その話は、のち、森さんの口から語られる。藤沼湖は簀《す》ノ子《こ》川を水源とする。この簀ノ子川は、江花《えばな》川を経て須賀川の市街地では釈迦堂川に、最終的に阿武隈川に流れ込む。川。川がつながっている。森さんのお姉さんの、お孫さん、二〇一一年三月には中学二年生だったのだが、この娘《こ》も犠牲になった。亡骸《なきがら》の発見は一ヵ月半は過ぎてから、そして二本松市内で、だった。阿武隈川の下流だった。長沼からは四十キロも離れる。

水、川、と私は思う。

このダムの水は農業用水である。下流域の八百三十七ヘクタールの田畑を潤していた。そして私が、現地に立ってやっと知るのは、それは下流域での恩恵だった、ということ。この土地ではない。ここに、その用水を購入している者はほとんどいなかった。たとえば私はこうも説ける、これは浜通りの電力《エネルギー》の構図だなと。ある場所で電気が生産されて、他の場所で消費される。東京電力の原子力発電所と火力発電所とは、いうまでもないが電力《エネルギー》を東京などに供給して、福島にはいっさい、しない。しかしもちろん、東京、首都圏、というか関東一円から山梨県と静岡県の富士川以東まで――これらが東京電力の担う区域――に電力《エネルギー》は必要である。そして農業に、水は必要である。

「わかるんですよ。おれらも農業をやっているから」と森さん。「だからね、ダムはね、再建されたでしょう？　いろんな意見はありましたよ。『要らないんだ』とか。つまり、ここにはね。でも同じ市内（須賀川市内）に、いっしょに生きている人たちがいる」

二〇一三年十月、新しい堤防を建設する工事が始まった。耐久性を高めた構造、そしてダムそのものも土堰堤《アースダム》から中心遮水型フィルダムへ。強度は圧倒的に高い、はずだ。二〇一六年十月末、工事完了。翌一七年一月、試験湛水《たんすい》を開始。四月に農業用水の供給を再開。

いま現在も試験湛水の状態である。

満水ではない。が、七割以上の水は湛《たた》えている。

で、私は森さんと、その、新しい本堤にいる。

「ここは合併前は、長沼町で」と森さんが言った。

「僕、三穂田町の出身なんですよ」と私は言った。

「え？　隣り町じゃないの」

「兄は、シイタケを作っていて。茸屋です」

「え、あそこ？」

森さんは郡山市内の会社に勤務していた。震災当時も。そして、私の実家の所在を把握していた。

兄の印象をおぼえてしまう人と私は実兄の話をする。

それから森さんが隣人の話をする。

「隣家の方がね、犠牲になっちゃったんだけどもね、私は、あの三月十一日は金曜日だったから、会社にいたでしょう？　自宅には両親と家内がいた。でね、その方がね、逃げろと言ってくれたんだ。患っていて、退院したばかりの人だった。だから家内にダムの余り水（ヒューム管を流れ出る）を見に行かせて。水は減っていたんだ。そうしたら、それはおかしいと判断して。その後、杉の木が倒れる物凄い音がした。それで『決壊だぞ！』って。しかし親父とお袋はケッカイの意味がわからない。だから家内が両親の手を引いてね、隣家の彼はその二人の背中を押してね、助け出した。でもね、彼、戻ってしまったんだよ。家に」

ダムからの氾濫水には二度めというのがあった。

一度めより巨《おお》きかった。

「家内がね、ずっと彼を探して、歩いて……。足にも、怪我をして……。そういう……そういうことがね」

森さんの奥さんは、いまも藤沼湖が見られない。見ない。

それから歩いたのだった。何かの気配がある。本堤から下へ、下へ、標高で五十メートルばかり下る。坂である。「昔は獣道だった」と森さん。「細かった。熊が出てね」「熊が出たんですか？」「子供の頃は、ワーッて声を出して抜けてね」私は知らなかったのだが、熊はタケノコを掘る。「食うよ。いまはいっぱい掘る。昔はね、人間が採っていて。いまは採らないから」山菜の放射線量のことを私たちは話す。タケノコは特用林産物である。私たちの周囲は杉林で、その杉が欠けた、と森さんは説明する。樹林の一部が、だ。「杉はね、まるごと流されたのもあってね」と当日——三月十一日——の情景が語られる。「根っ子までが、まるごと。何本かは立ったままだったんだって。見た人によると」根っ子までと言われて私は土の塊《かた》まりもそこに抱えられていたのだなと考える。つまり土砂。そして立ったままの流木。奔《はし》り出る百五十万トンぶんの湖水。濁流。

急に陽が射す。

暑い。鶯《うぐいす》が啼《な》きだした。春を告げる鳥が、七月二十五日の、夏に。

何かの気配がある。捉《つか》みきれない。

水（氾濫水）は、林道にぶつかり、勢いを減じられて、渦巻き、それから——。

滝、という名称の集落に出る。

その集落に以前の森さんの自宅があった。本堤からは一キロほどの距離。

滝、というその集落を、氾濫水は直撃した。それは陸の津波である。

杉林を薙《な》ぎ倒したように家屋を破壊した。また、簀ノ子川を覆って流れた。

「私の家《うち》と、四軒……五軒だな、五軒ぶんが、いま防災公園です。嵩上《かさあ》げしました。あそこには、慰霊碑が建ちます。来年。三月十一日。順調にプロジェクトは進んでいて。慰霊碑とね、あとは記録誌。それのための聞き取りを、目下やってます。ああ、隣人の家というのは……あそこ、あそこにあって」

沈黙する。

「私は……おれはね、この滝に、建て直したかったなあ。ここに。でもね、同じところへの新築は駄目だって。ここが危険地帯だからなんだって。危険？　ということは、またあるの？　それはおかしいでしょう。災禍《あれ》の再来というのは」嗤《わら》うような声があり、瞳は憤る。「だから、ね、あきらめるが、他の地区に再建したけれども、しかし、あっちゃならない」——再来が。

私は、すみませんでした、と言う。

「なに？」

「今日歩いてもらった、あの道、あれじゃあ当日の……水になってもらうみたいで」

私は自覚している。私には氾濫水の眼差しがあった、と。

「いや」と森さん。「思い出すのも、いいかな。つらい部分を。忘れることは簡単なんですよ。だけど、伝える……他人《ひと》や次世代に伝えるっていうのはね。難しい。難しいからね、やらないと」

慰霊碑建立のプロジェクトは順調に進んでいる。

その慰霊碑建立を指揮する柏村國博さんに話をうかがう。

「デザインは完成しています」横幅は七メートル、高さが二メートル、その碑《いしぶみ》の全容は山に似る。「ここ長沼のね、高士山《たかどやま》を模しました。全体の形は。そして中心に石柱。両翼にも石柱。大事なのはそれなんですよね。石であること」

石を残したい、と語った。

私には、石で残したい、とも聞こえていた。

同時に紙の話もする。

「被災者が、体験したという証言を、本にしないとって。記録誌です。『そういうものを作ろう』ってなった契機はあります。亀岡ですね」

「京都の？」

「はい。京都の亀岡市。私も知りませんでした。平和池というのがあって、それが灌漑用のダムで、一九五一年に大雨で決壊していた、なんて。藤沼湖が完成した二年後ですよ。そして犠牲者が、かなり……」

百十余名。それが死者、行方不明者の総数である。

「この、平和池ダムの、伝承の会のメンバーがお二人、突然お見えになって。長沼にです。それも震災の年にですよ。八月。『長沼の支援のため』と三十万円も、私たちに手渡して。この伝承の会が記録誌を作っていたんです。それでアドバイスされた。作らなあかん、と。平和池の、その決壊は、歴史から消されていたんです。なにしろ京都の自然災害史の……年表ですか？　それが一九五三年からしか、ない。記録がないんですって。これを掘り起こした。聞き取りをしてね。執念ですね」

それに柏村さんたちは学んだ。

「残さないと駄目なんです。残さないと消える。もしかしたら消される。それを避けたい。だからね、慰霊碑はね、石です。『この場所だったんだ』と言いたい。『ここで、こういう水害があったんだ』と建てたい。石ならば、ええ、石ならば消えないわけですから」

深谷武雄さんは「奇跡の紫陽花《あじさい》」のプロジェクトを率いる。正式名称は藤沼湖自然公園復興プロジェクト委員会、その代表である。

自然公園は一九八八年から九六年にかけて、旧・長沼町役場が整備した。キャンプ場、コテージ、温泉施設などを具《そな》える。

藤沼湖は——そして長沼が——観光地だった。

「それなのにね、あの決壊です。あの悲劇です」と深谷さん。「直後はね、本当に……。地域がばらばらになったんですね。被害者遺族の方がいる。まさに『被害者だ』という気持ちの。それから家屋、所有地とかを被災して、つまり『被災者だ』という気持ちの人がいる。もちろん他に、さいわい何にも遭《あ》わなかった人がいて。すると、ぎくしゃくしますよ。これは。私は、なんだか……長沼がおかしくなっちゃうぞって、そのことに心を砕いた。地域をまとめる何かがほしいって思ったんです。ええ、シンボルです。長沼の絆です。花でいいんですよ。須賀川市には、桜やツツジ、牡丹《ぼたん》という名物、その名所がある。そういうのでいいんですよ。ダムは決壊しましたから、藤沼湖は涸れていました。湖底が剝き出しだった。再建工事の始まる前に、二〇一三年の四月ですけれど、そこを歩くイベントを開催したんですね。哀悼の意も込めて。そうしたら、紫陽花の群生があった。湖底にです。六十年以上も水の下だった場所にです。枯れたような状態で……。休眠？」

この株が、増えた。

「芽が出たので挿《さ》し木して。里親というのを募集したら、いやあ、全国から『私も育てたい』と声が寄せられて。いまは、北海道から沖縄まで、ええ、千六百人を超える方が里親です。本当に奇跡です」

紫陽花は発見の翌年の、夏、咲いた。いまも咲きつづけている——全国で。

「私はね、このことは語ったことがないんだけれども」と私に語った。「家族を亡くした人の気持ちは、わかります。あの、私は震災の三年前に、癌で娘を亡くしました。三十五歳でした。急でした。わかった時には、余命二ヵ月、って先生に言われたんです。それも娘本人が直接、医者から。そこからの二ヵ月、私たち家族は……闘いでした。だからね、今度のことで、家族をあの水害に奪われた人たちの気持ちは、わかるんです。それを私は、口に出しては言わない」

——だから私は、深谷さんからうかがったこれを、書いていいのかと自問しつづけている——

「私は、自分の娘が、この紫陽花の活動を、発端《はじまり》から後押ししてくれてるんだと思います。あのね、どっかでみんな、つながってるんでしょうね」

3

その深谷さんの取材にＮＨＫは立ち会っていない。ＮＨＫは私のほぼ全行程を撮ったが、それは「対話を」ではなかった。私はだんだんと理解している。人が、そこにテレビのカメラがあるからと話をする、あるいはテレビのカメラがあっては話をできない、そういうことがある。テレビのカメラに向かってするすると言葉を出せる、そういう人もいる。私は大いに感心する。が、カメラを無視して私（という対話の相手）に集中することで、言葉を出す、出せる、という人もいる。私は大いに感謝する。かつ「カメラがない、だから話す」ということもある。いろいろな事例《ケース》がある。また、カメラがあっても話してしまう、という事例《ケース》もあった。「――話せない、話してはいけない」と言いながら。

私は心を揺さぶられる。

姉に取材すると決めたのだった。やっと、七月に入ってから決断した。姉は西間木順子、二十二歳までは古川順子、私流に言ったら「林業の家の子」で、それが須賀川の農家に嫁《か》した。いま現在、三人の子供、三人の孫（四人めも控えている）がいる。そこにあるのは長い歳月《としつき》である。長いそれに含まれて、東日本大震災、はある。こうも言える。その震災は一部でしかないと。進行中の人生があって、それを一つの角度からのみ覗き見るのは暴力である。しかし、そうやすやすとは他人《ひと》の人生を複眼をもっては眺められない。が、私は弟である。

私は作家である。弟である。

そこから知りたい。

須賀川駅から徒歩十数分のホテルに泊まったのだった。撮影クルーはたしか郡山に泊まった。朝、合流した。それはまだ午前七時台である。姉の家には八時を過ぎてから着いた。国道4号線は横断した。釈迦堂川を渡った。私は、須賀川市と言ったら円谷幸吉で、とは考えている。マラソン選手、一九六四年の東京オリンピックにて銅メダルを獲得、しかし胸がつぶれるような最期《さいご》を遂げた。その円谷選手を須賀川市は生んだ、と考えている。二〇二〇年の東京オリンピックは消えた、とも考えている。三月二十四日夜の発表をもって消滅した。いまは七月二十六日朝である。わずか四ヵ月と一日と十二時間。

釈迦堂川を渡り、すると自動販売機がある。それは「獲《と》れたて苺《いちご》の自動販売機」であり、コインロッカー式であり、建物の内側にずらりと並ぶ。販売は十二月十日から五月いっぱい、だから現在は売られていない。無人である。販売中は、早朝、ハウスで収穫したものを午前九時から売る。

姉のところの自販機である。

姉のところには、私の姪、姪の子供、お腹《なか》の子供、姉の夫、つまり私の義兄《あに》の西間木嘉大、がいた。

歓迎してくれる。

話題が、農業、それから「家」のことになると、嘉大さんもいっしょに取材に答えた。

「うん。二十二歳で須賀川に来て」と姉、順子。「農業をやる、とは思わなかった。それまでは、一度もそういう……人生？　農家？　農家に生きるって考えなかった。うちも農作業の、茸屋でしょう？　並大抵じゃないのはもうわかっていたから。三百六十五日、その、研修の旅行でも入らないと休めないし。一日も。でもね、それよりも『家』が大変だったの。そうだ、過去帳見る？」

仏壇に安置された過去帳を出して、私に示す。

一七二三年、某《なにがし》没。中御門《なかみかど》天皇の御代《みよ》、等とある。最初にそうある。

「その前までの記録は、お寺が燃えて、ないんだよね」と嘉大さん。「須賀川の大火で」

須賀川の大火は戊辰戦争時。慶応四年＝明治元年＝一八六八年の、旧暦の七月二十九日。

「結納の席で、ずらりと、西間木家の親族が並んで……。嘉大さんは長男でしょう？　二十何畳かの間《ま》に端《はし》から端まで人が座ったから、ああ、これはもう大変だ！　って。この西間木の『家』を守る、相当なことになるぞって」

結納の場面なのだから、まだ古川の姓である二十二歳の女性、私の姉が、そう思ったのだった。

「農業？　米をやっていたのね。夏場は胡瓜《きゅうり》。その頃はね」

「須賀川は、梨《なし》と胡瓜の産地だから」と嘉大さん。

「あたしが嫁いできてから、冬場は茸屋に出稼ぎに出るようになって」茸屋とは私たちの実家だ。「ただ、重労働でしょう？　昔って原木《げんぼく》栽培だけだったから。うちのシイタケ」この、う、ち、も私たちの実家だ。「楢《なら》はいいけれどクヌギの原木は本当に重いの。あれをいじるのが大変。そして、米作りもね、郡山のほうより大変よ。草刈りが。ここいらは開田《かいでん》だから……」

「カイデン？」と私。

「この辺りはもともと山で。それを拓《ひら》いて」嘉大さんが説明する。「だからいまも、水はポンプアップで田んぼに引いているんです」とNHKにも説いているためにですます調になる。

「山の草刈りは三段刈り。一枚の田んぼの畦《あぜ》を刈るのに三倍かかるの。そういう、やっぱり重労働。だから、いろいろと事情はあったんだけど出稼ぎはやめて」つまり、実家には働きに出ないことにした。「さあ米を作らない冬場にどうしようか、何を育てようか？　って。韮《にら》を検討してトマトを、ミニトマトを検討して、でも『苺にしよう！』って」

それが平成元年＝一九八九年のことである。

「苺をやっている人は周りにいたの？」と私は訊いた。

「あんまりいなかったねえ」と嘉大さん。「鏡石（鏡石町）ではやってて。でも、須賀川のこちらでは。何人かグループで栽培するのは、あったかなあ？　多いということはなかった。そうして、始めてみたら、苺栽培にはおもしろさがあった」

高設《こうせつ》栽培を取り入れた。この、コウセツ、も私は最初漢字を宛《あ》てられなかったのだが、高みに設《しつら》える、だった。ハウス内部をそのように改造した。思うにパイオニア的な判断だったようだ。効率が上がり重労働の〝重〟が消えて、苺の収穫時期も延長された。初期は、当たり前に市場に出荷していたが、その後に「自動販売機で売る」にシフトする。コインロッカー式の自販機、という（やはりパイオニア的、革新的と思われる）発想を得て。
「量をいっぱい出す、いっぱい出荷するという考えはなかったのね」と姉。「あたしたちは個人でやっている、夫婦でやってるだけだから。量は、対応できないよぉ。それよりね、買ってくれる人がいて、売る場所がそこにある、それでいいの」

ここから先、私は当然のように姉（西間木家）と東日本大震災の話を記して、さらにあと一つ、記す予定でいる。が、ストレートには続けない。私は迂回する。迂回はむろん、理由または予感があって為《な》される。「この前方には歩道が消えてしまう区間があるから、危ういぞ」等。まず昨年の話題に飛び、それから七月二十九日の朝に飛ぶ。後者は須賀川市がその話の舞台ですらない。

まずは昨年の須賀川市。

秋、台風十九号に襲われたのだった。市内を北流している阿武隈川は、その全長が二百三十九キロメートル、最終的には宮城県仙台湾に注ぐ。その阿武隈川の水位というのが上昇した。すると、支流が注ぎ込めない（バックウォーター現象）。支流とはたとえば釈迦堂川である。合流を果たせず――本流から押し戻されて――氾濫する。たとえば市営の須賀川アリーナというのは、西間木家から四百メートルも離れていないと思うのだが、目の前の堤防を釈迦堂川の水に越えられて、浸水した。その須賀川アリーナには円谷幸吉に関連する資料その他を展示する「円谷幸吉メモリアルホール」があった。西間木家の、苺のハウスはやられて、嘉大さんは深夜の二時までポンプを動かした。ハウスは自宅から二キロ離れている。その途中の、道は消えた。水没した。

その水害は凌いだ。

嘉大さんの高校時代の担任は、円谷幸吉の長兄だった。

私が振ったからだが、須賀川でオリンピックの話題は出た。

また、ここまでは、私が振らないかぎり、オリンピックの話題は出なかった。取材させてもらった誰からも。

須賀川には「円谷幸吉メモリアルマラソン」というのがある。

須賀川には、もちろん聖火リレーのコースが設定されていて、それは円谷幸吉の記念碑を経由するはずだった。今年（二〇二〇年）の三月二十八日、に行なわれているはずだった。

そして前日、三月二十七日には、聖火は福島市内も走るはずだった。ゴールは福島県庁の西庁舎前、距離はおよそ四・八キロ。スタート地点は信夫ヶ丘競技場である。

このコースを、須賀川を訪れた三日後の七月二十九日、朝の八時から、私は逆にたどった。

マクマイケル・ウィリアムさんはカナダ出身、三十八歳。私のかたわらを歩いている。私は、消えた聖火リレーのコース（のいずれか）を聖火ランナーの候補者（のどなたか）とともに歩きたい、と願った。マクマイケルさんの名前は知っていた。社会学者の開沼博さんが編者を務める『福島第一原発廃炉図鑑』に「世界から見たＦＵＫＵＳＨＩＭＡと廃炉」という原稿を寄せていたから。この文章は強烈な印象を残した。震災後、福島にはディストピアの貌《かお》がある。この悪《あ》しき相貌にマクマイケルさんは立ち向かう。具体的には海外の誤情報、すなわちデマ、を撃攘《げきじょう》せんとする。私はマクマイケルさんを福島民報紙の記者に紹介してもらった。二〇〇七年からマクマイケルさんは福島に暮らしている。現在、福島大学国際交流センターの副センター長である。

聖火リレーでは南会津町を走る予定だった。

私は、その文章から戦闘的な人、を予想していたが、ぜんぜん違う。陽気である。

傘をさしている。雨が降っているのだ。私はリュックを背負《しょ》っている。前日は警報級の大雨だった。が、私は歩いてしまい、しかも二十二キロに達する距離を歩行して、リュックはまだ乾いていない。

福島市内の聖火コースは国道4号線を横断する。

「友好大使《アンバサダー》の育成は……？」と私は訊いた。

「いまも続いています。海外から留学生をもう二百人以上呼んで、それから日本人も友好大使《アンバサダー》として育てて、八百人を超える数を育成しました」

それはふくしま友好大使である。学生たちである。

交換留学生が主軸である。

「八百人超。その全員と、きちんと交流があります。いまも。彼らが『福島』と関わることを、僕は、大学教員として助けています」

やはり行動的で、結局、戦闘的だ、と私は印象を改める。改めるというか膨らませる。

陽気でなければ闘いつづけられない。その実践者がこの人だ。

「復興五輪？　ええ、役に立つと思いましたよ。福島を海外にアピールするチャンスだ、好機到来だって。いかにこの機会に、福島――ＦＵＫＵＳＨＩＭＡ――のイメージをアップデートするか。考えたのは友好大使《アンバサダー》とは別種の人材育成です。観光ガイドのできる通訳者を養成する、ということ。『福島の人間が英語で福島のことを世界《そと》に語る』、これに尽きます」

私は唸る。

私たちは、幻の聖火コースを、ゴール地点からスタート地点へさかのぼる。

これは遡上か？

私は、知る、復興五輪とは頂戴するものではない、利用するものだった、と。

いや……利用という言葉はきついか？　活用と訂《ただ》す。

この、マクマイケルさんとの歩行が、迂回路である。それは明後日の次の日のことである。

二〇一一年三月十一日に地震があった。

姉と義兄《あに》の話だ。苺のハウスは修復が必要となった。が、苺に、風評はなかった。その〝風評〟をもたらしたのはマグニチュード９・０の地震ではない。原発事故である。米は厳しいことになった。作付けは、した。が、その前に田んぼに断層ができたので、それを直した。これに対する市の補助金は出た。が、需要に対して業者が足らない。素人には断層は直せない。二ヵ月かかった。田植えは例年にひと月遅れの六月十七日。そして収穫する。そして米には風評被害はある。いまもある。

「先は見えなかった」と嘉大さんは言う。

仲間が、自殺した、先行きを悲観して——とも語る。有機栽培のキャベツ農家。その人とは旅行もいっしょに行ったの、と姉、順子は言う。そして義兄の嘉大さんは、

「おれらはね、そうだね。比較すれば楽観的だったから」

穏やかに言った。

あの三月は、ガソリンがなかった。自販機の苺は売れなかった。水（飲料水）はボーリングで出た。「ハウス、ボーリングしてたから」と順子は言う。水道の復旧そのものも早かった。

「大変ではあったね」と嘉大さん。しかし苺が売れ出す。購入者は、郡山から来る。白河からも来る。仙台からの出張者も寄る。その苺の、質、味が、信用されているのだ、と西間木夫妻は知る。姉夫婦は。

「結局は、味。よいものを作ること」と西間木順子。

姉に取材する。弟として。義兄《あに》は席を外す。しかしＮＨＫの撮影班は立ち会っている。

「どうして農家に嫁いだのか？　うーん……」

農家には行かない、と思ってたよ。

「だよね、日出男くん。条件は出したの。『三十分以内に、車で、実家に帰れるところ。そういう「家」にしか嫁がない』って」

どうして？

「一人娘だったから。お母さんが、実家《うち》に残されることを、考えて」

私たちは三きょうだいだ。しかし娘は一人しかいない。

「まあ、親のために、見合い結婚をした……かな？　あとね、占いを信じた。『あなたは二つの家を看《み》ることになります』って言われて。それはね、西間木家と古川家だったね。あたしはお母さんを守れた」

私たちの母は、昨秋、身罷《みまか》った。

施設に入った母の、いちばん……そばにいたのは姉だった、と感じる。

「お母さんの告別式は、十一月十七日だったでしょう？　三十六年前……七年前？　の、同じ日に、あたしは実家を出た。嫁入りのために。それは昔式で、自宅で支度をして、お宮参りをして、それからあの床《とこ》の間《ま》で三つ指をついて、お世話になりました、って挨拶して。お母さんの遺体《からだ》が置かれていた、同じ床の間で。だから……」

姉は、カメラを気にする。

姉は、カメラを無視する。

それからいろいろと語る。「あとでカットして」と言いながら。撮影班にエクスキューズしながら。姉、順子は歌が好きだった。料理が好きだった。いったん首都圏に出て、本格的に料理を学んだ。しかし、断念した。その理由を話してから、「日出男くんに夢は託したの」と言った。

私は何も書けない。何も言えない。

震災の翌《あく》る年にだが、姉、西間木順子は腎臓を悪くした。二週間入院した。事故にも遭った。

「骨がボロボロになっちゃって」

そう囁《ささや》いた。

「身長、七センチ縮んでしまった」

これがある一人の女《ひと》の人生である。私には敬意しかない。

4

歩きつづけた。

須賀川市から郡山市へ、郡山市から二本松市へ、二本松市から福島市へ、福島市から桑折町へ、桑折町から宮城県白石市へ、抜けた。一日の歩行距離でもっとも長いのは「郡山（駅前）〜二本松（駅前）」間。二十四キロある。風景はダイナミックに変化する。その風景とは4号線沿道のそれである。二次元の地図は、起伏のことは予想させないので、私は起伏《それ》に驚く。大玉村から二本松市の境界は、坂だ。歩道を歩いていて遇《あ》う人間はいない。誰も通らない歩道は夏草が奔放に繁茂し、というよりも繁りすぎて、私は刺される。摑まれる。蔓《つる》たちにだ。陽射しが、ある瞬間、強い。三十分ばかり。サングラスをかけようかと思うが、すると風が吹き出し、乱暴である。と、雨。いきなり強い。

傘だけをさす。ウインドブレーカーには袖を通した。

熊が出没している区間で私は熊には遭《あ》わない。大雨洪水警報をともなった雨、に遭う。七月二十八日、午後である。携行するスマートフォンに緊急速報が来た。「避難準備をしろ!! 高齢者は避難を開始しろ!!」と警告マークが物語る。浸水想定区域および土砂災害警戒区域に対するレベル3のアラート。国道4号線はどうか? そうではない（＝区域内ではない）、該当しないと判断して、雨具で装備――武装?――する。シューズには防水のカバーを。これは二つの靴を同時に履いている感覚をもたらす。リュックにも防水のカバーを。ここには反射板が付いている。車のライトを反射《リフレクト》するはずだ。さらに裾の長いポンチョ、手甲が付いている。指は動かせる。スマートフォンにも完全防水を謳ったカバー、を。

私は水をかぶる。

歩道があり――車道があり――その間には縁石があり――車道側には雨水が溜まる、それが（一分間に三度、四度と）撥ねあげられる、宙高く。

車輛はかたわらを走行して、それは毎度、私に〝シャワー〟を提供した。頭上から降り注いだ。私は、びしゃっとなる。びしゃびしゃっとなる。ざぶんと浴びる。冷える。全身が、だった。そして精神が硬直する。あろうことか防水シューズ・カバーの内部が、ちゃぷちゃぷ鳴り出す。二重の靴のあいだに、水がある。

それでも歩いた。

NHKがサポートしている。結局、これは剣呑ではあっても冒険《アドベンチャー》ではないのだ。

が、それが冒険《アドベンチャー》であるものもあって、危殆《きたい》に瀕したのはノートである。

私の取材ノートは、登山用のリュック（撥水性）に入れ、その上に防水性のカバーを巻いていたのだが、にもかかわらずびっちょり濡れた。リュックの内側から取りだして、私は「あ、あっ」と呻いた。

頭髪用のドライヤーで、一ページ、一ページ、温風を当てる、ということが求められた。それを何十分も、そして何日も続けた。最終的に救出は成った。

郡山市では吉田博文くんと対話した。彼の建築設計会社のオフィスで話した。家、これは建築物としてのハウスということだが（ホームでもファミリーでもない）、人にとって家とは何か？　もともと博文くんの会社は、単に家《ハウス》を提供するのではなく、それとともに過ごす時間を提供する、ということを考えている。建築物にはメンテナンスが要る。その歳月を考慮できるか？　地域の気候、風土の別。それを考慮できるか？　たとえば「経年変化は、楽しめばよい」という発想すら彼にはある。ように私には理解された。

家《ハウス》はどうあるべきか？

むろん結論は出ないのだけれども、たとえば東日本大震災に言及して、博文くんが「空き家は朽ちるんですよ」と語った時、人と家《ハウス》は共生している、との認識が訪れた。人に生かされるものとしての建築物がある。それどころか家《ハウス》の建つ土地、それと人との関係すら現われる。顕《あら》われる。むしろ震災後その問題ばかりが顕現している。私が感知し、私が足を運んだところ、みな、そうだ。

「震災以降に建て替えが増えて」と博文くんは語った。もちろんそうだ。

その博文くんが、甥っ子（私の甥だ）の家の設計を頼まれている、とは4号線に向けて発《た》つ四日前に知った。その甥っ子は、二本松市までわざわざ顔を見せに来た。日出男兄《あん》ちゃん（甥は私をそう呼ぶ）の応援に、と。差し入れ、なんか要る？　いっしょに飯を食べた。甥は、兄の長男である。二歳の娘がいる。甥は、結局このあと6号線にも応援に来る。二度も来る。そして二度めには、私は甥のその娘から差し入れをもらう。金平糖《こんぺいとう》だった。

他者《ひと》が助けてくれている。

コロナ禍というのはあった。私は浜通りの某ホテルから、七月三十日、電話をもらった。関東からの宿泊客は「ご遠慮願いたい」と。しかし丁寧だった。従業員に高齢者が多いので、現況では断わらざるをえないのだ、とも説明された。そのホテルが駄目になると、他のホテルを当たるしかない。その電話は、朝、午前八時台にあり、私は歩行の準備――とそれに続く十数キロの歩行——で手一杯で、すると東京に控える学が（彼とは翌《あく》る日に合流する）、メッセージ一本で対応する。古川さんと僕と耕太郎のぶんの、いわき市内の他の宿の予約、完了です。押さえられましたから。そう二十分後には連絡が入る。学のメッセージ。「僕も耕太郎も、古川さんの集中を助けたいんで」

私は歩いた。

七月二十八日と二十九日、二日にわたって伊達市霊山町の小国《おぐに》を訪ねた。専業農家の渡辺栄さん、それから「放射能からきれいな小国を取り戻す会」の会長の佐藤惣洋さんに順にお話をうかがった。小国は中山間地にある。小国は〝特定避難勧奨地点〟に指定された。小国は旧・小国村で、ここには熟慮しなければならない問題がある。たとえば〝特定避難勧奨地点〟という語など、ほぼ誰も知らないであろう、ということ。渡辺さんはシイタケの原木栽培もしていた時期があって、私は、森林除染について考えることになるだろうなおれは、と直前まで思っていたこと。よって稿を改める。

別稿にて問う。

ただし、二点はここにメモとして残す。東日本大震災とは、人により異なる経験、体験である。すなわち二〇一一年三月十一日からの九年と四ヵ月、そして十七、八日間の記憶は、人それぞれである。

私が唾棄《だき》するのは紋切り型の理解である。

それから除染。この言葉は、除かれる汚染、穢《けが》れ、を私に連想させて、いいや、それは連想ではない、正当な理解であるわけだが、だとしたら浄《きよ》められて現われるのは何か、とは考えさせる。そこで私が連想するのは浄土だが――浄い土地――誰も〃浄土〃に関して語らない。

むろん、それを語ったら「お前は宗教を求めているのか?」と疎《うと》まれる、のはわかっている。

七月三十日、私の4号線の歩行は桑折町、国見町と続いて、中通りで最後のコンビニエンス・ストアというのも後にして、その五十分後だったが、県境いに達した。峠だった。

6号線

（宮城県山元町から茨城県北茨城市まで。南下する）

1

中通りから浜通りに移る。単純に横移動できる道路はない。電車を使った。東北本線と常磐線と、だ。まず宮城県白石市《しろいしし》の越河駅《こすごう》（この駅舎までは歩いた）から東北本線に乗って、仙台へ。一泊する。目覚めると七月三十一日である。それから仙台駅の常磐線のホームで、学、耕太郎と順に合流する。乗り込むのは十二時十四分発、原ノ町《はらのまち》行き。その原ノ町とは南相馬市の原町《はらまち》で、同じ地域を指す。乗車前に私は、すでにこの春にはスポーツ・インストラクターから指導されていた「長距離歩行用の靴紐の結び方」を学と耕太郎に伝授して、かつ歩き出す前のストレッチ、歩き終えてからのストレッチというのも教える。それら二つは特集雑誌で独習した。

常磐線に乗る。

宮城県山元町の坂元駅で下りる。国道6号線はほんの少し先。三人で歩き出す。先頭が私、次いで学、しんがりに耕太郎。私は、6号線の歩道に入って一、二分後に蛇をまたいだらしい。自分では気づかなかった。学と耕太郎は気づいていた。黄色かった、と言う。南へ、南へと進んだ。すると境い目が来た。もちろん宮城と福島の県境いである。

ところで学と耕太郎だが、学は物書き、耕太郎はミュージシャンである。学は、私のほぼ全著作を読んでいて、耕太郎は、前に私の朗読（のライブ。「画廊劇」と幟《のぼり》を立てたものの一部）

に音を付けたことがある。三十八歳と二十九歳。それぞれに一日に二、三十キロは歩けるトレーニングは積んだ。課題図書も読んできている。たとえば開沼博の『はじめての福島学』、小松理虔の『新復興論』。

先に説明すると、私たちは七月三十一日には九キロ強しか歩かない。八月一日には二十五キロ強歩いて、八月二日には十六キロ弱を歩く。

浜通りには海がある。それを新地町で見る。

福島県の太平洋岸は、北から順に新地町、相馬市、南相馬市……と続いていて、その南相馬市は二〇〇五年までは北から順に鹿島町、原町市、小高町、の一市二町だった。

新地町で私たちが見、接する海は釣師《つるし》浜である。私がこの地を訪れるのは三度め、一度めは二〇一一年の四月、次が二〇一三年の三月。釣師地区の津波の痕《あと》は、惨《むご》い、惨いとだけ私に言わせた。要するに絶句させた。流失は百五十九戸、犠牲は三十四人。震災の二年後、再訪の際にも惨禍の痕跡はそのまま残っていた。

だが三訪すると景観は一変していた。巨大な防潮堤が建設されて、それが陸と海を隔てている。私は海の側に立ってみる。つまり渚だの、防波堤だの、漁港だの、そういう「海に直結する」ものの側に、身体を置いて、防潮堤を見る。

私は黙る。それも絶句だ。

壁だ、と感じたのだった。海が、いわば陸《おか》＝新地町から逐《お》われてしまった、と感じた。そのことは……複雑な感情を湧かせた。あるいは感想、思想を湧出させようとしていた、が、時間がかかる。いきなりNHKのカメラ（というよりもディレクター）に、その感情を説明しろ、その絶句を説明しろ、と求められる。

この時、私の精神は少しだけ壊れる。私は、テレビに向かってサービスしてしまう。つまり「それらしいこと」を語ってしまう。おれは何を言っているのだ？　どうして黙《もだ》せないのだ？　五感が鈍る。おれは、おれは、糞、と思った。苛立つ。心が動揺して、心？　と思った。

以前、私は駅舎を目にできなかった。新地駅は被災したから。鉄路《レール》の残骸を見て、ただ唸った。いま駅は再建されていて、元の場所から西に——海とは反対側に——三百メートルのところにある。その駅の、東口駅前に新地クリニックはある。精神科の診療所である。理事長で、非常勤医員である渡辺瑞也さんに話をうかがう。

渡辺さんはもともと小高赤坂《あかさか》病院の院長だった。

その病院は先ほど説明した南相馬市の小高という地域、が独立市町村の小高町、であった一九八二年に設立された。

「福島第一原発からは十八キロに位置していました。小高町、原町市、浪江町が診療圏でしたね。地域の精神科医療を担った。そして仙台市、いわき市、福島市からも患者は来ていた。『地元から離れたところで診《み》てもらいたい』という気持ちもありますから」

そのように背景を語る前に、渡辺医師は私に、自分は福島市の出身で、農家の次男坊なんですよ、（私＝古川と）いっしょですね、そう微笑んでいた。ありがたかった。なんでも訊いてよいのだよ、と言われた気がした。

「小高赤坂病院は百四床ありました。開放病棟が五十四床、そうではないのが十六床、いわゆる保護室ですね。そして老人病棟が三十四床。合計百四。百四人の患者が入院しています。このうち要介護となるのが五十六人。地震の当日ですか？　全員を老人病棟に集めて、医師、スタッフともども雑魚寝《ざこね》です。あそこは広いホールでしたから。翌朝、それぞれの部屋に患者を戻しました。そして、午後三時三十六分です」

　福島第一原発の一号機、水素爆発。

「それで、尻に火がついた」

「情報源は？」

「テレビですよ。テレビだけ。誰かが報《しら》せるなんてない。しかし避難しなければならない。三月十二日の十八時……だから午後六時、の……二十五分ですね。国が原発から半径二十キロに避難指示を出した。病院《ここ》が対象になった、と知ります。テレビの画面で。若い職員の車に動ける人たちを分乗させました。四十八人ですね。原町の西へ避難させた。次の日、十人が帰ってきてしまいましたが……。小高区役所には『どのように退避するのだ？』とは問い合わせました。が、埒《らち》があかない。いずれにしても、それが第一班で、三十八人は福島市に避難させられました。十三日に。日曜ですね。その土曜日曜、病院にとどまっていたのは寝たきりの患者等、自分では避難できない方々です。これが第二班となる」

病院に籠もり、全員で食料を分け合っていた。

「三月十四日、月曜、タイベック・スーツ（化学防護服の一種）姿の警官たちが頻繁に小高赤坂病院に来ました。彼らは言いました、『あとで自衛隊がやってきます。避難をサポートします。だから支度をお願いします』って。しかし夕方まで待っても、現われないんですよ、自衛隊は。来たのは……そうですね、午後五時頃ですね、長野県警の人たちが運転する観光バスでした。これが七台。『仕方がない』とこの七台のバスに患者全員を押し込んだ。寝たきりの人も。二時間かかりました」

それから相双《そうそう》保健所（南相馬市内）でのスクリーニングで二時間の足止め。福島市に向かい、それから郡山市経由でいわき市、という長距離移動。翌三月十五日の早朝、いや早春の午前四時半だからまだ朝とも言えないのだが、やっと高校の体育館に着いた。第二班、六十六人。

その搬送先の体育館に医療設備はない。

誰がそこへ向かわせたのか、もわからない。

その同じ体育館には双葉病院の老人たちもいた、と渡辺さんは語り、私はアッと思う。だとしたらそこで十人は命を落としたのではなかったか。あとで資料に当たると、同じ体育館で同じその朝までに十一人が死亡、とあった。

小高赤坂病院の第二班は無事だった。

南会津病院に十人が転院、それから田島（南会津町）に三日とどまるということはあるが、東京都立の病院が残りの五十六人をひき受けることになり、三月十八日の昼にその〝避難移動〟は完了した。

「道中、患者の皆さんはどうでした？」と私。環境の激変の影響について問いたかったのだ。

「落ち着いていました。混乱はぜんぜんなかった。みんなテレビの報道で『何が起きているのか』は知っていましたからね。二人だけ、移動に反対したんですが、説得しました。あとは全員協力的だった。私たちは二十人のスタッフをこの避難に同行させました。それが大きかった。顔なじみの人間がいっしょに行動している、ということ」

「つまり」と言ったのは学だった。「病院の『コミュニティ』がそのまま動いた、移動したんですね？」

「はい」と渡辺医師。「それがよかったんでしょうね。だから病状の悪化はなかった」

私はそこで、渡辺さんに難問を発する。私は最初のなんでも訊いていいんだよの笑みに甘えた。

「コミュニティと言えば、ここ新地町の景観は変わりました。住宅再建が進んで、なんと言うんでしょう、以前とは違う家々——家《ハウス》たち——が建っている。あちこちに建ち並んでいるのが見受けられます。昔のランドマークが欠如している、という状態でも、コミュニティは再生されるのでしょうか？　コミュニティというか、地域の……地域の心というものは」

え、難しいなあ、と渡辺さん。

しかし考えて、回答してくださる。

「津波避難は、大丈夫です。そもそものコミュニティの成員が揃って移動する、移転する、という場合は、さほど問題は生じません。昔をいっしょに語り合う、ということでコミュニティはよみがえる」

「なるほど。人と人とで……」

「つながって、再建しうる。そういうものなのではないかな、と思います。しかし、原発避難は別です。たとえばコミュニティの成員がばらばらの場所に避難した、とか、帰還率が低い、とか、すなわち語り合えない……いざ帰還者となっても、全員はそこには揃わない、というわけです。これは危うい。その危うさは避難先でも同様です。原発事故での避難というのは心の健康《メンタル・ヘルス》に問題があり過ぎる」

避難者の心、それからコミュニティ、地域の心。

――いや、後者はメタファーでしかない。

だとしたら。私が理解しなければならないのは。

「先生」

「はい」

「おうかがいしますが、心とはなんなのでしょう？」

えっ、それは難しい質問だ、と率直に渡辺医師。

けれども考えてくださる。その思索の途上であっても言葉を紡《つむ》いでくださる。

「たぶん、精神と心、というのがあります。おかしな言い方ですが。二つ、あります。精神は神経の働き、それから脳ですね。具象性がある。しかし心は……心は形而上的です。『ここに心がある』とわかるのに分析できない。要素に分け、さらに要素に分け、さらに……とやっても、心には当たらない。もう一回インテグレートしないと。そうしないと心は見えない。だから……」

恐ろしいほどの誠実さで渡辺さんは語塞《ごふさ》がる。

それから、

「心とはなんぞや？　わからない」

と言い、

「精神とイコールではない」こう語ってから「イコールではないのではないか」と続ける。

私は思いきって母の話をする。亡母が、五年前の十一月に鬱病を発症して、それから認知症となったこと。その母親に、心を見ることが困難だ、と思ってしまった私がいたこと。いいや、心を見たい、見たいと苦しかったこと。

すると渡辺さんは、先生は長い、長い語り《モノローグ》をされて、どこまでも真摯に私に答えられる。その全部をここに書き写す必要はない。ただ、次のひと言は記さなければならない。

「私もね、小高赤坂病院の再開を期しながら、しかし断念して、その間《かん》ずっと苦しかった。荒涼とした気持ちでした。けれどもここ（新地クリニック）でふたたび仕事を始めるようになって、心が恢復《かいふく》した」

＊

新地町の南は相馬市、ここから野馬追《のまおい》文化圏になる。野馬追には一千年の歴史がある。国の重要無形民俗文化財である。相馬氏《うじ》――桓武平氏の支族――の祖、平将門が始めた、と伝えられる。軍事訓練がやがて神事の名目を得て事実神事《それ》となった。野馬追文化圏には相馬市より順に南に、南相馬市の鹿島、原町、小高、それから浪江町と双葉町、大熊町も含まれる。その祭事では騎馬武者たちが甲冑に身を固める。武者たちは腰に太刀《たち》、背に旗指物《はたさしもの》。馬に乗るのだから馬が要る。

相馬市和田の佐藤信幸さんの厩舎《うまや》を訪ねる。

佐藤さんは宇多郷（相馬市に相当する）騎馬隊の軍者《ぐんしゃ》。軍者は、軍師および副軍師を輔佐《ほさ》しながら隊を統率する。四十七歳。壮年期のはずだが青年期の印象があり、それはすなわち鋭さ、妥協のなさ、を意味する。私は何度も「筋が通っているとはこの人のことだな」と感じ入った。また鋭さを感じさせる理由には体型もあって、無駄な肉がついていない。というよりも削《そ》がれている。馬に乗る、とは馬に負荷をかけることであって、その点に留意したら肥《ふと》れないのだ、とも想像した。実際、佐藤さんは「野馬追は馬には過酷」と言った。衆人環視のイベントであるというストレス、いつも真夏（七月後半）に開催されるということ、その暑気。「しかし私たちは、人が主《しゅ》ではないですよ。馬が主」

人は従、との決定的な意識。

「子供がね、私には子供たちが何人もいますよ、けれども馬には、私一人じゃないですか？　飼っている馬たちには私しかいない。私が世話をして、つまりお父さんだ、養わなければならない。そのためにはね、稼がないと」

そう語る時には微笑する。あるいはシリアスさを笑いに変える。鋭いのだが、その鋭利さはつねに穏やかさに包まれていて、ああ信頼できる人物だなと思わせる。

新型コロナウイルスは、今年、野馬追を無観客開催とした。規模を大幅に縮小させた。七月二十七日の月曜に終わったばかりである。今日は土曜。私は、その五日前までの野馬追について訊いてから、同様に規模縮小を余儀なくされた九年前の野馬追を尋ねる。

「状況は違いましたね」

「コロナ禍のいまと？」

「見えないものと闘う、ということではおんなじだけれども……」

見えないもの、とはウイルスであり放射線である。

佐藤さんは私たち（宇多郷＝相馬市）は福島第一原発から離れていたと言う。北郷（＝南相馬市の鹿島地区）も、と。ここでも福島第一原発——イチエフ——からの距離が影響した。三、四十キロなのか、それとも二十キロ圏内か。後者には選択肢がない。が、前者にはある。可能性が残る。「津波は、野馬追の道具を、馬を、だいぶ流失させていて」と佐藤さん。「開催は無理だ、という声はあった。私は……自分はやりたかった」

それは鎮魂のためだった。

当時、佐藤さんは螺役長《かいやくちょう》だった。螺とはホラ貝である。そもそもホラ貝は軍陣で進退の合図に用いられる。野馬追でもさまざまな合図を出すために吹かれる。螺には、冬の寒稽古、春稽古、夏の本番稽古がある。その春稽古の四月、発災からひと月後だが、周囲に相談する。野馬追が今年の夏に、やれるかやれないかはわからない。だが備えはしたい。陰翳礼螺《いんえいれいがい》という、その、特別な吹き方をしたい。

陰翳礼螺は慰霊のための奏法である。

総大将が「それでお願いします」と佐藤さんに言った。

だから準備をしたのだった。練習した。御霊《みたま》を鎮めるために螺を鳴らす、ということ。批判もあった。「お前は何をやっているんだ?」「いま、野馬追をどうのって時期か?」等。しかし毎夜、吹きつづけて稽古した。その稽古自体が供養だった。たとえば津波は、一頭の馬を衰弱させ――佐藤さんは「自分の子供みたいな馬」と言った――命を奪っていた。そして佐藤さんには「自分は生かされた人間だ」との思いがあった。二〇一一年三月十一日の津波は佐藤さん運転の車を呑んでいてもおかしくなかった。紙一重だった。「というよりも」と佐藤さん。「助かった人間、生き残った人間は、みんなそうです。紙一重ですよ。だから、何かをしないと。犠牲になられた方々のために、何かを」

佐藤さんは私には野馬追があったと言う。

だから毎日、螺の練習をした。

じきに地元の人たちから「自分たちはいろいろと奪われた。海も奪われた。本当にいろいろと。だから、野馬追は。野馬追だけは――」

やってほしい、との声が届き出す。佐藤さんの耳に。


佐藤さんは、私が問うことに答える。つまり問われれば答える、、、。自らこう語りたい、ああ語りたいというわけではない。佐藤さんは「私は……」と言い「自分が……」と語るが、しかし深い話を私が、聞かせてほしい、聞きたい、そう願うや、ある瞬間から「おれが」と言った。

この日、厩舎には四頭がいた。

しかし一頭ぶんの馬房は空いていた。

聞かれたんで話す、と佐藤さんは言ったのだけれども、それを後で、聞いてくれたから話した、とも言い換えた。

……震災でうちの馬を駄目にした。当時、二頭いたなかの一頭を。野馬追のための備えはしていたが、しかし、当たり前だけれども馬がいないことには出られない。あの震災……あの震災は避難指示区域を生んで、そこには取り残されている馬たちがいた。放れ馬たちがいた。保護する団体もあった。いろいろあって……四月の、うん、中頃です。その被災馬に出会った。脚には傷があってね。瓦礫のなか、歩いてたんだろう。

波長が合った、って言ったらいいのかな。

五月の連休明けに引き取った。

それから野馬追調教をして。実際に野馬追に使って。

おれは馬は年中飼ってるから。というのは、シーズンだけ借りて使って、返す、というスタイルもある。そうじゃないスタイルをおれは採っていて、野馬追に出る馬のうちの二百頭とかがそうなんだけど、地元で飼育する。つまり年中、世話をする。その被災馬も、三百六十五日ここに置いて面倒を見る、そう決めた。

おれは、馬の飼育というのを生業《なりわい》でやってるわけじゃない。だから、こいつらは家族。

家族でしかない。


佐藤さんの厩舎は小泉川というのに臨み、宇多川も近い。つまり二本の川が目の前にあって、それぞれ河口まで一キロない。そして二〇一九年の十月十二日には、それがある。台風十九号がある。その集中豪雨は川を氾濫させる。堤防を決壊させる。

水を、厩舎に襲来させる。

馬たちは胸まで水に浸かった。

午後八時、いや九時だった。消防団員として走りまわり、人びとを避難させ、後《のち》、厩舎にその状況を見に戻ると、馬たちは苦しみ、恐怖し、慄《ふる》えていたのだった。佐藤さんは「ごめんな、ごめんな」と五頭に声をかけた。それから祈った、朝まで馬たちが堪《こら》えられることを。朝、というのは満潮——海すなわち太平洋のだ——は午前三時にあるとわかっていたから。それまで水は引かない。

四時過ぎ、水が引きはじめた。佐藤さんはふたたび厩舎へ。膝まで水はあったがジャブジャブと入った。馬はヒヒーン、ヒヒーンと鳴いた。「恐いだろう、恐かったろう」と佐藤さんは言った。「あとちょっと、辛抱しろ」

朝の七時に水は完全に引けた。が、大量の飼料が流失した。流入してきたのは瓦礫、ゴミの類いである。そのゴミのなかに馬たちはいて、震えていた。馬たちはひと晩中、震撼していたのである。そしてあの被災馬は、これが二度めに遭った水害（東日本大震災の津波に続いて）、ということになった。

わずか十三日後の十月二十五日、金曜、激甚災害に指定されることになる大雨がある。相馬市では二人が死亡。川の堤防がまた切れて――しかし十三日前とは別な箇所だった――厩舎にはまた濁流が。

佐藤さんは、「おれはあいつ（被災馬）を三回沈めてしまった」と言う。

馬は、動けない体になった。半身が麻痺した。


佐藤さんはずっと介抱したのだった。「馬にはおれしかいない」と。あいつは頑張ったんだ、その十月から、と言った。その瞬間に初めて馬の名前を口にして、私たちはそれから、その馬を名前で呼ぶ。ちゃんと付けで呼ぶ。その名前をここには書かない。私には大切すぎるものなので書けない。

馬は逝《い》き、そこに墓がある。

私は手を合わせる。


馬がいなければ野馬追はない、と佐藤信幸さんは言い、野馬追は世界に誇る馬事《ばじ》文化だ、と言い、絶やさない、と言う。それから私が慄えるのは、つまり戦慄するのは佐藤さんが「先祖が……」と語り出したからだった。「野馬追の時に、先祖が、現代に降りる。おれに入るんですよ。そして主君に仕える」――なぜならば、父祖伝来の鎧兜《よろいかぶと》を身に着ける、とはそれを着けてきた先人たちの思いを背負うことだから。

思いとは心である。

ここにはいない人たちが、いる、に変わること。

思いを宿して、遺《のこ》します、と佐藤さんは言った。また、自分が生きた爪痕も残す、と言った。

*

それが八月一日であり、翌二日、私たちは6号線を南相馬市の鹿島から原町、と南進する。この日に東北南部の梅雨明けが発表される。平年より八日遅い。しかし問題は遅いだの早いだのにはない。これ以降はしんどい暑さが来るのが確実であるということ。熱中症対策は意識されなければならない。私は両腕をＵＶカットのアームカバーで覆う。学がまめに塩飴を配る。私たちの縦列は、私、それから学、しんがりに耕太郎で変わらない。間隔は二メートル置いたり、十メートル空けたり。

喉が渇いてしまう前に水分を補給する。

二十代の耕太郎がいてよかったなと思うのは、なにしろ物事の捉え方が私とぜんぜん違う。それは瞬間的には私の思考にノイズとなるが、しかし種は蒔かれる。蒔かれたものは芽吹いた。それから、耕太郎は一九九一年生まれなのだが、ディレクター（福島局勤務）は一九九二年生まれで、大学は同窓、ともに東京出身、と年代・バックグラウンドが重なって、ここに疎通するものがあった。

このことには、助けられた。

私は「（何かが）通じない」を「伝え切れていない」と捉え直す。

原町で高村美春さんと対話する。高村さんの肩書きは〝語り部〟である。この、震災後には説明不要になってしまった名詞は本来は部《べ》すなわち氏族、職業集団を指して、歴史、神話を語ることを司《つかさど》る者である、とアイデンティファイする。いまは東日本大震災の〝語り部〟と言ったら、震災《それ》を風化させないために語りつづける体験者、となる。その体験を次代に語り継ぐ、とのニュアンスも濃い。その点に照明《スポット》を当てれば、あの二〇一一年の震災を神話にするのだ、とも言える。神話とは事実ではない。神話とは真実である。だがもちろん、どの〝語り部〟たちも「私《わたくし》の事実」を伝承しようとしているのだ、とは私は理解している。それは史実というよりも私実であって、この、私がここで造語したシジツ＝私実こそが神話の礎《いしずえ》だ、とも私は思う。神話こそが世界を組織する。

私には純粋な関心というのがある。どうして〝語り部〟の人たちは、それをしているのか？じつを言えば現代の語り部たちは職業集団ではない。生業《なりわい》にはなっていないのだから。なのに、なぜするのか？　おまけに震災体験の語り部と名乗れば、紹介されれば、即座に「ああ、善人《よいひと》なのだね」とアイデンティファイされるはずだ。それは鬱陶しいことでもあると私は勝手に感じていて、しかし、実際はどうなのか。

「本には行間というのがありますよね？」と高村さんは私に振った。

「はい。行間が大事ですね」

「大事ですよね？　私は『行間がある。そこに著者が込めた思いがある』というのをわかって本を読むのが当然だと考えていたんですけれど、それは旧《ふる》い世代の考え方で……」高村さんは一九六八年生まれ。私は一九六六年生まれ。「……若い世代は、字面しか見ない。で、テストのための答えしか出さない。そういうのがもう、私は、本当に残念で。どうしてこうなってしまったんだろう？」

「震災の報道とかを見ていても、誰かが、たとえば高村さんがしゃべるじゃないですか」と私。

「はい」

「それはメッセージじゃないですか」

「はい」

「そのメッセージ……言葉だけを抽《ぬ》いちゃうと、どちら側に向かって語っているか、がじつにイージーに変えられるんですよね。どちらの勢力の側に、ということですけれど」

「そうです。はい」と高村さん。

「でも言葉にはつねに高村さんの表情が伴われて、口調が伴われて。前後の文脈があって。『このメッセージはこういう思いで語っていますよ』というのがある。それが、飛ばされるんですよね。抽出で。行間を消してしまう報道、というのはそういうことです」

「あるんですよね。取材されて、(編集で)つながれて、『私、そんなこと言ってない』っていうのは」高村さんは苦笑した。

「だと思います」

「しょっちゅうです」

「けれど、周りにはそちらの文脈で届いてしまう……確実に周囲の人間に誤解される、というのは相当なストレスのはずで。追いつめられるのは必至だと思います」

「しかも、話って、もっと飛びますよね」苦笑は続いている。「取材を受けてテレビに映った、そうなると、『出演料は幾らなの？』って」

「はあ」と私は歎息する。

「私は、テレビに出てお金をもらったことは一度もないですし。でもそういう事情を知らない人たちは、『有名になったね』って。『結局、政治家をめざすの？』って」

「凄いですね」

「どうしてなんだろう。その話の飛び方」

私はここで愕然とするのだが、内部では、語り部は悪人《わるいひと》視されている。それは言い過ぎだとしても、眉はひそめられている――と高村さん当人が感じている。内部とは地元、コミュニティ内部である。ここで時間の問題というのが出る。語り部は震災当日、あるいは直後からの避難等の日々、を再現しつづける。いっぽう、復興（と呼ばれるもの）に進む地元は、そこから離れて二〇一六年には二〇一六年の、二〇二〇年には二〇二〇年の現在を生きる。すると、過去＝あったことが「なかったこと」になる。

そこに抗《あらが》い、高村さんは打ちのめされつづける。

まいったな、語り部業とは闘いか、と私は思った。

しかも業（生業）でもない。

高村さんにはお子さんが三人、全員が息子、そして発災当時は下の子は四歳だった。保育園に通っていた。長男は二十一歳、働かずに家にいた。高村さんは自分一人でこの三人を育てている。三月十一日の夜には家族会議を開いた。「お母さんには手が二本しかない。もしも何かあったら二人しか助けられない。私は一人でなく二人を助けたい」――この言葉は強い――「けれども三人は助けられない。どうしよう？」と問いかけた。長男が「僕はもう大人だから、なんとかなるから、弟二人を先に助けることを考えよう」と言った。その瞬間、高村さんの腕は四本になったのだ、と私は感じた。しかし、三月十二日のイチエフの一号機の爆発に続いて、十四日に三号機が爆発した。この日、高村さんが帰宅すると、長男は布団をかぶり、泣いていた。「死ぬの？　このまま地元《ここ》にいたら、僕たち、死ぬの？」と訊いた。

「もう逃げよう」と高村さんは言った。

すんなりと言っていた。

それから避難先を転々とする。中通りを。

だが三月末には戻る。専門家（＝科学者。いわゆる〝教授〟たち）の言葉が信じられない、という思いを抱きつづける。抱きつづけていた時期、山形にもアパートを借りていた。半分はそちらに移動しているに等しかった。さて誰の言葉を信じるか？　母だ、と高村さんは思った。同じ体験をしたお母さんたちだ、と。翌二〇一二年にチェルノブイリ——ウクライナにある——に行った。隣接するベラルーシの、ゴメリ市にも行った。そこに母たちはいた。チェルノブイリ原子力発電所事故の、発災当時は五歳と十一歳。体験者。いまは子供を育てる。話を聞いた。言葉をもらった。「守るルールを守り、覚悟を持てば、普通に暮らせる。あなたにはできるか？」——そう問いかけられた。

その年、山形のアパートを引き払った。

「子供たちには謝りましたけど」


末っ子の話。

その三きょうだいの末弟は今年で中学二年生になる。ある日、母親に「大学に行きたいんだけど」と告げる。「どうして?」と母親。「僕ね、倫理を学びたいんだ」と中二の彼。「倫理って何? どうしたの突然?」と母親。その末っ子は、だってこの世の中の仕組みとかは理不尽だから……と続けて、母親の高村さんに「大人は何をやっているの?」と問う。

「私は世界が美しいと思ってるんです。それでも世界は美しいと思ってるんです。まだ二十キロ圏内が立ち入り禁止だった頃に、浪江町の海岸で見た海。美しいんです。線量計がビリビリ言っていても美しいんです。本当は汚い? 汚れている? 何度もそう難じられましたよ」

——穢《けが》れ、と私は思う——「それでもきれいです。私は、放射能(放射線)には過敏になっています。でも愚鈍にもなってる」

その言葉もまた強い。

「そうしないと生きていけないので」

来春には東日本大震災から十年、みたいな区切りが来て……と私が言う、……その先には震災《そ》は忘却されるのが自然な流れなのかな、とも思うんですけど……。ごにょごにょと言ってから、問う。「どうやったら、伝えつづけられる、と考えます?」

「言葉は悪いけれど、傷なのかな」

「傷」私は即座に了解する。

「傷を残すこと」と高村美春さんは言って、「傷はたぶん、ずっと治らない」と続けた。

治らないから、と聞こえた。

2

八月三日。特記事項は二つ。「福島水素エネルギー研究フィールド（FH2R）」の訪問と6号線の状況だが、前者、FH2Rに関しては稿を改める。そこでの見学、レクチャーは極めて有意義だった、とのみ記す。後者、私たちは浪江町まで南進した、それは南相馬のその市域が終わらんとするところから、だった。つまり旧・小高町から浪江へ。蟬は啼《な》きしきっていた。曜日を記す。この日は月曜である。週末と祝日には大型車輛の通行量は減る。しかし週日である。つまり除染廃棄物を積んだダンプが、「中間貯蔵施設」をめざす。まずその往来の量がある。かつ、とうとう国土交通省がこんな看板を立てている。**ちゅうい！ ほどうはここでおわりです。**私たちは、了解しました、としか言えない。その了解は〝注意〟の語に向けられているので、ひたすらそうした。歩道は、消失、後《のち》、出現。さまざまな感情が、消失、後、出現。カーブの登場。直線の登場。歩道橋？ それを仰いだ。請戸《うけど》川を渡る。ホテル（七月十五日に営業開始したばかり。コロナの影響でそのオープンが遅れた）に荷物を置いて、請戸港へ。震災遺構となる請戸小学校へ。大平山霊園へ。

浪江町は三年前に——二〇一七年三月三十一日——原発事故による避難指示が一部解除された。

八月四日、火曜日。特記事項は百であり一つである。一、であるほうを選ぶならば「この日は長すぎた」となる。どのように？　朝七時半、歩行を開始。徒歩で6号線を南下して、すると浪江町が終わるところから帰還困難区域が始まる。双葉町との境界、そこはいわば検問所で（八時前だったためか人はいなかった）、もう歩けない。車は通る。だが人は歩けない。この時、初めて、私たちは「6号線は歩き通せないのだ」との事実にぶち当たる。事実だ。事実というのは単に痛い。そこには神話的な含蓄が足らない。そこから常磐線の大野駅――大熊町の下野上《しものがみ》にある――までNHKの車で移動する。大野駅の周辺は避難指示解除区域である。二〇二〇年三月五日の午前〇時にバリケードが順次開放された。また、下野上地区の一部は特定復興再生拠点区域である。その、避難指示解除区域も特定復興再生拠点区域も、帰還困難区域内にある、あった。どこが入れる入れないは相当に複雑で、私の頭はアップデートされ切っていない。午前八時五十分の前には大野駅に着き、鎌田清衛さんと落ち合う。鎌田さんは大熊町の梨《なし》農家である。否、元梨農家である。鎌田さんに同行して帰還困難区域に入る。十二時半、出る。午後一時過ぎ、池田牧場に移動する。池田牧場は、特定復興再生拠点区域内における立入規制緩和区域にある。その緩和区域もまた、二〇二〇年三月五日午前〇時、バリケードを順次開放。池田美喜子さんの、牛たちへの、餌やりを見る。それから池田さんに話をうかがう。ご主人、池田光秀さんにも震災後の、現在《いま》の概要をうかがった。午後四時過ぎ、車で、今度は6号線の「ここからならば歩ける」という富岡町の検問所へ。下車して歩行。かたわらを疾走するダンプが疲れ切った体に剣呑《けんのん》である。五時過ぎ、富岡中央医院に至り、院長の井坂晶さんと話す。その取材が終わるのが七時。コンビニに寄り、夕飯を調達し、ホテルにチェックイン。

この日は洗濯もしなければならない。

余白がない。私は肉体や脳、というよりも心の疲弊に耐えられない。私は弱い。


中間貯蔵施設について語るのがいいのだと思う。

これは大熊町と双葉町に置かれる。東京電力福島第一原子力発電所、イチエフ、を囲むように建設される。囲んで、かつ東の縁《へり》は海になる。太平洋だ。何を貯蔵するのか？　福島県内で出た除染廃棄物、と、ひと言でまとめればこうなる。ひと言でまとめられる現実に私は唖然とする。その圧倒的な量、その圧倒的な内容――廃棄物にはあれもあれもあれもあれもあれも、あれも該当するのだ――はここまで約《つづ》められる。二〇二二年三月までに「福島県内で出た除染廃棄物」の搬入は完了する予定。この予定は守られるのだと思う。そこから先が問題となる。ここは中間貯蔵施設である。中間とは二つのそれのあいだを指す。二種類の時間の、あいだにある、と言っている。ここに運び入れられた「福島県内で出た除染廃棄物」は最大三十年間、仮置きされる。その後、県外での最終処分が待つ。最終、それがゴールである。ある資料には二〇四五年三月までにとあった。

そのゴールが、あるのだ、と確言できる人間は少ない。

私もしない。

なにか、このように書いていても、私の心の痺《しび》れは増すだけである。不毛感がある。

土地には地権者がいる。国有地ではなかったところを中間貯蔵施設にする、変えるのだから。鎌田清衛さんはその地権者の一人で、しかしながら国に土地は売らず、「地上権」というのの契約を結んだ。これは、三十年その土地を国に貸す、けれども所有権は私のものである、との形を採る。つまり口は出せる。鎌田さんは口は出したかったと語っている。黙らない、ということ。

鎌田さんの農園、つまり梨畑、は、いま「福島県内で出た除染廃棄物」の保管場にならんとしている。

そこを見た。そこも見た。順を逐《お》えば、まずスクリーニング場に車で行った。その後、帰還困難区域の内部に入った。バリケードでは場合によっては身分証明書を示さねばならない。それも写真付きのＩＤでなければならない。私は運転免許証を持たないのでパスポートを用意していた。私は、つねにパスポートを携えながら国道6号線を歩いていた、のだった。鎌田さんの元果樹園に到着した。車を下りて、そして防護服を着る。鎌田さんの指示でただちに着込んだ。私は、梨……梨たちの樹……樹木、それが伐《き》られてしまったこと、について鎌田さんに尋ねたかったが、どう話したらいいのか惑った。その話題に誘導しては駄目だ、とのブレーキも働いた。鎌田さんは齢《よわい》二十二の年に、梨を大熊町の特産品にするのだ、と決めた。そして苗木を一本一本植えた、と聞いている。それを五十年かけて一千本にした。その歳月《としつき》とはなんなのだろう？　私は「なんなのですか？」とは尋ねられない。私は苦しい。話を深められない。

だから鎌田さんのいまの活動に焦点を絞ろうと思った。鎌田さんは、現在、地域に残る石碑や看板の拓本を取っている。どういうことか？　それらの石碑、看板類もまた、当然ながら汚染されているのだ。となれば、棄てられるのだ。その前に残す。というよりも遺《のこ》す。木炭（棒状のもの）をこすりつけて、紙に写す。フロッタージュである。すると石碑の、看板の、文字が遺る。遺産となる。

この活動の凄みはいったい何か。

しかし、その直截《ちょくせつ》すぎる問いですら、私は真の答えには至れない。「遊びですよ」と鎌田さんが言うので。「馬鹿の骨頂です」とまで笑った。私たちは、帰還困難区域内を、あちらへ、こちらへと行った。高台からイチエフを遠望した。その高台は特別養護老人ホーム、しかし二〇一一年の三月に機能を停めた建物、の敷地内にある。それから海渡《みわたり》神社の境内、この神社の本殿は春分と秋分の年に二度日隠《ひがくれ》山のその日没と直線で結ばれる、その事実を発見したのは鎌田さんである、に寄る。この境内には墓石の骸《むくろ》としか呼べないものもある。避難してきたのだ、中間貯蔵施設にされてしまう墓地から。私は戦慄するが、もちろん、中間貯蔵施設そのもの——のうちの「土壌貯蔵施設」の現場、そこで働いている重機——を見下ろしながらも戦慄する。

なぜならば、そこが空虚に見えたから。

その感覚は説明しようがない。

最終的には海が見える高台で話した。

「いまの歴史は全部勝者の歴史です」と鎌田さんは言った。私たちは拓本の話をしていたのだった。「勝者が、都合のいいように作っています。それを、どうやったら弱者の立場から見られるか?」――この時に、鎌田さんは確実に〝弱者〟という語を使って、つまり〝敗者〟とは言わなかった――「石碑のなかにね、その『見る』が、含まれています」

そして牛について語る。

牛たちは最初三十一頭いた。最初というのは二〇一一年三月の震災当時に、である。いまは二十一頭。しかし途中、八十頭にも増える。途中、とはもちろん今日《こんにち》に至るまでに、である。池田美喜子さんは話しながら何度も何度も私の前で噎《むせ》び、涙を落とした。三十一頭、八十頭、二十一頭。どれも被曝しながら生きる牛だった。が、あらゆる牛を生きのびさせることはできない。が、放っておけば、あらゆる牛が殺処分にされる。

その殺処分に、同意しなかった。

こういうことである。避難を強いられる。戻れない。この避難指示のせいで自らの牧場に戻れない、という事態が生じる。避難の際に池田さんは、夫の光秀さんに「(牛たちは)死なないよね? 死なないよね?」と何度も訊いた。牛たちは死ななかった。光秀さんが言うに「自然の草を食べて、生きのびていた。好きなところを歩きまわり、食べ……囲われていなかったからね」とのこと。「誰か、逃《のが》れさせてくれた人がいたんだ」と池田美喜子さん。牧場の囲いから、である。その善意の持ち主が誰なのか、は不明である。

被災地には警戒区域というのがある。現在はないのだが、あった。二〇一一年四月二十二日から二〇一三年五月二十七日まで、それはイチエフから半径二十キロ以内、という形で、円状にゾーニングされた。そこには立ち入り許可がなければ入れない。許可は、申請できた。また、福島県庁の畜産課に足を運んで、「牛は『個人の財産』であるから、同意書なしに殺処分をすることはありません」と言われて、ホッとした。その警戒区域の設定は、じつは、牛たちに幸いした。その——イチエフを中心とした——二十キロ圏内であれば、牛たちはどこまでも歩けた。食料は尽きなかった。牛たちは自由だった。そして池田さんは、いったん許可申請して警戒区域の内部《なか》に入れば、どこまでも行けた。

群れには放れ牛が入って、二〇一二年には八十頭にもなった。

しかし「柵に入れて、管理しろ」との指示が下る。二〇一二年の四月に、捕らえて〝牧場〟という形に戻す。すると餌が必要となった。一頭につき年間二十万円かかる。二十万円もかかる。さまざまな決断がある。あらゆる手を尽くしながら、それがある。手というのは、たとえば「被曝しながら生きている牛」のデータは科学的に貴重ではないのか？　研究材料として生かしてもらえないだろうか、と環境省に、文科省に、農水省にかけあって、しかしノーと言われる。

牛たちは減る。

が、いまも牛たちは二十一頭、ここに生きている。

池田さんには最初から一つの念《おも》いだけがあって、それは話の冒頭にも口にされた。こうである。「殺したくない。殺したくない。なんで、うちの牛を殺さないとならないの？　いったい何を、悪いことをしたというの？」

なんで、そして、何を。

私の感情には余白がない。問いは、複数あって、それらは私に確実に抱えられているのだけれども、けれども消失する。たぶん圧《お》されて消えた。

歩かなければいけないから歩いた。視界に情報が入らない。つまり危険なわけだが、それがどうした？

6号線の、検問所に戻る前に、車はコンビニエンス・ストアに寄った。NHKの音声マン——もう十三日間も同行してくれている——が「古川さん、どうですか？」と何かをさし出した。ポテトチップスの袋。「塩《しょ》っぱいものは、いいですよ」とにこやかに言った。

この人は見ていたのだ、と私は思った。

私は言葉に甘えた。

この人は、私がもう遣《つか》いものにならないでいる、それを敏感に感知してくれていたのだ。

最後まで歩いた。

学の話。

「古川さんが苦しんでいるのはわかりました。それまでの対話と、この日はぜんぜん違いましたからね。いろんな事情があるんだろうけど。だから僕も耕太郎も、サポートしようって頑張ったんですが、カメラの、その画《え》のなかに入れない雰囲気で。鎌田さんや池田さんに質問をできない。僕たちが何分かでも話をして、いいえお話を聞いて、その間《かん》、古川さんに考えてもらおう、古川さんに時間を取ってもらおうって思ったんですが。僕は、力不足でした。でも、だから、富岡中央医院の井坂先生のところではしっかり質問しないとなあって。耕太郎といっしょに、そこそこやれました」

富岡中央医院は商店街にある。

その商店街に、商店はほとんど戻っていない。

井坂晶医師は宮城県仙台市出身、富岡町はご夫人の実家（クリニックである）のある土地で、五十歳の時に移った。初めは北側に隣接する大熊町の県立大野病院に勤務した。そこに五年いて、後《のち》、クリニックすなわち富岡中央医院を継いだ。が、震災の前には、年齢的にそろそろ引退だろう、と考えていた。けれども二〇一一年三月のあの震災以降、避難所での診察、仮設住宅での診察と、「富岡からの避難者」の医療に関わりつづける。つまり住民《ひと》を診つづけた。そして、避難指示解除——二〇一七年四月一日——となった富岡町には一次医療（初期医療、身近な医療）が必要だ、とクリニックを再建した。

耕太郎が訊いた。「以前の富岡から、この富岡が想像できましたか？」

「まるっきり」と井坂さん。「医者の目から見ればここは高齢者の町です。実際にもそうでしょう。昔は違いました。富岡は『安定した町』だった。働き口があったから、若手がいた。その若手が高齢者の面倒をみれた。もちろん『安定した町』だった基盤は、原発にあった」と福島第二原発、ニエフ、に言及する。「原発に食わせてもらえる町だったわけです。ですから、原発《それ》が消えたら人は戻らない。商店街を見ましたか?」

はい。

「この様相《ありさま》ではね。でも高齢者は戻りたい。だから帰還します。しかし高齢者に事業をする力はありません。高齢者はまあ、復興住宅に入り、年金暮らしをします。それはできます。復興住宅で増えるのは生活習慣病ですね。なにより切実な需要は包括支援」

「独り暮らしが多いのですか?」と耕太郎。

「多いですね。そして、閉じこもりになり、孤独死も。これも出ます」

私は、閉じこもるのは風景が変わったからですか、と訊いたと思う。

「そうです。こういう話もありますよ。ある人が、富岡に『帰りたい、帰りたい』と言って、富岡に帰ります。しかしあれが変わった。これが変わった。あるものがない。『ここは富岡じゃないよ』と言う。そうしてね、富岡に『帰りたい、帰りたい』と言い出す。富岡で多いのは、認知症です」

3

八月五日の朝に恢復《かいふく》する。

この日は再会が二つ続いた。

ホテルを出ると「ふたばいんふぉ」の平山勉さんの車が待っていた。「ふたばいんふぉ」は双葉郡八町村の現状を伝える情報発信センターであり、そこを運営するのが平山さんである。カフェを併設する。その「ふたばいんふぉ」が誕生する以前に、二〇一五年十二月のことだけれども、私は平山さんに会い、富岡町と帰還困難区域（富岡、大熊の両町）への窓口になってもらっていた。無料配布の新聞「ザ・フューチャー・タイムズ」、これはアジアン・カンフー・ジェネレーションの後藤正文さんが編集長だが、その取材だった。

平山さんとの今日の再会にNHKの撮影は入らない。

右腕の肘を平山さんが突きだす。私も肘を突きだす。コロナ禍、いやコロナ下の世界では握手がNG、と判断するならば、挨拶はこうなる。肘同士をコツンとやる。

その瞬間に、ほとんどホッとした。平山さんには笑顔がある。

学、耕太郎とともに車に乗り込んだ。

あの津波でも残った沿岸部の神社、かつては富岡の海のシンボルでもあった「ろうそく岩」跡、その辺りから遠望するニエフ、つまり富岡・楢葉の両町にまたがる福島第二原発の、四つの建屋。夜《よ》ノ森《もり》方向に車を走らせてもらって、車窓に確認した「ふたば医療センター附属病院」、ここにはヘリポートがある。見えた。これで二次救急医療が可能になったんです、と平山さん。そして常磐線の夜ノ森駅。この駅周辺とそこにアクセスする道路は二〇二〇年三月十日の午前六時、避難指示が解除された。その四日後に、常磐線は全線再開した。そういえば平山さんは「＝YONOMORI（夜ノ森）＝＝＝＝＝ONO（大野）＝＝＝＝＝FUTABA

（双葉）＝」と線路が三駅をつないだプリントのあるＴシャツを着ている。かつて、寸断されたものが、いま、接続した。

「この駅で降りる人は少ないですね」

しかし西口が拓《ひら》けている。なにか地鎮祭らしきものをやっている。オーオー、オーと祝詞《のりと》が響いた。

「復興五輪ですか？　仙台でやるんだったら万々歳だったんだけど。だって、感動したいじゃないですか？　スポーツで。ただね、復興と関連づける必要は、あったのかなあ」とも、私の質問に答えてくれた。

解体中である富岡二中のかたわらを過《よ》ぎる。それから富岡二小、こちらは解体後に福祉施設に生まれ変わるという。宝泉寺の境内に寄る。ここには樹齢九百年を超える枝垂《しだ》れ桜がある。平山さんのお父さんのお墓もある。

墓の話をする。

「（富岡にあった）家を解体した人には」と平山さん。「墓だけが帰郷する理由ですよね」

「なるほど」と私。

「それもないと、帰る理由が」

なるほど。

ふたたび街なかに近づいた。車は復興住宅の一帯を走る。戸建てタイプと団地のタイプ。それから富岡一中、ここの校舎に富岡一小と二小、富岡一中と二中、が事実として統合されて入っている（八月十二日、富岡町教育委員会は「正式に統合させ、二〇二二年四月に開校」の方針を示した。すると校名が変わり、校歌も変わることになる）。道路を挟み、富岡一小がある。解体中である。散水車がいた。

平山さんは週に二回、この解体を映像と写真で記録している。

「解体には国が金を出すんですよね」と平山さんが言う。「『お金が出る』からその建物を残さないで、更地にするってケースが多々あります。再利用しましょうよ、という話にならない。再利用の……アイディアが出ないというか、モチベーションが出ないというか」

私はただただ、ここに通い、卒業した子たちがいたのだと考えた。

平山さんがアーカイブしつづけている意味を思う。

午前十時半には歩きはじめなければならないので、十時過ぎに「ふたばいんふぉ」へ。

平山さんに訊いた。

「平山さんの、この、出つづけているモチベーションって、なんなんでしょうね」

「見届けたいんですよね。富岡を。ここの変化を。その、おれが死ぬまで」

記憶によれば十二時二十分に開沼博さんと再会した。いったん敬称を省き、社会学者の開沼博、をここに紹介する。その著書『「フクシマ」論　原子力ムラはなぜ生まれたのか』は、震災前に書かれていた学術論文であり（序文、補章、跋文《ばつぶん》等は除いて）、二〇一一年六月に刊行された。その重要性は私が語るまでもない。私が以前から意識していたのは、そこに、こうした文章が挿《はさ》まることである。〈原子爆弾で始まった戦後社会にとって、原子力とは超越的な存在に他ならない〉。この主張は繰り返される。たとえば終章――〈幾度か述べてきたが、私たちは、原子力を単純な科学技術や軍事的なオプションの一つとして捉えることから逃れ、その社会における超越的な意味を読み取らなければならない。すくなくとも、その始まりに原子爆弾が佇む日本の戦後社会は、原子力によって強く規定されてきた社会だった。／戦後社会において、原子力という超越的な存在に、様々なアクターが「近代の先端」を（勝手に）見て取ってきた。それは、推進側だったら日本の悲願たる国内での自給自足のエネルギーの確保であろうし、反対側もまた、環境主義の実現、非民主的な社会のあり様の改革を見たのだった〉。開沼博にはいずれインタビューしたいと思っていた。なぜならば私は、日本の悲願を日本の彼岸と理解、あるいは洞察するような人間だからである。

叙し方＝表記を開沼さんに戻す。開沼博さん、とのこれは数年ぶりの再会ではなかった。ほんの二ヵ月ぶりだった。が、前に会ったのは東京で、いま、ここは福島なのであって、決定的に何かが違う。そこは楢葉町の商店街「ここなら笑店街」だった。私たちはおおよそ八キロ、富岡から楢葉まで南進したのだった。気温は三十二度に上がり、6号線には危険な上りが、下りが、連続した。NHKはこの歩行は撮影した。開沼さんとの合流は撮らない。それ以降（開沼さんのガイド、私と学と耕太郎による開沼さんへのインタビュー）も撮影しない。まず「ここなら笑店街」にて昼飯にした。豚壱《ぶたいち》の豚丼だった。終えて、開沼さんの車に乗る。そして最初に案内されたのが、木戸川である。教えられたのが鮭漁について、である。それから開沼さんの子供時代の記憶に触れた。開沼少年が鮭の鼻はコリコリして美味いと思っていたこと。否、いまも思っていること。

「僕には姉がいまして」と言われた。その時には十歳年上で、と説明された。「博は、イクラが好きだから、と楢葉の友達からイクラをもらってきてくれたことがあったんです。それがジップロックに入っていまして」と、楢葉での鮭漁——を軸とする水産業——の暮らしへの根づき方を語った。お姉さんか、と私は思った。木戸川の次には天神岬に行った。そこでは風景が訪問者を教育する。広野の火力発電所、スコープ越しに確認できる洋上風力発電、開沼さんが「僕が興味がある人は、震災後にずっと変わらない人というよりも、変わった人、考え方を変える人、ですね」と言う。火力発電所の十キロ北にニエフがある、そのまた十キロ北にイチエフがあると教えられる。この、十、十、という数字。それから南下して、田んぼアート・プロジェクト、そこでは妖怪（熊本のローカル妖怪「アマビエ」）が福島訛りにてコロナ禍の終熄を願う。さらに南下、Jヴィレッジへ。Jヴィレッジには震災前の歴史、顔、震災直後からの原発事故対応拠点としての顔、現在の顔、がある。敷地は楢葉・広野の両町にまたがる。広野町役場まで行った。広野から南は原発立地町（あるいは立地市、村）ではない、となる。ふたば未来学園。戻って、道の駅ならは。

　そこでインタビューをした。

アーカイブ、ということをまた考えた。

「最初の二、三年は記録を残す期間でしたね。いま何が起きているか。それから二〇一五年の『はじめての福島学』と翌一六年に刊行の『福島第一原発廃炉図鑑』で状況を整理した。気持ちとしては、教科書を作ろう、です。上から目線というのではないが、スタンダードが作りたかった。つまり『基本ルールを整理しましょうよ』ということです。僕は、福島をめぐる言説、要するに議論にラフ・プレーが起こらないようにしたかった。そういうルールを用意した、つもりです。でも『ルールを作るなんてラフ・プレーだ!』という声も当然ある。これが震災からだいたい五年後ですね。この五年め、おおきな動きがある。このあるは、現象としてはないであって、復興予算が大幅カットされる段階に入る。そうなると、どうなるか? メディアが追わないようになる。なにしろお金が回らないと、被災地の変容する速度、が落ちる。すると、目新しいネタがない。報道が止まると、どうなるか?」

「ネガティブなイメージだけが、県外の人間の頭に残る?」と私。

「おっしゃるとおり。風評の問題が最後まで残ります。そして二〇一七年、一八年、一九年、僕は、なにかなあ、『百年後に残ることは何か?』と意識して動き出しました。いまは『自分が持続的に仕事ができる状況をどう作るか?』と考えています」

「そうなりますか」

「その、百年後に残すために、ね?」

開沼さんは大上段に構えて〝百年〟と言ったわけではない。私はそこを掘る。人間の、ついつい〝現在〟ばかりに注視するという習性の、外側に立つこと。それは人間の〝生《ライフ》〟の幅をはみ出すことで（も）ある。ライフスパンの外側、に置かれざるをえない時間。

「僕には十一歳上の姉がいまして」と、ふたたびお姉さんに触れた。年齢差が詳細になる。

「日出男先輩には九歳上のお兄さんがいますよね？　本でそう読みましたが」

私と開沼さんとは先輩後輩の関係にはない。が、私が前に主宰／主催していたプロジェクト、これは「ただようまなびや　文学の学校」というのだが、ここで三年連続で講師を務めてもらっているので、この、先輩、との呼称が出た。というのは、「ただようまなびや」は私の母校（県立高校である）の後輩たちが数多《あまた》その運営スタッフにいたため、現場では私は始終そう呼ばれていたのである。

「いますね」私は答えた。

「大事ですよね？」

「大事です」

「僕は、そういう年齢《とし》がだいぶ上の姉がいることで、自分の世界の『外』がある、と気づいたんです。気づかされていたわけです。だから、福島の高校生たちに海外を見せる機会をですね、設けているし、増やしています。彼らが復興の即戦力になる必要はない。それは期待していません。しかし『外』に出たことはいずれ効きます」

効果はどのような形にせよ、現われる。

私もそれは信じられる。

その〝外〟と超越性は関係がある、と私は思い、それから私たちは原子力、天皇（戦前の統治者としての）、現代《いま》の日本における超越的な存在の欠如、と話を進めるのだが、というか私が誘導したのだが、詳細は記さない。私は、その話題の十分後か二十分後に、こう言ったのだ。

「百年後に遺《のこ》す記録は、超越的ですね？」と。

「そういうことです」と開沼さん。

現代は饒舌すぎるのだ、と幾度か語った。そこに抗《あらが》うスタンスが要るのだ、と。

「いまから本番だ、とは思います。さっきも言いましたが、報道機関にはもうネタはないですし。そろそろ本当の闘いがスタートしますね」

車で、「ここなら笑店街」に入る道路と6号線とが交叉するところ、に送ってもらう。もう午後五時半に近い。開沼さんに、さよなら、また！　と挨拶する。

NHKが控えている。

歩き出す。今度はJヴィレッジ――の敷地と国道6号線の接点――まで。すなわち楢葉と広野の町境《まちざか》い、まで。警戒区域が設けられていた時代に警戒区域の南端であったところ、である。

イチエフより二十キロ。それだけ私たちは離れた。

しかしながら翌朝に十キロ戻る。実際には、夜、戻っている。富岡のホテルに連泊したのだ。なぜならば翌朝がかなり早いから。富岡漁港に午前六時半には着かねばならなかったから。五時前に起きた。五時半には朝食を摂《と》った、とは、もう書いた。なぜならばこの日が木曜、私たちが遊漁船に乗った二〇二〇年八月六日の木曜日、であるから。

港で長栄丸が待っている。船長は石井宏和さんである。

石井さんは四十三歳、とも、もう書いた。

ノー・ジオグラフィー。

地図《ノー・ジオグラフィー》は白紙だ。どこまでも福島の海である海（太平洋）がある。

もちろん石井さんには地形的な把握がある。海底、漁場。

「遊漁船っていうのは、お客さんに魚を釣らせる、捕らせる仕事です。そして楽しませる。あのね、お客さんが喜ぶのを見ると、おれは本当にうれしいんです。それが楽しいからやっているんです。で、釣らせたり捕らせたりには、海の地形がわからないと無理。どこに魚がいるかって」

「ここの海の？」と私は、ここ、がどこを指すかもわからないままに問う。

「ここの海を知らないと」と石井さんは続けた。「ここの海の現状は伝えられないんです。他の人間にはできないけれどおれにできるのはそれです。おれはね、富岡に対する思いが熱いから、富岡《ここ》に戻ってこれをやってるんじゃない。おれは以前から携わってきて、それを知っている」――それ、とは海の地形だ、と私ははっきり知る――「だからおれが、やるんですよ。富岡に、おれにしかできないことがある。だからここで仕事をする。普通に仕事をするんです」

富岡漁港は二〇一九年の七月二十六日に八年ぶりに再開した。この日に帰港式というのが開かれた。その前、二〇一七年四月一日に避難指示の解除――ただし帰還困難区域を除く――というのがあり、その前は〝全町避難〟だった。

この避難ということについて、私は不用意な発言もしたのだった。私は、旧・警戒区域内に入ってしまった方々に言及しつつ、「全員被害者だから……」的なニュアンスの言葉を洩らしてしまって、ただちに石井さんに「そうも思いたくない」と返された。アッと思ったのだった。おれは馬鹿か、と思った。この物言い自体が上から目線なのだ、と了《さと》らされた。

「避難民って言われたんですよ。あの当時。あの言い方は、いやだったなあ。ヒナンミン。たしかに、おれたちは避難してるんだけど、あの言われ方は。悔しかったなあ――」と言い、

「――いろんなことで」と続ける。

石井さんは一貫している。かわいそう、と思われる(=言われる)ことを拒んでいる。

私たちは長栄丸の操舵室にいる。私たちはだいぶ馬鹿話もしている。操舵室というのは不思議な場所だ。風が吹き抜ける。私は潮《しお》けをまとう。と同時に、そこは何かに似ている。作家の自分の、仕事場に似ているのだ。だから私は落ち着いてしまった。石井さんはこう言った。

「震災後に相当いろいろ考えました。仕事を変えようか、とも。けれどね、船に乗った時に

……やっぱりここなんだなあって」――ここ、とは操舵室だ。そう私は理解した――「数ヵ月は船から離れていたんで。ここに座って、『ああ、すげえ落ち着く』って。だから遊漁船を続けることにしたのかとは、言い切れはしないです。他のことをやる勇気がなかった？　そうも思う。わからない。それとも、ここ、ここをやることで」と言う石井さんのここは、海、富岡を指している。「福島の復興に携われると思ったのかもしれない。わからない。自分ではわかんないす」

わからない、と石井さんはその四時間弱のあいだ、何度も繰り返したのだった。

決して断じないし、わかったようには言わない。

だから私は、この人と話が通じているのだな、とわかった。

「意見は変わりますよ。考え方って変わりますよね？　だからね、どっちが正しい間違っているとかって、凄く……凄く、なんだかね、わからない」

そう言う石井さんがわかる。

「もうご存じだと思うんだけど」と私に語ったのだった。切り出したのだった。「自分は、ほら、津波で娘を亡くしていて。……いやだったんですよ。あの日の自分がいやだった。海に戻るのもどこかいやだった。でも、……やっぱりここなんだなあって」

その、ここ、には全部が含まれる。

いま石井さんは、奥さんと三人のお子さん（上が小学三年生の女の子）といっしょに、いわき市の平《たいら》に暮らしている。

記述の焦点をそらしたい。これは八月六日である。その朝、私は「今日は八月六日なのだ」と思っている。つまり七十五年前の八月六日の月曜日、には広島に原爆が投下された。午前八時十五分。私は、〝原爆《それ》が超越的な存在となる国家〟とはなんだろう、と考えている。

わからない。

もう一つ、こういうことも記述したい。船にはフナダマ様が入っている、と石井さんは私たちに説明した。私と学とにである。私は長栄丸の、神棚のある間《ま》を見せてもらった。神棚には「女の人の髪」が納められる。長栄丸の場合は石井さんの奥さんの髪の毛である。私はそれを目にした瞬間に、これは家だと思った。つまり家《ハウス》の家。

「長栄丸は十七歳です」と石井さんは言った。「おれはこいつと、ずうっとともにやっていく」

私たちはあまりに長いあいだ話しつづけるので、NHKはしばしば撮っていない。

このパートに一つだけ書き足したい。終わろうと思ったのだけれど。

石井家の長女は、いまは、いない。しかし、いた、と三人のきょうだいはわかっている。それは隠し事ではない、仏壇もある、と石井さんは言った。すると思うのだが、その長女、姉は、いないけれども弟妹を見守る。その姉は、いないけれども三きょうだいの心に宿されている。

私は、そのことを思うと噎《むせ》びたい。が、この感情は悲しさゆえではない。逆だ。

「自分は『生かされた』と思ってるんすよ」と石井さんは言った。

4

いよいよ浜通りの最南の市町村、いわき市をめざす。

いわき市は広い。一九六六年に十四もの市町村が合併して誕生し、その当時は「日本一の面積の市」であった。八月六日のあいだにこの市域まで入りたい。Jヴィレッジから広野町役場わきのイオンへ。昼食。ふと気づいたら後ろにディレクターがいた。むろん昼飯を食っていた。しかし独りだ。これから何をするのだろう、と思ったら、スマートフォンに何かをセットした。簡易撮影機材（キット）だった。そして歩き出した、私と学と耕太郎、といっしょに。歩きながら撮る。しばしば後ろ向きで撮影した。お前、転ぶんじゃないのか、と私は思った。

しかしうれしい。

こいつは歩きたがっているのだ。

歩いて、福島を感じようとしている。

ただしそこから十キロの道は険しかった。風景は最高だったが。迂回必至のトンネルが数ヵ所、それは末続《すえつぎ》第一トンネルや金《かね》ヶ沢《さわ》第二トンネルや金ヶ沢第一トンネルなのだが、避けた。その事前調査もディレクターがやった。助けられた。

いわき市に、入っていた。久之浜《ひさのはま》町だった。

暑い。ホテルの部屋にシャワーがない。


吉田博文くんに紹介された新妻隆さんの家はそのホテルから徒歩十数分だった。お邪魔した「家《ハウス》」が、震災後に建て替えられたのだった。

訪問は夜になった。

新妻さんはいわき市漁業協同組合の専務理事で、六十一歳。この漁協は、二〇〇〇年十月に誕生しているのだが、これはそれ以前の七つの漁協（久之浜・四倉《よつくら》・沼ノ内・豊間《とよま》・江名町・小浜《おばま》・勿来《なこそ》）の合流による。

「南北六十キロあるんです」と新妻さんは言った。「ここ（久之浜）から勿来まで。そのなかに七支所あります。震災当時、組合員は四百五十——たしか四百五十六人いた」

発災からの日々をふり返ってもらうと、新妻さんの人生設計におおきな、というよりもドラスティックな変化を強いたのは原発事故だった。地震も津波ももちろん劇烈ではあったけれども。

「それ（イチエフの水素爆発）がなければなんとかなったと思います。いいや、なんとかした。ここはね、イチエフから三十キロです。衝撃が訪れたのは三月十七日ですね。自衛隊のヘリコプターがイチエフの三号機建屋に放水をした。水をひっかけた。あれです。即座に思いましたね、『この水はどこへ行くの？』と。海ですよ、海。終わったと思った。もう販売の仕事はできない」

新妻さんはこの時、販売課長だった。上司に相談する、こういう状況だから就職口《しごと》を探したほうがよいのか、と。率直に。しかし上司と部下たちのあいだには自分しかいないと思って残る。むろん〝販売〟はできない。漁業が再開されていないのだから。事務方などの新しい仕事に慣れず、難儀する。いったい自分は何をしたらいいのか。「捕る人（漁業者）」たちに寄り添えることとは何か？

「販売にはですね、三者が要ります。まず捕る人、これが漁業者ですね。次に買う人、これは仲買人です。それから売る人、これが私ら、組合だ。市場には二種類あって、『産地市場』と『消費地市場』です。豊洲などが消費地市場に当たります。そして魚の陸揚《りくあ》げ地に設けられた市場、これが卸売《おろしう》りのための産地市場です。産地市場で、捕る人、買う人、売る人というのが合致して、初めて販売（卸売り）だということになる。震災後の私の願いは、なんといっても漁業再開、通常操業です。しかし通常操業に戻るには十年はかかるだろう、との予感があった。その間は？　試験操業です。いわきは、試験操業は二〇一三年十月にスタートしました。これはね、相馬（相馬双葉漁業協同組合。新地町から富岡町まで）にだいぶ遅れた。なぜかというと出荷組合がなかったから。試験操業には、魚の流通の透明化というのが必要なんです。しかしいわきには、『いわき出荷組合』のような規模のおおきな括りがない。みんな個人事業主です。言葉を換えるならば、みなさん社長だ」

これを福島県がまとめろと言った。

「行政に『いわき市の出荷組合を作ってください』と振られて。最初に、まあ、無理だろうと」と笑う。「社長さんたちはいわばライバル同士ですから。（県は）何を考えてるんだろう、とは思いました。しかし、私はまあ、仲買人のみなさんの顔は知っていた。名前を知っていた。やるしかないか……です。プレッシャーは相当でした。ですが試験操業の段階に入れなければ、次の段階もない。大事なのはステップアップです。地道な展開です。説得しました。十ヵ月――たしか十ヵ月かかりましたね。いわきの仲買人の組合を作ってもらった。任意組織です。そして、この組織を通して、透明化を図った。試験操業がやれる、となった」

　無我夢中でした、と言うのだった。

　これは震災前に戻すために通らなければならない道だ、そう信じていたのだし、そのように伝えた。

「みなさん、『しょうがねえなあ』と応じてくださったんでしょう。現況ですか？　いまはある程度、通常操業に近いです。もちろん試験操業ですけど。しかし漁業者の方々にしっかり寄り添えているのだという手応えがある。だから、私があの頃願ったことに、近づけてはいるのかなと」

　家について訊いた。

「地震と津波によって、ここでも五十何人か――六十人前後かな、犠牲になっています。知人もいます。明日はわが身だ、と達観しました。家はね、人というのはまる一日仕事をして、帰宅するわけでしょう？　そして、寝る時にね……ここでよかった、と思える感情を得たい。充実感、と言ったらいいのか。それまでの私の家は『ただ寝るだけ』の場所だった。そこを省みて、人生設計を考え直した。帰宅する、するとそこに納得する」

だから建て替えをしたのだ、と言う。

「津波の犠牲者には身近な人間もいて。姪っ子です。兄貴の娘です。かわいい姪だった」

その、かわいい、とのひと言に劇烈に胸を打たれる。

私には新妻隆さんが、人生設計を家《ハウス》の設計に託したのだと思えた。託す、という語のニュアンスは膨らみがあるのだけれども。新妻さんは最後に「やりたいことをやれ。そう他人《ひと》に伝えたい。しかし、ある程度やれ、の制限付きです」と言った。やりたいことを、ある程度やれ。

「震災《あれ》を経て、そう思っています」

そして家《ハウス》を建てたのだ。


八月七日に三十キロ歩いた。

朝からトラブルがあった。耕太郎が前夜、あまり眠れていないのです、と朝食前にメッセージを飛ばしてきた。部屋に向かう。体調面の相談を受け、休ませることにした。今日は歩行から離脱しろと命じた。この日、またもやNHK福島局のプロデューサーが福島市内から自家用車を走らせ、おそらく前泊したのだと思うが、八時半に我々がホテルを発《た》つ時には駐車場にいた。またもや、助っ人の登場、である。助手席に耕太郎を預かってもらう。というわけで、学と二人で歩き出した。波立《はったち》海岸から蟹洗《かにあらい》温泉、四倉海岸。その四倉の砂浜を私はちょうど九年と四ヵ月前に見た。否、踏んだ。砂地を。景観はもろもろ変化して、しかし砂地そのものは変わらないと思えた。少しずつ沿岸部を離れる。潮の匂いから離れる。6号線の乗っ取りというのがある。もともと6号線は平《たいら》地区に向かっていた。そうではないバイパスもあった。そのバイパスが、さあ唯一の6号線です、と格上げされて、旧いほうが国道399号線その他となった。が、バイパス沿いと旧国道（6号線）の沿道と、どちらが人びとの暮らしが見えるか？　私と学はむろん後者を採る。そして399号線を西進、いわき駅をめざす。夏井川が何度か現われる。渡る。コンビニエンス・ストアが多い。まめに寄る。アイスクリーム、ゼリー飲料、と摂取する。ただただ暑い。夏め。手に握った水、ペットボトル入りのミネラル水には、四種類の糖質を含んだアスリート用の粉末を溶かし、むろんクエン酸も入っているのだが、がぶがぶ摂《と》った。昼飯はファミリー・レストラン。合間に、私は離席して、NHKいわき支局の前にてインタビュー。そこは公園である。そのインタビューは、私がするのではなかった、される側に回った。ディレクターがいろいろ質問する。が、はたして「わかったように」回答する段階なのか、いまが？　私はわからないをわからないと言う。「わかると思うのか？」と反問もする。ディレクターは、あっ、あ……、と絶句する。それだよ。ともに絶句しようじゃないか。

　さあ、午後だ。歩け。

　と、私が学に言って、その学が私に言う。「古川さんがダウンしたら、僕、負《お》ぶいますよ」

　それは大変にありがたい。

ありがたいのだが、そうなる前にコンビニ休憩だ。ほら、前方に現われたのはミニストップだぞ。あそこで果実氷（商品名「ハロハロ」）を食おうじゃないか。

「美味いよ、これ」と学。

午後、私たちはどのように歩んだのか？　ひたすら南進した。鹿島街道をずっと踏んでいた。それは平（いわき駅がある）と小名浜を結んだ県道である。県道26号線である。すなわち私たちが到達するのは小名浜である。そこに至るまでに山、山、山を数度越えるという感覚があった。登り坂がこたえる。

最後の一キロか二キロ、耕太郎が復活して、混じった。

小松理虔『新復興論』から。

〈うみラボは、春から秋の間の毎月一回、双葉郡の漁師の協力のもと、原発沖一・五キロから沖合一〇キロの海域で海底土や魚などを採取し、その放射線量を測定して公表するプロジェクトである〉〈海外の研究者がうみラボのデータを引用して論文を書いているというケースもあるので、データの信用性にはそれなりの自信を持っている。／なぜこのプロジェクトが始まったのか。一言で言えば「自分自身の目で確認しないと気が済まなかった」からだ〉〈自分自身で調べに行き、自分の目で見て、自分たち自身で学んで得られた「手応えのあるデータ」を取りに行きたいと考えたわけだ〉

そういう活動をしてきたのが小松さんであり、いわき市小名浜生まれ、現在小名浜在住、である。一つめの引用箇所にあった〝双葉郡の漁師〟は石井宏和さんで、うみラボの足は、長栄丸だった。石井さん＝長栄丸が富岡漁港に戻るまで。

石井さんとは、一昨日が初対面だった。

小松さんとは、その八月八日、これで顔を合わせる三度めとなった。車に乗せてもらうのは二度め。同じ自家用車であったか、は思い出せない。が、いずれにしても朝、私たちは小松さん運転の車に乗った。

「いわき市の二大商圏が、平と小名浜です」

それをつないだのが鹿島街道（県道26号）か。

「小名浜の二つの顔が、海、港、要するに漁業と、工業です」

小松さんの原風景は後者――工業地帯にある。そこに触れる。が、その前に小名浜らしい風景。港には水族館（「アクアマリンふくしま」）、複合施設（「いわき・ら・ら・ミュウ」）、オープンして二年と一ヵ月と三週間と少しになる巨大ショッピング・モール（「イオンモールいわき小名浜」）、魚市場も新しいし巨《おお》きい。そういうエリアがあって、そのエリアの沖合には小名浜東《ひがし》港《こう》なる人工島が建設中で、ここにマリンブリッジと名づけられた橋が架かる。一般車輛は進入できない。東港は、石炭の荷役港なのだとのこと。

イオンのだいたい百メートル向こう、から、もう臨海工業地帯に入る。

福島臨海鉄道が走る。踏切がある。その踏切に「水素正門前」との表示が残る。水素とは日本水素工業、一九三九年に小名浜に進出して、その後、社名は日本化成に。そして現在は三菱ケミカルに統合、と小松さんが解説して、「でも『水素』の名前がここに残るんです」と言った。水素前とは地名であった、とも。小松さんが自分の実家がどこか、を指す。「産業道路」という、通学路だった道路を指す。私は、水素というのはなにか浜通りにとって奇妙な存在《もの》だなと考える。私が八月三日に訪問した「福島水素エネルギー研究フィールド」、それは浪江町に立地していた。大熊町の域内では、イチエフがもちろん原子炉建屋を水素爆発させた。計三棟を。で、水素とは？　水素とは原子番号1の元素でしかない。鹿島街道にはガソリンスタンドに併設の水素ステーションがあった、昨日見た。その上で、小名浜の工業地帯（工業用地造成）のパイオニアが日本水素……日本の水素、と想ったら、おかしな超越性に触れた感覚があった。いいや、そのことは『新復興論』で読んで知っていたのだけれども、ここには……助手席に座る私の横、運転席には「『水素前』の家の子供」だった人がいる。

「外に出ると、必ず煙突というのが見えて」工場の煙突だ。なるほど。で？

「踏切で遊んで」福島臨海鉄道の踏切だ。福島臨海鉄道は工場のための鉄道、日本水素が整備した。なるほど。で？

「で、殺伐としてて、ここら辺りは独特の雰囲気でした」と語る小松さんには自負もあるなと私は感じた。「廃工場で遊びました。みんなでエアガンで。あとはファミコンですね」そう聞いた私の脳裡では子供たちがどんどんと実在し出す。それはもうリアルだ。

それから東京電力の石炭の貯蔵施設。普段はベルトコンベアで「じゃかじゃか積み降ろす」のだそうだが、この日は週末のためかじゃかじゃかしていない。どうしてじゃかじゃかじゃかが普段は要るのか？　広野火力発電所がそれを必要としているためである。原発が動かない、イコール、火発《かはつ》のフル稼働、となる。

　それから高台に行き、石油備蓄基地を眺める。

　これほどの物量として石炭と石油を視界に入れたのは、私は初だった。石油は「国家備蓄用の原油です」とのこと。あとは電力会社向けの重油。私たちは高台にい、しかもその高台に建つ展望台に上《のぼ》ってもいたので小名浜を一望できた。が、「一望できるでしょう？」と小松さんに促される前は、すっかり石油備蓄の基地《それ》に目を奪われていた。タンク群なのだった。巨きすぎる。その展望台は6号線からほんの三、四百メートル東に位置していて、翌日、私は「タンク群とタンク群の狭間《はざま》」の道路を歩きもして、そのスケールを体感する。実測した、と言ってよい。ただ、その瞬間、おれはちいさいな、と思わなかったのは不思議だ。たぶんそれは、人間（生物《いきもの》としてのそれ）と比較するものではない、と理解できていたから？　わからない。わからないことというのは多々ある。たとえば私は、大熊町の、帰還困難区域内の、あの中間貯蔵施設——のうちの「土壌貯蔵施設」——のわきを、ただ歩きたかった。ただ、というのは、防護服は着ないで、普通にリュックを背負って、普通に呼吸して、普通に靴裏でそこの大地をしっかり踏んで。そうしたら、私は何かがわかったのだろうか？　私は、比較は不要なそれとそれ、それからそれとそれとそれとそれ、といったことを峻別《しゅんべつ》できたか？

　かもしれない、と考えると戦慄する。

私はどこまで不届きなのだろう。恥知らずなのだろう。

小松さんが「こっちから見た小名浜と、あっちから見た小名浜とでは、ぜんぜん違うんですよ」と言う。一望した風景かつ印象、について言っているのだ。こっちとは工業地帯（の端っこ）、あっちとは、港の側、具体的には三崎公園のある側。そこには「いわきマリンタワー」も建つ。

この後、私たちは内陸のほうへ行き、次いで北へ行った。小松さんの車は国道6号線に乗った。当たり前だが北進しつづければ、私と学と耕太郎は、広野町へ、楢葉町へ、富岡町へと戻る。戻れる。それから帰還困難区域、それから、それから……。

相双《そうそう》、と考えた。相馬に双葉、と。

「小松さんは」と尋ねた。「昔からイチエフって言ってました？　略称で」

「言ってないですね。僕、原発そのものを意識したのが、その……」ああ、いわき市の人たちは中通りといっしょだ、と私は思った。福島に原子力発電所がある、を普段は忘れる。日常（平時）にあっては忘れていた。「……いわき《ここ》にいて、北の双葉郡がそもそも意識されない、っていうのが実際でした。高校で、やっと富岡や浪江から来た生徒《ひと》に会って。そのことで初めてリアルに認識した。あとはドライブして」――6号線を、だろう――「たまに通って、とか？」

略して呼ぶどころではなかった。しかし、いまは略称にて（も）認識する。

私は「あちらは仙台を向いているという感じですよね」と訊いた。あちら――「相双の、浪江までは。双葉町も？」と大都市といえば仙台になってしまいますよねとの意味で小松さんに尋ねた。６号線は東京都中央区（日本橋）を起点とし、宮城県仙台市を終点としている。「いわきが、東京を向いているとしたら」

「そうです」

「そのことは、やっぱり決定的？」

「だから！」と声量が増した。「やっぱりそこで分かれちゃってて。はい、仙台が視野にあるのか、東京のほうが視野内か。で、境い目のエリアが生まれます。あれなんですよ、野馬追に南限があるみたいにです」

　野馬追文化圏の南限は、大熊町。

　ずさりと刺さるものがあった。その、（刺さる）もの、というのを真実と換言してもよい。誰かはあっちを向き、誰かはこっちを向いた。するとどっちからも見られないところに原発《それ》はあった。

　この言い方は二重の誤りを孕《はら》み、そういう誤謬を私はちゃんと認識する。

　が、――事実がどうした？

　その後の小松さんの案内とは、住吉神社、諏訪神社、神白《かじろ》地区の復興団地、それから海岸沿いの北上。住吉神社はま後ろの岩山それ自体がご神体で、そこに海蝕の痕《あと》がある。過去、海はどこにあったのか？　の問い。海岸線は移動するぞとの命題。諏訪神社は鳥居が碧《あお》い。仰天する。津波被災者のための住宅（いわき市営）と双葉郡からの避難者向けの住宅（福島県営）の、そういう二種がある、その団地の現在。海岸線に出ると永崎《ながさき》地区で、防潮堤では黒松林《くろまつ》を再生する試みが行なわれている。かなり植樹されている、と感じた。中之作《なかのさく》地区まで行った。だいたいその辺でUターン。小松さんが、防潮堤の車道側（とは陸側である。海の反対側）を眺めて、「ここに、草木が生い繁るわけで。いずれ海沿いの林になります。その頃には、もしかすると、陸《おか》のほうからはそれが防潮堤にすら見えないということになる」と大事なことを言う。「それはまた、どうなのかなあ、と思っちゃったりもするんですよね」「あー」と私。「いまは防潮堤が見えているから、その是非を語ったりできる。それがただの……山？」と小松さん。続ける。「山になって、防潮堤が覆われちゃったら、どうなるんだろう」

私は掩蔽《えんぺい》の様子をイメージした。その語を用いるのは適切ではない、と思いつつ。

「考えちゃいますよね」と小松さん。

はい、と私。

私たちは昼飯を食べながらもずっと話をした。

夜、私と学と耕太郎とNHKの三人（ディレクター、カメラマン、音声マン）とでの、初めて全員が揃った夕食。そういうのはやっておいたほうがよいだろうと判断して、みなを誘った。鉄板網焼きの店で、しかし座敷に上がる。この歩行の十七日間、私は幾たびも「カメラマンの目に、フレーム（ファインダーの視野）内の世界《これ》はどう映っているのだろうな」と思った。画面は、文字どおり画されるのだから同じではない。覗いて、どう見えていたのだろう？　どう見えるのだろう？　音声マンは聴《き》いているのだというのはわかる。世界を聴取する感覚は、普段から私にあるし、もちろんミュージシャンの耕太郎にはある。耕太郎は音声マンに、カナリア諸島はすばらしい場所だ、と推薦されている。ヘミングウェイの『老人と海』の老人は、少年時代にアフリカに行った、そして老いてからカナリア諸島の碇泊所《ていはくじょ》を夢に見るのではなかったか？　あとはライオン、そうだライオンの夢だ、砂浜の。ところでフレームを覗かない私は、人間と、場所の気配を察知する。そういう〝気配〟をもって相手とどう話すか（の角度）を瞬時に決める、ということをしている気がした。私は、それではおれは人というよりも獣類だな、と苦笑した。疲れがどっと出る。しかし残すは二日だ。八月十日に、私たちは県境いを越える予定なのだ。

　疲弊がきついので言いたいことは言った。ディレクターが、僕、自分が変わったんだって感じるんですよ、この十七日間でと言った。私は、二十八歳だっけ、二十七歳だっけ、こいつ、と思って、自分がその年齢であった時のことを顧み、その頃は何も達成していなかったな、おれは、と感じて、ディレクターのその変化、変容の自覚というのに感謝する。

5

郷土史家の江尻浩二郎さんは出会い頭《がしら》に大切なことを言い、それから一、二時間後にも大事なことをあっさり言った。挨拶直後に、まず「歩いていても、あんまり人には会わないと思うんです。海岸線をずっと進むので。だから車（NHKのものを指す）も少しは使って」と説明、提案するので、私は「現代《いま》の人と会えないのは、問題じゃないです。昔の人と会えれば」と、ほとんど語尾を上げるように訊いて、すると答えたのだった。「あ。昔の気配はいっぱいあります」

その言葉に嘘はなかった。

それから、これは一九六八年に移転された鹿島神社、の参道を守るために地中化された6号線のかたわらを歩いている時に「今日はオリンピックの閉会式になるはずだった日ですよね？」と言った。そのことは当然、私は意識していた。というよりも日付を意識していた。八月九日。「長崎に原爆が投下された日に、閉会式？　もしもオリンピックをやっていたら、首相は、どうしたんでしょうね？　平和式典（長崎原爆犠牲者慰霊平和祈念式典）に参加したのか、しなかったのか。というか、八月九日にオリンピック閉会式を設定したのが信じられないですよ」

同意した。

復興五輪は、九年前の出来事の慰霊は考えた、のかもしれない。七十五年前の慰霊《それ》は埒外である。

鹿島神社の社地であるはずの場所に行った。現・鹿島神社からは二キロほど離れる。徒歩で。そこは例の「水素前」でもある。周囲は宅地だ。いわば民家《いえ》に埋もれて、その社地がある。が、管理されていない。一見ただの空き地である、のと同時に、夏草が繁茂する。つまり緑がそこを埋めている。江尻さんは防虫スプレーを取りだした。そして私に噴霧した。足に。

これは相当な場所だな、とわかる。

空き地＝その社地に入った。

「わかりますか、古川さん？」と江尻さんが訊いた。「足もと」

「え？」と私。

「砂です。砂地でしょう？」

ここは砂浜だった。それが工業用地としても住宅地としても開発されずに残る。何年……八十年？　もっと？

そもそも、どこを起点に数えればよいのか。私の発想に誤りがある。そしてまた、これは砂地だ、ライオンはいない、と私は思って、そういう連想にも間違いがある。

細い竹が林立していて、私たちの背丈をあっさり二、三メートル超す。

回り込む。丘陵が出現する。塚？

そこに碑《いしぶみ》がある。石柱であり、建っている。刻まれた文字——〝霊人塚無縁供養塔〟。

それから地蔵。

そしてまた、倒れた石碑もある。

「霊人塚《ぼうにんつか》と読むらしいです」と江尻さんは説いた。「文献に拠《よ》れば。その文献には、元禄九年の六月二十七日に大波が押し寄せて二千四百五十余人が死んだ、とありました。津波です」

元禄九年、一六九六年。

「その供養のための塚が、霊人塚だと」

三百二十四年前の津波。

「倒れているほうは、碑文に経緯《いきさつ》を刻んでいます。どうしてここに霊人塚があるのか、の。その倒壊は東日本大震災のせいです。小名浜町役場、とありますね？　建立は昭和十年四月でした」碑文の読み取りには手間がかかったが、江尻さんは書き写しの記録（全文）を発見した。

「簡単に説明すると、霊人塚はもともとは工場（＝往時の日本水素）の敷地内にあったんですね。工場用地として造成される前は、です。元禄九年のみならず、延宝五年の死者も合葬しています」

延宝五年、一六七七年。

「それも『海嘯《カイショウ》大イニ起リ』——それゆえ、とある。地震津波です。江戸時代に二度、ここ小名浜で津波があった。だから塚を築いた。元文四年には地蔵も建てた。一七三九年、ですね。しかし工場の進出計画でその霊地は移転されざるをえないこととなり、ここに移った。それが昭和十年、一九三五年頃。ここも、もともと霊地ではあったらしいです」

歴史の層がある。霊地、霊。

鴉たちが啼《な》きつづけている。あっけらかんとした声で。

「そういう移転は、行政の記録には残っていないです」

「この倒れた石碑を、復旧しようとは……」と私。

「ない、ない」

「でも、これは津波の慰霊碑なんじゃ……」

「はい」

無縁様と江尻さんは言った。無縁様と私は思った。とむらわれない。

「おれは思うんですけど、石碑って」と江尻さんは語るのだった。「その当時の人間は、『これこそ後世まで残せる手段だ』と思って、石碑《それ》にしたわけじゃないですか？　懸命に考えて考えて、やっぱり石だ、と選んだ。未来永劫に遺《のこ》そうとしたから、彫って、建てた。それがね、こういう……。石は、削れたりもするし、地震で倒れて、誰も起こしてくれなかったり。そういうことで、また忘れられる。その……不合理さ？」

最新の――〝当代の技術〟はどこまで信じられるのか。江尻さんはあっさり疑う。

私はと言えば、呻きたい思いに駆られている。ある人の声……「『この場所だったんだ』と言いたい。『ここで、こういう水害があったんだ』と建てたい」。また、こういう声……「いまの歴史は全部勝者の歴史です。それを、どうやったら弱者の立場から見られるか？　石碑のなかにね、その『見る』が、含まれています」。そして、この場所ではないこと。誰も「見ない」こと。

いや。

江尻さんは見ている。文章＝記録を公《おおや》けにしてもいる。要るのは視力か？　私たちに与えられているフレームとはなんだ。私たちは復興五輪の閉会式に、長崎原爆犠牲者慰霊平和祈念式典を当てた。原爆は、もはや超越的な存在ではない。それを「そうではない」としたのはイチエフだ。なんなのだこの倒錯は？　ふいに、はっきりと洞察される。ゼロエフはある。

さて、私は何に憤《いきどお》ればいい？

坂口安吾を引用する。批評的エッセイ「日本文化私観」から。〈四　美に就《つい》て〉〈小菅《こすげ》刑務所とドライアイスの工場。この二つの関聯《かんれん》に就て、僕はふと思うことがあったけれども、そのどちらにも、僕の郷愁をゆりうごかす逞しい美感があるという以外には、強いて考えてみたことがなかった。法隆寺だの平等院の美しさとは全然違う〉〈ある春先、半島の尖端《せんたん》の港町へ旅行にでかけた。その小さな入江の中に、わが帝国の無敵駆逐艦が休んでいた。それは小さな、何か謙虚な感じをさせる軍艦であったけれども一見したばかりで、その美しさは僕の魂をゆりうごかした。僕は浜辺に休み、水にうかぶ黒い謙虚な鉄塊を飽かず眺めつづけ、そうして、小菅刑務所とドライアイスの工場と軍艦と、この三つのものを一つにして、その美しさの正体を思いだしていたのであった〉〈ここには、美しくするために加工した美しさが、一切ない。美というものの立場から附加《つけくわ》えた一本の柱も鋼鉄もなく、美しくないという理由によって取去った一本の柱も鋼鉄もない。ただ必要なもののみが、必要な場所に置かれた。そうして、不要なる物はすべて除かれ、必要のみが要求する独自の形が出来上っているのである。それは、それ自身に似る外には、他の何物にも似ていない形であ〉り、ここに美が生まれると安吾は言う。このエッセイの結びからも引く――〈法隆寺も平等院も焼けてしまって一向に困らぬ。必要ならば、法隆寺をとりこわして停車場をつくるがいい、我が民族の光輝ある文化や伝統は、そのことによって決して亡《ほろ》びはしないのである〉とある。これは戦時中に発表された文章で、叛逆《はんぎゃく》精神に満ち、説得力がある。私は、若い時分に読み、快哉《かいさい》を叫んだ。いまはどうか。つまり、こういうことだ。津波が来て、ある町を壊滅させた。その更地には発電所を建設すればいい。――そうなったらどうか？　これは譬《たと》え話ではない。眼前にそのサンプルがある。私は坂口安吾に同意するか？

順を逐《お》う。私たちは四人となって歩いたのだった。江尻浩二郎さんは、おふんちゃん（浅間《せんげん》神社）、下川の神笑《かみわらい》、八崎《はっつぁき》に祀られる龍神（八大龍王尊）、泉もえぎ台とその墓地、そして、そこ＝内陸の山上にある津波の慰霊碑（「二千人塚」、当然これも浜辺のほうからの移転である）と案内して――この間《かん》には車にも乗った――あとは歩行、ひたすらの歩行だった。海岸線を歩いたのだった。岩間《いわま》地区に入ると、それはある。それは、いきなり出現する眺望、として前方に展《ひら》けた。小名浜から植田《うえだ》をめざして西進しているとそうなる。津波の被災地だ、とわかる。砂浜、巨大な防潮堤、防災緑地、幾つかのモニュメント、その反対側に、再生していない集落《コミュニティ》、更地。その背後だ。背景は、常磐共同火力の勿来発電所、のみならず、新設された火力発電所。勿来ＩＧＣＣパワー合同会社によって。ＩＧＣＣは「石炭ガス化複合発電」である。よって、その火力発電所はたぶん石炭ガス化複合発電所、が正確な呼称となるのだろう。が、わからない。そもそも勿来火力発電所がその十号機にＩＧＣＣを導入していて、それでも火発《かはつ》と認識されているから。

私たちは最初、薬師堂に行ったのだった。敷地内に慰霊碑が建つ。二〇一一年三月十一日、巨大地震発生から約四十分後に岩間町沿岸に津波の第一波が到着、さらに第二波、第三波。〈住民はこれまで大津波の被災の記憶も知識もなく〉〈その為逃げる術もなく〉、結果、十名が犠牲となった。名前が刻まれる。合掌した。この慰霊碑はここにあるから、と。そして、真西に目をやる。新しい発電所。ずっと建設中だったが、二〇二〇年七月十九日、定格出力（負荷100％）に到達。要するに――その意味が私にはわからないのだが――東京オリンピックには間に合った。が、オリンピックそのものは、予定されていた今年七月二十四日の開会には間に合わなかった。

「おれの印象だと、この集落は、半分ぐらい消えちゃってますね」と江尻さん。

火発をめざして進む。防災緑地のかたわらを。つまり左手には、防潮堤。緑地というが植樹された松（黒松？）はまだ高さ数十センチ程度だ、どれも。墓地がある。そう、そこに墓地があって、それは明治時代にできた共同墓地である。共同火力前の共同墓地、以前は林のなかにあったそうだが津波は松林《それ》を薙ぎ倒した。つまり、墓は被災した。で、どうしてだか、敷地が百メートルほど真横にずれて移転して、真新しい感じに墓地がある。正面に勿来発電所、右前方にIGCC発電所。その墓地は、土地の〝廃仏毀釈〟の歴史のせいで私の目にはだいぶ妙だ。動物慰霊塔の一画があって感動する。「牛魂碑」「豚霊之碑」、もちろん「馬頭尊」も。全部併せた「家畜供養塔」もあった。そういう場所だ。

そういう場所は、二十四時間熄《や》まないノイズに覆われている。

発電所からの騒音が凄い。

「なぜ、この墓地は、移転を……」と私。

「理由がわからないんですよね」と江尻さん。「合理的だったから？　わからないなあ」

わからないのだ。この復興の光景。私はしかし、加工しない印象だけは記す。その晩、私は日誌にこう記していた。「これほどグロテスクでスペクタクルな風景のなかを、私は歩いたことがない」——と。


耕太郎の話。後日聞いた。

「最初、山道を抜けてあの光景が出現した時には、時間帯（夕刻）と靄《もや》の感じもあったんでしょうが、きれいだなと思いました。自然物と人工物（稼働する発電所）が構成する雄大さ、でしょうか。そのうちに、降りて、近づいていって……移動させられた家、墓地があって。ハリボテ感というのは感じました。なんだろう？　たとえば子供が、レゴブロックを組み立てて作った町？　パーツは、発電所や古い家々、海、墓などで。そうしたら、あの造形が誕生した。そのですね、ただの人為の結果だ、と受け取ったわけじゃないです。どこかで自《おの》ずと生み出された風景でもある……。その複雑さは、いま即座には言葉にできません」

私はここからの二十二、三時間を記録しない。岩間にいたのは午後六時頃で、だから翌日の夕方までを省略する。まるで書かないというのではない。江尻さんと食事をしたし植田駅そばのホテルで寝た。が、そこに詳述は不要だ。そうではないことを、まるで書かない、とはしない。が、伊達市霊山町の小国や「福島水素エネルギー研究フィールド」同様に稿を改める、のでもない。次章に移す。

私たちはゴールする。八月十日の午後四時五十分、南下開始。最後の歩行なのだな、と思っている。それは当然ながら感慨である。東白川郡の鮫川《さめがわ》村に源流がある鮫川が現われて橋を渡る。左手は太平洋方面のパノラマ。この日は「山の日」で、この祝日はもちろん本来は八月十一日なのだが、今年はいっさいが出鱈目《でたらめ》である。私は海、海、海の気配を視《み》る。勿来の火発も。歩きながら写真を、だいぶ頻繁に撮る。一時間南下して勿来駅。立ち寄りはしない。寄るのはコンビニエンス・ストアのファミリーマートだ。またゼリー飲料の摂取。なぜだか野菜ドリンクも。肉体が欲した。道路わき、「非核平和宣言都市・いわき市」の看板がある。それから「津波浸水区間」の出現。

出現していた。

防潮堤、砂浜、勿来海水浴場、フィットネスクラブ。

そこから、圧倒的な美しさ。斜面（山、緑）も。蒼穹《おおぞら》も。青い。いや雲ばかり。いや。6号線が勿来漁港に通じる道と交叉する。ふっと6号線を離れて、西へ。山百合《やまゆり》だ。崖に生えていた。匂いが強烈だ。生命の力。交叉点に戻る。お婆さんたちの集団がいた。話しかけられるし、話す。そこに山百合が、と話した。すると言われた。「昼なら、あの山百合は、こぉんなに凄かった」
一人の老女が言い、両手で、開いた花のサイズを示した。
県境いはトンネルだった。

福島を離れる

二〇二〇年八月十六日

姉は何度もメッセージをくれた。たとえば七月二十八日には、あの大雨洪水警報をともなった雨、を心配して、「悪天候だけど大丈夫?」と。それから6号線に移り、私たちは茨城県をめざしていて、八月九日、「熱中症(の兆《きざ》し)は?」と憂慮のメッセージ。やられていないか、と。中通りの須賀川市に住む姉の西間木順子は、浜通りのいわき市南東部、旧・勿来市の中心地(植田駅界隈)に向かわんとしていた私に、そう尋ねて、それから「お盆で、お母さんも来ているからね」と添えた。

盆の季節だった。

私たち——私と順子と——の母には新盆《あらぼん》だった。

仏事そのものは八月十三日に郡山市の実家で行なわれる。

私は、八月十日に福島と茨城の県境いを越えて、それが午後六時半。それから七時台の常磐線に乗り、この日のうちに東京の自宅に帰れた。私は。三日後が新盆である。そこに私は、いや私たち——私と妻と——は参加できない。簡単に言えば「関東からコロナが持ち込まれる虞《おそ》れを地域のみなが抱いている(かもしれない)ので、地元の外にいる親族は参加しない」との方針が立った。このコロナの時代には、「外出自粛を」と呼びかけられると自粛警察(なる自警団)が出現して、さらに帰省警察も、この夏、出現していた。こんな馬鹿げた言葉は忘れられるだろうから、あえて記録する。私が愉快なのは、自粛「しろ」警察と帰省「するな」警察が、同じ約《つづ》められ方をしていることだが。

そのように私は、帰省はしないので、八月十一日から三日間、ほとんど疲労でぶっ倒れた。

だが体力だけの問題ではなかった。強烈な……むしろ特異なストレスが、福島を離れた日である八月十日の午前から午後にかけて、あった。そのために私は、じつは福島を離れられない。縛られていた。

ここからノー・ジオグラフィーを徹底してみる。

というのは、地図なしにこの終章を書き進めてみる。

私のその十九日間の歩行は、ルポルタージュ（現地探訪の記述としようか）に落とすには、書かない、書けない、わからない、ありえない、の連続だった。それは一種の豊饒さである。だから善《よ》しとした。が、悪《あ》しと囁いている声も脳裡にあって、それが前章末で「次章に移す」と私に記させた。その段階では、いまから繰り出すことになるスタイルを私は想定していない。スタイルとは文体の意だ。そしてその文体を想定はしていなかったのだから、ここからは想定外である。中通りの歩行の三日め、七月二十五日に、藤沼湖の本堤《ほんてい》で森清道さんがこう言った。「想定外という言葉は許せない。あっちゃならない」と。私は、自分が危ういところにいる、と思う。

いまから私は仮名を導入するのだ。

Sさんには家があった。

Sさんは女性で、年齢《とし》は私の一つ下。

Sさんの家は、結婚後の住宅で、そこから徒歩数分のところに実家がある。

そのSさんの帰省に私は同行した。

帰省であることに間違いはない。Sさんは実家に寄るのだから。しかし、Sさんに実家に寄らせたのは私である。その帰省を近隣から監視する人間はいなかった。近隣に人間はいなかった。Sさんの自宅、および実家は、双葉町の帰還困難区域内にある。つまり「地域そのものは監視されているけれども、帰省警察は生まれようのない」町——。

Sさんが生まれ育った双葉町は原発立地市町村の一つである。

しかも大熊町といっしょに、イチエフを抱えている。

Sさんは浪江高校に通った。

Sさんは、その高校の演劇部に在籍している時に、私に脚本執筆を依頼した。

私(十八歳か十九歳)は、当時東京の大学に入ったばかりで、この時点では浪江高校を女子校だと考えている。実際そうだった。福島県立浪江高校は一九二七年に浪江実科高等女学校として創立、そこから女や女子の文字がとれるのは一九四九年で、しかし共学になるのは一九八六年。この、共学化の前年に大学一年生の私は脚本を依頼された。

書いた。私(台本執筆時には十九歳)は、十五から〝劇〟なるものに憑《つ》かれていたので、女性だけ登場する戯曲に挑む、は、やり甲斐があった。そのように記憶している。

内容は憶えていない。脚本の現物もない。処分した。

が、二〇一一年の春に、初夏に、いや夏に、私は唐突に思いだしたのだ。あの、「全町避難」が強いられる浪江町に、私の台本《それ》が残る可能性もある、と。残るというか、眠る可能性がある。眠るというか、浪江高校演劇部の部室、または倉庫のようなもの、のどこかに、放射線とともに鎖《とざ》されてある可能性が。

しかし私はSさんの連絡先は知らなかった。

という話を、NHKにした。記録に拠《よ》れば今年の五月二十七日に。

Sさんは見つかった。経緯《いきさつ》は省略する。

Sさんは「実家の納屋に、脚本はあるかもしれない」と言っている、とディレクターが私に言った。

実家は、双葉町内。帰還困難区域である。

浪江ではないのだ、と私（まだ今年の誕生日を迎える前だったので、五十三歳）は軽く驚いた。

Sさんは現在《いま》茨城在住で、とディレクターが私に教えた、仕事があるために週末か祝日しか動けない、何日でお願いしますか？

祝日となった。「山の日」である。

私たちはSさんの一時帰宅、に同行する。Sさんの帰省、に同行する。許可を得て。

Ｆ（私、古川）は十九歳だった。一九八五年当時、家庭用ワープロは十五万円は超えていた。Ｆには手が出なかった。あらゆる文章《もの》を手書きしていた。近所のコンビニエンス・ストアのコピー機で、その脚本を複写して、浪江高校演劇部に送付した。Ｆは当然、その手書きのホンがさらにコピーされた、と考えている。Ｆ（震災の年、四十四歳から四十五歳）は、だとしたらそのホンとともにおれの字――肉筆の写し・肉筆の分身――もそこに、と考えた。さらに九年が経ち、F（五十三歳）は、その字は再会したらおれに何かを語るのだろう、と思った。「ここに放射性物質が降ってね。大量に」――と？　それから「僕はずっと、ここにいたし、これからもいるんだけれど」――と？

まず家《ハウス》があったのだった。Sさんの自宅だった。Sさんが鍵を開けた。スムーズに解錠されたわけではなかった、が、開いた。Sさんは入った。帰宅だ、と私は思ったか？　たぶん、思わなかった。もっと乱暴なものを感じた。もちろんSさんが乱暴なのではない。しかしSさんと自宅《それ》が嚙み合っていない、とは感受された。Sさんに招かれた。躊躇した。覗いたら、大地震の直後のままの――余震もあった――あらゆる混乱がある。乱然《らんぜん》たる、というか。土足であがらざるをえない。その瞬間に私は、このハウスはもはやホームたりえないと知る。ホーム、つまり家庭の場としての、そうした空間。臭気がある。それは歳月の停滞の証しである。時間《とき》は、強制的に停められると、腐る。「建築物にはメンテナンスが要る」と私に語ったのは、誰だ……いつ？　二階に上がる。ロフト、つまり三階に相当する空間にも。何かが私を追跡する。追尾し、喰らう。頭が痛い、と思ったが、そうではない。胸が苦しいのだった。何十分かが過ぎる。私たちはSさんの実家に移動している。そこには実家という名の家《ハウス》がある。そのかたわら、納屋はあった。荒らされていた。屋内《なか》から放り出された家具類、農具類と、二階部分にも屋外《そと》から登れるように掛けた梯子《はしご》。それは荒らされた痕跡であって、それ以外ではない、ありえない。ここが警戒区域であった頃、警戒区域泥棒というのがいた。そういう事実は誰もが知っている。Sさんは、別に……、という顔をしている。憤激はない。「いやだな」とは思っているのだろう、しかし憤らない。

「あの納屋（の内部）の、どこかに――」と言ったのだった。

私のホンがあると思う、と。

私は、「いいですよ、探さないで」と言っていた。言ってしまっていた。私はもう、それとの再会は求めない。私はこの日、防護服を着ていない。私はこの場面で、歩こうと思えば当たり前に歩けて、普通に呼吸《いき》できている。普通に靴裏でここ（＝帰還困難区域）の大地をしっかり踏んで。Sさんと、何かを話すのだが、しかし話せていないとわかった。Sさんが、たとえば涙し、たとえば笑うのだが、私はほとんど反応できなかった。私はそれまでだった。この町にイチエフが建っている、とはわかった。そうだイチエフの話をしなければ、と思った。NHKだって期待しているのだから、と。しかし話題をそちらに向けると、そらす印象があった。Sさんに。

だから明るい話をした。Sさんは歌が好きだから、歌の話題だとか。

私は、自分が壊れているのがわかった。わからないをわからないと言える私は、いまや、そんなことがわかる。

Fは、Sさんが自家用車内に待機し、NHKの撮影クルーが素材を撮るのに勤《いそ》しみ、学と耕太郎も離れている、と確認する。Fは、一歩、それからまた一歩、と家《ハウス》を離れる。しかし何百メートルも離れたりはしない。その十字路の、そこに、そのコンビニエンス・ストアがあったから。ほんの数十歩だ。コンビニエンス・ストアには何台もの自販機が並んでいた。もちろん動かない。そして陳列《ディスプレイ》された見本の缶、ペットボトル類は、みな倒れている。カラーリングは褪《あ》せている。あの日だね、と思う。あの日だな、と思う。Fは、とても穏やかだ、と思う。ここはとても静謐だ。鶯《うぐいす》はうるさいけれども。

Fはその情景をとり憑かせる。そうしなければならない。なぜ？　――わからない。そして、わからないも尊い、ともっと奇妙なことも思う。どうしてだか微笑している。

母の新盆には、姉、それから甥が連絡を寄越した。甥っ子は「新盆の模様」と題した写真もくれた。私（という息子）の名前を付し、吊るされた盆提灯《ぼんちょうちん》がある。後れて、兄からもメッセージ。人手が足らず、大変だったろう。

八月十四日になっている。

十五日。

姉、西間木順子から、私の妻に、それから私にも連絡がある。荷物を送るね、と。

そして八月十六日、日曜、にそれは届いた。メインは鯉の甘煮《うまに》で四パック。それと野菜類。トウモロコシ、南瓜《かぼちゃ》、オクラ、胡瓜《きゅうり》、茄子、ピーマン、ゴーヤ、モロッコ隠元《いんげん》、大葉、花韮《はなにら》。ここまでは自分のところの畑だろうが、他に須賀川市産のブルーベリー、須賀川市産の桃、須賀川市産の枝豆。

どの野菜の生命力にも打たれる。鯉の美味さに打たれる。


西間木嘉大さんの話。私の義兄《あに》だ。この話はもう、七月二十六日に聞いていた。

「震災後にね、(苺栽培用の)ハウスを大型化するか、家を建て直すか、考えたの。どちらにするかって。一大決心だったけど、家にした。ハウスをコンピュータ管理にして、いろいろ自動化しても、楽なのはおれたちだけ。(農業の)後継者もいないしね。そこで、家のほうに決めた。家は、残るから。(子供たちに、孫たちに)残せるから。五年前にね、そう決めたんだ。日出男くん」


私は全部が家《ハウス》の問題だったと知る。東日本大震災で——流された家がある。津波で流された。海水だ。だが淡水でも流された。藤沼湖の決壊だ。土砂に潰された家がある。強制避難で、帰れない家がある。解体される家がある。その前に地震で崩されている家がある。それから私は、大事なことを洞察する。私は、あちらこちらで「国はひどい」という声を聞いた。「行政が悪い」と語られて、「国には何も期待していない」との声も。そんなふうに、国、国、と聞いて、一度たりと国家とは聞かなかった。そうなのだ、家《ハウス》が抜けている。この日本には国家がない。

こういう例を挙げる。首相が、「国民の皆様」と言う。しばしば演説で、国民の皆様が、国民の皆様と、国民の皆様に、と言う。そのたびに、私は「国民《わたしたち》はまるで政府の顧客だな」と感じる。そして、そのように首相が言うのだから、首相は国民《わたしたち》に含まれないのだ、と。

私は悲しい。この日本には国民《わたしたち》のための家がないのだ。

この洞察にぶち当たり、私は、とうとう福島を離れる。4号線と6号線の地べたを歩き抜いて、私はとうとう、国民が家《ハウス》をもたないとの真実に到達した。

［二〇二〇年九月］

国家・ゼロエフ・浄土

けれどもだんだん気をつけて見ると、そのきれいな水は、ガラスよりも水素よりもすきとおって、ときどき眼の加減か、ちらちら紫いろのこまかな波をたてたり、虹のようにぎらっと光ったりしながら、声もなくどんどん流れて行き

宮沢賢治『銀河鉄道の夜』

距離論へ

1

何かを説明するには距離が要る。とても残念なことだ。しかし、その数値《データ》は必要なのだから、私はもちろん提出せざるをえない。あなたの知らないであろうその土地が、なになにから、なんキロメートル離れています、と。こういった解説をする時には、なになにという基準点の設定が肝《きも》になる。それがまるで世界の中心に思えるから。たとえば、ある土地が、東京電力福島第一原子力発電所からなんキロメートルに位置するのですよ、と私が言ったとする。いいや、私以外の、さまざまな人たちも言ったとする。すると、福島第一原発——通称「イチエフ（1F）」——はこの世のまんなかに来る。この言い方が煽情《せんじょう》的すぎるとしたら、より適度にも言い直せる。イチエフが福島県の中心地に定《き》められてしまう、と。

私は福島県の郡山市に生まれて、そこが自分の生地であるからを最大の根拠に、福島県のまんなかはここだ、と幼少期には考えていた。もしかしたら青年期まで。というのも、そこでは磐越東線《ばんえつとうせん》と磐越西線《さいせん》と東北本線が十字に交わる。ＪＲ郡山駅で、だ。県内の東西南北に鉄道がのびているのだから、核《コア》だ、とは考えた。事実として福島県の商都ではあったから、この蒙昧《もうまい》は裏打ちされた。ところで、核だ、と書いてしまった瞬間に、私は原子力発電所が〝核〟エネルギー発電所なのだという当たり前の事実にぶたれる。

だとしたら、私たちはみな郷里《ふるさと》という名前の原発を抱えていることになる。心に。魂に。

思考（あるいは思想）は、この認識から出発しなければならないのかもしれない。

私はこれから福島県伊達市霊山《りょうぜん》町の、小国《おぐに》、という土地について語ろうとしている。二〇二〇年七月二十八日と二十九日に私は二日にわたって小国を訪ねたから。だが、小国はどこそこにあって——と説明するに際して、やはり距離が要るのだ。他のやり方もある。たとえば市町村合併史を説ける、こうだ。ここは一九五五年まで独立市町村の小国村だった、その後に三つの町村と合併して霊山町となった、旧《ふる》い村域の一部は福島市にも編入された、また、霊山町も二〇〇六年には四つの町（自治体）と合併して伊達市となった、現在は、単なる町名としての霊山町が残る——さて。何が具体的に伝わったか？　たぶん要《かなめ》の一点だけは言えた。小国はもともとは独立していたのだから、この土地の人間には「われわれは小国（の者）である」との帰属意識《アイデンティティ》がある。

しかし、その土地はどこにあるのか？

霊山町がどこにあるか、がわかればイメージできる。伊達市がどこに、でもそこそこ見当をつけられる（かもしれない）。しかし、伊達市がたとえば北東で宮城県と接している、と誰がそこまで知るか？　もちろん伊達市に居住していれば、その隣接地などに居住していれば、またはそれらが「出身地である」等したら、別だが。そうした場合は「ここにある」だの「そこにある」だの「ここにあった」だの「そこにあった」だの了解すればよい。しかし大概の人間にはそうした了解は、来ない……もたらされない。

だから、こう言うしかないのだ。小国はイチエフから五十五キロだの六十キロだの北西に離れたところに位置する、と。

するとと私は、ごく自然に「郡山もイチエフから六十キロほど離れているな。真西に」と考える。ただし、このように比較することには過ちが含まれる。なぜならば小国は、市（伊達市）の、町（霊山町）の、そのうちの地区であって、いま私の連想した郡山とは、市だ。郡山市にはそれなりの面積がある。市域の東端と西端とでは、イチエフからの距《へだ》たりがだいぶ異なる。ゆえに私はイチエフからの距離を測るにも点を用意しなければならない。郡山駅はどうだろう？　ＪＲのその駅――という点――は、東京電力福島第一原子力発電所から、五十七キロ。

私の実家からだとどうだろう？

実家は郡山の市街地から西に離《さか》る。

六十三キロか六十四キロ。

念のために言い添えれば、イチエフにも相当の敷地面積があるが、その条件は切り捨てた。面ではなく点と考えた。本当はもっと点と点で結べたらよい。しかし郷里《ふるさと》をそんなにもイチエフと結びたいとは思わない。思えない。だから私は小国のある一点と郡山のある一点とを結んでみるのだった。距離を測ってみるのだった。小国には小学校が一校だけだ、と聞いていたから、そこと、もう一点には私の出身小学校と。すると距たりは五十キロだと判明する。この瞬間に私は、ああ、おれという子供の生まれ育った土地と小国とは、五十キロの距離をあいだに挟むのだ、と知る。

この理解は、ストン、と腑《ふ》に入る。

ある土地を説明するためには距離が要るわけだが、ラベルめいたものも要る。このラベルは陳腐であればあるほど、像《イメージ》の喚起力を持つ。たとえば私はこう言い切ってしまえばよいのだ。「小国は美しい里山です」と。嘘ではない。中山間地のそこは、訪れた私に、二つの印象を与えた。一つめは五十キロというのは遠いなということ。こうした美しい谷間《たにあい》の集落の風景は、私には未知だ。田圃《たんぼ》があるが、それが棚田だ。棚田は、山に凹部で入る、という触感《てざわり》をおぼえさせる。人間の暮らしが、周囲の環境（自然環境）と凹凸を成す……つまり織り成すのを可視化する。もっと言えば人と自然が一如《いちにょ》となっている。こうした景観を私は——同じ福島県の出身者である私は——知らない、おれの生地はこんなのはぜんぜん持たないな、と思って、五十キロをひたすらな遠さと認識する。

二つめ。私は「こうした里山の風景は、百年前と、いや、それよりも昔とも変わらないのだろうな。そんなには」と感受した。ここで私が百年という時間スケールに飛びついたのには理《わ》由《け》がある。私は三十代の前半になるまでを二十世紀のうちに生きた。だから十九世紀末というのを「百年前だ」と感覚する。そして十九世紀末＝一八九八年に小国は日本の歴史にある画期《エポック》を刻んでいる。農業協同組合と言える信用組合を忽然《こつねん》と出現させたのだ。これは日本初の農協なのだと説かれている。異論もあるらしいが、それにしても値打ちは変わらない。「困窮する農民たちに、自立を」——そう考える大人物（衆議院議員を二期務めた政治家だった。小国村出身の、名前は佐藤忠望といった）がいた、との史実は迫力である。素敵である。そうした知識が頭にあったから、私は、「こうした里山の風景は、百年前と、いや、それよりも昔とも変わらない……」と思って、しかしこの感慨をさっさと訂《ただ》した。もちろん百年前と現代とは違う。道はこんなふうには整っていない、整備されているはずがない、それから点在する人家の形態《フォルム》がまず決定的に異なる。——が、いつから？　私は歳月のスケールを二つ割りにするということを試み、つまり半世紀、つまり五十年前、それならばどうだと想い描いた。

道路は？

県道ならば舗装されていたか？

うん、いただろうな。農道は無理だ。舗装はない。ない、ない。しかしこの県道、これは51号線だったか？　幅は最初からこうか？　そうかもしれない。この堅牢さは、だけれども、違うだろう。

五十年前というのは近いのかもしれない。

遠いのかもしれない。

山の斜面。そこに桑畑は見えたのだろうなと私は想像した。五十年前にだ。百年前にも。ここいらでは養蚕が盛んだった。かつては。だがしかし現在はそうではない。やはり変化、変遷したのだ。五十年前からでも、だ。

五十年。ここでも私は自然に「郡山の五十年前は……」と比較する。しかも過ちが孕《はら》まれないように用心して。それは近いか、遠いか？　——近かったか、遠かったか？　検証したのだ。私にはさいわい材料があった。一九七二年二月に劇場公開された東宝配給の映画（のDVD）というのがあった。題名は『百万人の大合唱』、この映画がほぼ全篇郡山でロケされている。ほんの一部が東京・池袋で撮られている以外、郡山である。ただし主に市街地の画《え》である。封切り時期から逆算すれば、そこに映る郡山、映される郡山はほぼ五十年前の姿である。そのように断じられる。（私の）小国と（私の）郡山は、五十キロ離れる。その小国を考えるために、五十年前の（私のでもある）郡山に入る。――さあ、どのように変化、変遷した？

愉快なことに、そうした変化、変遷は、作品にじかに謳われていた。これは二つのラベルだった。郡山という土地は「東北のシカゴから東北のウィーンへ」の惹句で表わされていた。第二次世界大戦での敗戦後、郡山は商都をめざすと同時に、人口急増から（と言えるのだろうが）暴力団抗争が頻発した。その治安の悪さは東北のシカゴというラベル＝他称を得た。そんな荒《すさ》んだ街が、見よ！　いま音楽都市に変わる。これが新しいラベル＝自称であるところの東北のウィーン、すなわち楽都、であり、『百万人の大合唱』という映画にも登場しているのだからラベルは他称でもある。史実を出すが、郡山市は二〇〇八年三月に「音楽都市宣言」をした。それ以前から、たしかに、私の記憶でも合唱の街だった。

ということは、五十年間とはラベルからラベルへの移行である、と言える。『百万人の大合唱』の物語に拠《よ》れば。

その物語はある種のお伽話《とぎばなし》である。これは非難ではない。大衆映画はそうであってよいのだ。概要を一行で記す。あらゆる興行が暴力団に握られている当時の郡山で、一人の高校教師が仲間たちとともに、威《おど》しに屈せずクリーンな「郡山市民音楽祭」を実現させた！　これを、あっさり、劇的に描いた。小説家の私としては「あっさりだから劇的だった」とも評しうる。作中にはフォーク歌手の吉田拓郎が出、それは冒頭のシーンだけなのだけれども、中盤から終盤にかけては、クラシック音楽を大衆化させた指揮者・山本直純がけっこうなキーパーソンとして出る。それと山場に至る直前に新聞記者——朝日新聞の記者がモデルなのだろう——が、決まる台詞を吐く。「でも、郡山もなかなか捨てたもんじゃないな」と言うのだ。私はさすがにニヤッとしてしまった。しかし物語だの出演者だの、脚本・台詞（も物語なのだが）への言及はここまでとする。画《え》だ。

　ＪＲ郡山駅も『百万人の大合唱』には映る。

　その駅舎、ホーム。

　私は「この駅は、遠いな」と感じた。五十年前の郡山駅というのは相当に遠い、現在《いま》とは違いすぎると。

　しかし全篇でその、ひたすらな遠さ、を感覚したのか？

　そうではなかった。変わらないと認識できる景観にも遇《あ》った。それよりも重要なのは、私は、その画《え》の内側で暮らせる、と考えた。そこに自分が生きられるとシミュレーションできたのだ。つまり「五十年前は、近いな」と私はその生活《リビング》の次元から実感した、と言える。ただし『百万人の大合唱』という映画（の映像）には難があった、私はそれを自覚、自戒した。郡山市内のいわゆる農村部、鄙《ひな》、はそこに映らない。私は十八までそういうところにいて、そういうところと市街地とを往来した。記憶に照らして検証できない要素が残る。が、それでも思ってしまったのは事実だ。五十年前は近いし、遠い、と。体感したに等しいのだ――「ほぼ半世紀前の郡山は遠かったし、近かった」と。

　時間はそんなふうに伸び縮みする。

距離はどうだろうか。空間の距離《それ》は。

　ラベルについてあと少し話を続けたい。

陳腐であればあるほど有効なのだ。強烈に像《イメージ》を結ぶのだ。だから（『百万人の大合唱』という映画の内側において、そして現実にも）往時の郡山市は東北のシカゴとなった。私は、いいや、私以外のさまざまな人たちもか、このレッテル（ラベル）貼りをいまならば笑うだろう。陳腐の極みだから。あるいは怒るだろう。本家の――アメリカはイリノイ州の――商都シカゴを蔑《なみ》しているから。つまりそちらを踏んづけてから郡山を踏んづけている。そちらをもこちらをも一面的に見過ぎだ、と。しかし一面的に見る、見せるからこそのラベルなのだ、とも言える。私は、そこで二〇一一年をふり返る。ただし三月十一日や、十二日以降の二〇一一年だ。福島はかつてソ連の領内であった地域と比較されるようになる。チェルノブイリである。それは必然的に、すなわち極めて真っ当な検証のためにも、そうなる。しかし、そのために、ある他称が出現しかける。それは福島の、福島県の、他称＝ラベルである。もしかしたら出てしまったのかもしれない。福島は「日本のチェルノブイリ」というのだ。そしてラベルというのは一面的だから、その県土はいっさいが汚染された、と理解される。この、ここに私が挙げたラベルを、いま現在の私は笑える。当時は？ 憤《いきどお》った。私がここで願うのは、この私以外の、さまざまな人たちもクスッと笑ってしまうよね、ということ。いまならば、絶対にそうだよね、ということ。

あと一つある。

一面的に何かを見るということは全面的にそこを一色《ひといろ》に染めるということである。しかし斑《まだら》にされるのもきついんだよ、ということ。

私は小国の人間ではないので、かつ二日ばかりの訪問では小国《そこ》の代弁者にはなれないので、ただ無味乾燥にデータを挙げるしかない。たとえば二〇一一年四月二十二日に、イチエフ周辺の二十キロ圏内が住民の立ち入りの禁じられた「警戒区域」に指定された。放射性物質の累積量が高い地域は、二十キロ圏外でも「計画的避難区域」に指定された。たとえば飯舘村《いいたて》（の全域）がそうだった。国が、地域まるごとの避難を求めた、のだった。小国は二〇一一年六月三十日に、その八十六世帯が「特定避難勧奨地点」に指定された。局地的に放射線量の高いホットスポット、とされた。この年の晩秋、十一月二十五日にさらに四世帯が「特定避難勧奨地点」に追加指定された。国が、それら計九十世帯（の二百十五人）に対して、小国《そこ》からの避難はしたほうがよい、しかし強制はしない、また、賠償対象にはすると言った。九十世帯というのは地区内のおおよそ二割だった。つまり残る八割は賠償対象にならなかった。指定と非指定、そして支払われるものが「ある」ことと「ない」こと。しかも放射線量は、各戸の玄関さき庭さきで測られたのだが、人は宅地に鎖《とざ》されて生きるのではない。生活圏というのがあって、それが中山間地の小国であれば、自然環境と凹凸を成す、するとやはり農地（および農道等）も含まれる、山林も含まれる、と、こんなことは小国の人間ではない私にもわかる。

棚田を見たのだった。

しかし九年前にあった風景のようには、二〇二〇年七月下旬に訪ねる私は、見なかったのだった。

「米作り、やめてるからね。おれもやめたから」と専業農家の渡辺栄さんは私に言った。

説明を繰り返す。小国はイチエフから五十五キロだの六十キロだの北西に離れる。

郡山は真西に、と私は言った。

ここで方位という因子が前に出る。イチエフからの（原子炉建屋の水素爆発による）放射性物質は、漏出後、南東の風に乗った。南東からの風は北西に流れる。二〇一一年三月十五日の夜のことだった、だから三月十六日の未明まで続いた、と言われている。放射性雲は北西に飛んだのだ。北、西、南、東。どれも方位だ。ただ単なる方位だ。そして青森、秋田、岩手、山形、宮城、福島、この六県は、東北だ。ただの方位なのに地方だ。こうした現実にはどこか呪いがある。そんなふうに思ってはならないのに、「ならないのだが、しかし。東北地方」と私は思う。

方位、方角はクリティカルな因子だ。

そんなふうに方位が決定的、絶対的に異なり、かつ五十キロという距離を、郷里《ふるさと》とのひたすらな遠さを挟んだ土地で、私は自分の兄の、それから父の、名前を聞いた。この取材で初対面となる渡辺栄さんの口から。

2

私の知らない土地に、私の父の名前を知り、私の兄の名前を知る人がいる。私の父親の名前は邦男といい、兄は邦一というのだが、私が二〇二〇年七月二十八日まで知らなかった土地に、「邦男さんは、どう、元気なの?」と尋ね、「邦一さんはずっと頑張ってるの?」と尋ねる人がいる。私はこの瞬間《とき》ほど自分の父親は古川邦男なのだ、兄は、私の兄だけれども、邦男の長男の古川邦一なのだ、と意識したことはない。

渡辺栄さんは私の出生地・郡山市の三穂田《みほた》町に友人を持っていた。

それだけではない。

渡辺栄さんは夏場にはキュウリを、冬場には春菊を生産する野菜農家なのだけれども、以前はシイタケもやっていた。原木《げんぼく》栽培で。

「十代の後半に、矢吹町の伝習農場(現・農業短期大学)にいてね」と言った。「一九七〇年に卒業した。あと、出稼ぎの経験もした。出稼ぎは二年。それがあって、一年間を通して農業をやりたい、やるんだと決意した。まずは養蚕とシイタケで、って計画した。養蚕はね、絹のね、需要が落ちたから駄目だったけれども。シイタケのことだけれどもね。シイタケは、これは、いい時もあった。でも貧乏もした。霊山町、伊達市に合併する前の（自治体の）霊山町だけれども、シイタケの生産は盛んだった。単協《たんきょう》の霊山町農業協同組合にはシイタケ部会もあったから」単協とは単位農協のことで、全農（全国農業協同組合連合会）に対する地域農協と理解してかまわないのだと思う。「青年部もありました。シイタケ部会に。おれは、うん、私はその青年部の時に県外に研修に行ったり、だいぶ勉強しました。各地を歩きました。三穂田町にも視察に行ったんです。三穂田に、原木シイタケの事業を引っぱる人がいたでしょう？」

私も知るシイタケ生産業者の名前が挙がった。実家に隣接している地区の。

「三穂田には、お二人、乾燥（乾燥シイタケ）と生《なま》（生シイタケ）とでけっこう頑張る人がいたでしょう？　あれは、こっちが乾燥、こっちは生って、主力が違っていたのかな？　二人めが……」

二人めの名前が挙がった。古川邦男だった。

「邦男さんの息子なのかい？」と訊かれた。

「はい」と答えたのだった。私は。

これより前にすでに、おれの大の友達がね、邦一さんを知ってるんだ、と兄の名前が口にされていた。

「視察に行かれたんですか？　三穂田に」と私は訊いた。

「おれらは、行ってね」と渡辺さんは答えた。おれらとは、霊山町農業協同組合のシイタケ部会、またはその青年部を指すのだろう。「三穂田を回ってね」

「実家《うち》にも？」

「行ったね」

　たしかに実家は視察を受け入れていた。七〇年代の、半ば、後半、その辺りに。うちが専業生産者だったから。はっきりと憶えている。大勢の他所《よそ》の人、その訪問。憶えているということは、私はその視察の人たち――大人の集団だった――を見たのだし、こちらも見られたのだ、となる。だとしたら私は、二十代の渡辺さんに、見られていたかもしれない、となる。小学校の、三年、四年、いや六年？　そうした子供の私が、渡辺さんの視界に入っていたかもしれない。スッと掠《かす》めたかも。三穂田町のシイタケ生産業者の、ある一軒の、視察の場面のエキストラ。これを、だから私と渡辺さんとには面識があった、とは言わない。しかしながら映画の譬《たと》えで考える。私はとうの昔に、小国という、自分が五十四歳になるまで足を踏み入れることのなかった土地の人間《ひと》のその人生の一コマに、収まっていた、とも想定しうる。端役の端役の、そのまた端役として。視野には入った。フィルムの画《え》で言えば「収録されて」いた。そうだとしたら。

　だとしたら、私はそんな頃にもちゃんと生きていた。生きていた。

「二十年やって、シイタケはやめてね。原木？　いや、買ってたんじゃないよ。自分で。いや、たいがいは自分で。多少は購入したりもあったけれども。山に入ってチェーンソーで伐採して。うん、木伐《きき》りだね。それも二十年やったなあ。そう、楢《なら》だ、クヌギだ」

私は広葉樹の丸太を想う。

「親戚の山で、買ったりもね。ホダ木《ぎ》（シイタケ菌を植えた原木）は畑でしょう？　そう、茸《きのこ》にとっての畑でしょう？　キュウリも春菊も、畑を毎年は買わない。米だったら田をね、購入はしない。しかしシイタケはそれをしないとね。だから原木代というのが……この経費も、大変だ。それでも福島は原木の宝庫《それ》だった。知ってるでしょう？」

はい。

「ここの原木は人気で、群馬に売れた。九州にも行った」

自県外への茸の栽培用原木の供給量は全国一だった。はい。

知っています。

「シイタケは、いい時もあった、でも駄目になっちゃった。中国産の攻勢というのがあって」

知っています、兄に取材しました。中国産の乾燥シイタケの流通、それから生シイタケ。

「で、やめたんだ。それに関して言えば、簡単に言えばね、倒産したっていうの？」

私は取材ノートをとる手をとめた。

渡辺さんは笑っている。「いやあ、ひどい、ひどい」と言いながら。苛酷《ひど》かったと。

「震災の、かなり前になんですね」と私は確認した。

「そうだねえ。でも、再開しようと思ってたんだ。うん、冬場だけ原木シイタケというのはどうだろうか、って。小規模でもね。冬は、韮《にら》を作ったり、いまは春菊だけれども。震災前にね、考えていたんだ。シイタケに再挑戦を。ほら、並大抵ではない努力をしないと、年間通しての農業は無理だ。そして、農業で家族を養いたかった、子供の教育も、教育を受けさせるのもしたかった、おれは、最初からね。だから——」

だから、シイタケを、もう一度やるのだと考えて、望みは絶えた——断たれた。

森林の高放射線量のために。

「去年、シイタケの乾燥機を二台、処分しちゃってね。うん、片付けちゃった。廃品回収に出した。あきらめて」

キュウリ——ちょうど生産期の夏秋《かしゅう》キュウリ——の話から、ふたたび森の話へ。

私は、栽培技術と設備、それ以外でキュウリの栽培に大切なものはなんなのでしょう？　と訊いたのだった。

「キュウリは水で作る」

すぱっと斬れるような返事が渡辺栄さんから返った。

水。いい水。それから自動灌水《かんすい》システムのこと。それから、

「あと、肥料だね」

と言った。

「私はほとんど有機質肥料でやっています。羊毛。骨粉《こっぷん》、って動物の骨ね。それから『かつおくん』」後で調べると、鰹節工場の菌体を原料にした窒素肥料、の商品名だった。「土壌改良には『ライフグリーン』と、他にもいろいろ。買っています」

「腐葉土は？」と私は訊いた。

「腐葉土も、使っています。買っています」

「あの」

「うん？」

「昔は、腐葉土は、山から採ってきたのかな、と……」

「山の腐葉土を？　そうそう、そうです。最初はね、二十年前かな、私もあれ（山林で採取する腐葉土）があんなに凄い資源なんだって、わからなかったの。私についていた先生がね、指導員の先生がね、『これ、やれ！』って。ミネラルの含有量が違う。いや、あれを畑に入れるとね、もう、凄い、すばらしいキュウリが作れるんだ。だから、あれを、山の腐葉土を肥料の原料にして。それがね、原発事故後には――」

その後《のち》は使えないことになった。だから代用品を買っている。

「賠償、してもらわないとならないから、してもらっている」

「東電に？」

「東電に」

その、何分後だったか、何十分後だったか、渡辺さんは「資源だったんだよね。ここは、周囲が、山が。それが活用できないんだよね」と腐葉土のこと、原木のことに触れ、またタケノコ、コシアブラと山菜の名前を挙げて、アカキノコ、イッポンシメジと山の茸の名前を挙げて、「どれも『食べられない』って。なんだかなあ」と言い、私は、季節の山のものが採れないということは季節が奪《と》られたということだなと思い、そんな私に「なんか、あっという間《ま》に九年過ぎちゃった」と言い、「福島の山、捨てられたんだ」と言った。

私たちは暗い話ばかりをしたのか？

そうではなかった。

なにしろ渡辺栄さんは「六十を過ぎて、おれは農業が楽しくなった」と私に語った。震災の後に？　そうなのだと言って、「それは家族でやっているからで」と説明し、「妻と、それから息子（次男）と。そっちとは時にケンカもしながら」と笑い、「孫がね、うるさいんだ。かわいいんだあ」と言い、「ハウスの仕事から戻ると、『じいちゃん、キュウリが食べたい』なんて。鋏《はさみ》でサッサッサッなんて皮を剝いてやると、『じいちゃん、美味しい、美味しい』って」その男の子は二歳。八月で三歳になる（なった）。他に五歳の女の子の孫。それから「あのね」と私に言った。

「おれはね、私はね、外ではあんまりしゃべらない。けれども作物とは会話をするの。聞こえるのね。いま、水がほしいと。肥料がほしいと。何をしてもらいたいのかが。声がして。こういう馬鹿げたことは、うん、だぁれも信用しないだろうけれども」

私は信用する。もちろん。

「キュウリが、生《な》りたいのに生れない。光がほしいと。そこで葉っぱ一枚落としてやる。この私の指が動いてね、勝手に、すると」

光がそこに、ぱぁっと。

キュウリは実る。渡辺栄さんは声を聞いているのだ。

3

私は渡辺栄さんをじつは渡辺さんとはあまり呼ばなかった。だいたいサカエさんと呼んだ。下の名前で。それは私の父が、邦男さん、と呼ばれて、兄が、邦一さんと呼ばれたからだったとは言える。

不思議な体験だった。

去り際に私もキュウリをいただいたのだった。「美味しい、美味しい」と私も言っていた。むしろ口走っていた。

翌《あく》る七月二十九日、午後に、今度は佐藤惣洋さんを訪ねた。「放射能からきれいな小国を取り戻す会」の会長、この住民組織の設立は二〇一一年九月である。私は、前日からの流れで、この佐藤さんのこともソウヨウさんと呼んだ。小国に来るとそうなるのかもしれない。

「おれたちは、小さい頃、裸足でここを歩いてた、駆けまわっていたんだ、そんな感じにしたいなあって。ええ、そういう気持ちがありました」と設立当時をふり返る。惣洋さんは、一九六七年から勤めた自治体の役所（霊山町、伊達市）を二〇〇九年三月に退職、その二年後に東日本大震災に遭《あ》う。「若干ね、その夢はいまも叶えられていない部分はあるけれども、それでもね、この活動を通して、小国は小国のまとまりを取り戻した——というか、私たちであれば、昔はつきあいのなかった人たちとも知り合えた。会を結成して、です。な？」

と夫人のヒロさんに同意を求めた。

そして自宅リビングの卓上に、私に示すために、ご夫婦で大きな地図を展《ひろ》げてくれた。それは小国の放射線量分布マップである。

「まとまりが奪われてしまったわけです」と惣洋さん。「原発事故の三、四ヵ月後から『特定避難勧奨地点』に指定される家と、指定されない家ができて。つまり差ができた。お金（損害賠償金）をもらった人、もらわなかった人の。これはもう、意思の疎通にとんでもない難が、ね。いい、しこりが、ね。そこで思った。おれたちがどうにかしないといって。何かをしないといって」

この〝おれたち〟とは、小国に現に暮らす人間たちを指す。市（伊達市）ではないし、国ではないと言っている。

「行政から数字が入らないんですよ。どこが、どの程度、汚染されているのか？　その数字、データが。当時、こっちが尋ねても教えない。だから『自分たちで測るしかない』って」

有志の力は結集される。たとえば国の作成した放射線量分布マップはある。これは二キロメートル四方が一つの枡《ます》である。伊達市が独自に作成したマップは、一キロメートル四方、観測地点は二つ。これらに対し、「放射能からきれいな小国を取り戻す会」によるマップ――一回めの測定は二〇一一年十月――は百メートル四方が一つの枡になっていて、しかも観測地点は五百三十三ヵ所ある。

これこそ実態把握と言える。

汚染度のグラデーション等がはっきりわかる。

しかも翌年の四月にも、翌々年の四月にも、と定時定点観測が続けられた。「いかに減ったか」「減っていったのか」が明瞭である。

のみならず、このマップ――という記録――があったからこそ、補償の格差は解消に向かった。「特定避難勧奨地点」のその斑《まだら》の理不尽さ（非科学的だと言ってよい）が証明されて、二〇一四年二月、東京電力は「勧奨地点」外の家にも慰謝料を払う、とした。

地域を、地域に暮らす者たちの手で、全域漏らさずに測るという念《おも》いが、地域に一体感を恢《かい》復《ふく》させた。と、そうなる。しかも、惣洋さんの言《げん》によれば、より深めた。「放射能からきれいな小国を取り戻す会」の会報の創刊号は、会員数を二〇一二年一月二十日現在で二百九十七人としている。惣洋さんは「組織は、一人ではできない」と言ったが、これらの会員を「世帯の『代表』もいる」と考えれば、じつに相当な数字である。

「会を起《た》ちあげる前には、まず福島大学に行って、先生（専門家）を紹介してもらって。地元の大学ならば、助けてくれるはずだ。そう思った」佐藤惣洋さんは経緯《いきさつ》を語った。「支援は得られました。そこから福大《ふくだい》と連携して、このマップ作成が実現した。また、米の試験栽培もやりました。これは福大と、それから東京大学農学部の先生と。県と国はね、『米はいっさい作らせない』って言ってたんです。けれど、試験栽培をやらなかったら何もわからない。どうして、そうなった（わずか二戸の収穫米からのみ、基準値を超える放射性セシウムが検出された。二〇一一年十一月）のか。どうしたら、変えられるのか？」

何が問題であるのかが不明ならば、問題は解けない。

他には「放射能からきれいな小国を取り戻す会」は、食品の測定が大事だ、と、測定所（「おぐに市民放射能測定所」）を開設した。二〇一二年二月に。大学の協力例をさらに挙げれば、会と日本女子大学との連携というのがあって、調理法による食物のセシウム低減対策が研究された。二〇一五年三月には九十九人もの〝声〟を集めた記録集も出た。記録。

「あの時も思ったんですね。いま書かないと、録《しる》しておかないと、忘れてしまうって。私たちも、ですよ」

いわんや域外《そと》の人間をや。

「実際、もう十年ですからね。もう」

「惣洋さんは、どうして小国にはこうした達成ができたのかを、こんな会（地域住民組織）を持てたのかを、考えられることはありますか？」と私は訊いた。——もしかしたら「どうして小国だけは」とかマップであれば「小国こそが先鞭《せんべん》をつけ」とか、そう言いたかったのかもしれない。いや、言っていたのかもしれない。

「あれなのかな。地域《ここ》がまとまった要因は、結局――」

「はい」

「農協発祥の地、ということがあるのかな。なんだかんだ揉《も》めることはあったんだけど、本当に、心底、困ったことがあったら『助け合おう！』って。扶助の精神？　協同の精神か」農業協同組合の。「そういうのが、なんだかんだ言っても、あっても、しっかり根づいていた。小国の人間に。そうじゃないのかな」

「あと、結局――」とこれは夫人のヒロさん。「『特定避難勧奨地点』は、小国にまるごと避難しろ、そうすることを勧めるぞとは言わなかった。そう言われなかったことは、結局、小国をまとめた……んだと、思う」

記録集にはヒロさんの〝声〟が残るので、それを引用する。〈週3回の（農産物の）測定の中で（測定所の）スタッフの絆は深まり、信頼できる大切な仲間になりました。そして、その仲間達と「小国やまぶきおしゃべりサロン」を立ち上げました。月に1回集まって名前のとおりおしゃべりを楽しん〉で。

楽しんで。

こういう〝声〟が二〇一五年の三月に、ある。

小国の取材で私にもたらされた感情、感慨はあまりに予想外だった。不意を打たれたとも言える。父、兄、小学生の自分。日本初の農協は十九世紀末という（私にとっての）百年前、東日本大震災からはもう十年を歴《へ》る、つまり十年前、そして数年前の〝声〟。渦巻いた感情を整理したり、ここに書き写したりは難しい。私はいったん筋道を立てるのもやめたと思う。思考にだ。事前の課題からは離れた、その夏は。だからこそと語り出せるのだが、後れて、いま、思考に鞭《むち》を打ってみる。私は「森林除染について考察する」ということをしてみる。森。私がそれなりに真っ当な理解をしているのであれば、当初、環境省と林野庁（農林水産省の外局）は森の除染《それ》に関して対立した。まず環境省だが、森の、その全体の除染《それ》は不必要である、と言っていた。ここには科学的な根拠があって、放射性セシウムは放っておけば森林の内部で循環するのである。柔らかい言葉にすると「変なことをしなければ、ほとんど外部には流れ出さない」のだ。変なこととは除染《それ》である。放射性セシウムはいずれ半減期を迎える。セシウム134がだいたい二年で、セシウム137は三十年で。ならば〝森林生態系〟内にとどめよう、と環境省は考えて、しかしこの姿勢では福島の林業再生はない、完全にない。だから林野庁は除染《それ》を、する、との方針を打ち出す。

私は、あえて柔らかい言葉を用いてみるが、とても妙な気持ちになった。なぜならば林野庁の方針とは、国の方針である。こちらは福島県の方針（「森林全体の除染」）にも沿った。そして環境省の方針とは、国の方針である。

国が二つある。

どうも小国について解説するパートに入って以降、私もまた、国、国と言っている。「国は……指定地域に避難を求めて」だの「国が……こうこう、こう言って」だの。私はただの一度も、国家、つまり家《ハウス》の具わった国（日本）と言わなかった。否、言えなかった。そもそも福島県、県は、国家の行政区画である。伊達市の、市、といった市町村も。国家には、県、市、町村が含まれる。しかし市町村が、原発事故後の福島で県に対立する、国に不信を抱いた、等があった。そして国が、ほら、ここでは二つある。あった。

この「あった」という過去形を説明すれば、現在はいちおう連携が図られている、ようだ。二〇一六年二月に、環境省と農林水産省（林野庁）、それから復興庁の作業チームが発足した。「福島の森林の再生のために」「林業の再生のために」が謳われている。その前者と後者は〝森林・林業〟とちいさな点の一つで結ばれているので、要するに事業の名称は「福島の森林・林業の再生のための関係省庁プロジェクトチーム」でしかないので、際どさは感じる。だが、連携は連携、協調は協調であって、前進である。そこで私は、後退してみる。それは鞭だ、自分の思考に当たる鞭だ、私は「けっこう新しい知見」に触れる、数理モデルを使った二〇一九年の研究である、それは〝森林生態系〟内の放射性セシウムが、何を、どうするとどうなるのか、を予測する。どの研究所の誰がどう発表して、は、ここではあえて記さず、私の思考の軌跡だけを追う。森の、間伐をだいぶ強度に実施したとする、すると減らした分（減らされた＝森林外に搬《はこ》び出された分）に応じたセシウムは減る、だが林床の有機物堆積層にて、セシウム濃度は上昇する。事故後十年め——二〇二一年だ——にそうしたら、のシミュレーションだ。計算結果だ。有機物堆積層……つまり腐葉土、か？　私は、そうなのだ、「だったら駄目じゃないか」と思う。要するに「やっぱり、変なことはしないほうがいい」と考えてしまう。この研究は慎重に、仮に極端に間伐したならば、とか、もちろん適切な間伐は要るので、と言い添えている。しかしながら、私は後退したので、二つのうちのどちらか一方しか選べない、との思考実験をする。すると私は、除染《それ》はしない派、になってしまい、すると私は、小国を助けられない。それどころか、私は私の……小国という美しい中山間地に揺らされて専業農家の渡辺栄さんに揺らされて、父の、兄の、それらの名前に揺らされた、日出男、をすら見棄《みす》てる。

一つしか選べない局面で、どうするのか。

専門家たちの（真摯な）研究があり、それを専門外の、私、や、あなた、が読む局面で、どうしたらいいのか。はたして誤らずに読めるのか。

というよりも、誰が誤っていないのか？

間違わないということは可能なのか、人に？

夏の話をする。その夏の話だ。ひき続き私はそれをするのだ。私は二〇二〇年の七月二十三日から八月十日まで、十九日間、距離にして合計《トータル》二百八十キロを歩いた。福島県の国道4号線（中通り）と国道6号線（浜通り）を、4号線では南から北へ、6号線では北から南へ、ひたすら熱中症にも注意しながら歩いた。しなければならなかった、まさに真夏なのだ。熱中症対策を勉強した。発汗は、塩分のみを失わせるのではない。ナトリウムそれからマグネシウムが流れ出る。カリウムも。私は、カリウムか、と思った。栄養素のカリウムは水分保持のために働いている。すなわち、脱水症状を予防するのだ。カリウムを、摂《と》ろう、と私は意識した。コンビニエンス・ストアでは、カットされた果物を、買い、積極的に口にしよう、と。それ《カリウム》を頑張って摂取するのだ。その時にも気づいていた、私は、その出発前の準備期間にも。どうしてシイタケは、茸類は、セシウムを吸収しやすいのか？ 答え、「勘違いをしているから」。茸類はカリウム摂取に積極的である。そういう生物《いきもの》である。そして、カリウムとセシウムの性質は、じつは、大変に似る。だから、吸う……いっしょに吸収する。懸命にだ。頑張って、そうしてしまうのだ。

その夏、その準備期間に、「おれは茸になるのだ」と私は自覚した。

その自覚のことを、いったん忘れて、いま、ほら、思い出した。

さて。その夏の、八月三日の話をする。つまり佐藤惣洋さん宅を訪ね、小国を離れて、その一、二、三……五日後に。いったん中通りを北に県境《けんざかい》いを越えて、宮城に入り、仙台に一泊し、電車（常磐線）で太平洋岸をめざし、南に県境いを越えて、いろいろと、本当にいろいろと経験してから、のこと。

私は、その日の午前、「福島水素エネルギー研究フィールド（FH2R）」の敷地内にいた。その敷地は浪江町にあった。なかなか広い。十八万平方メートルあった。

FH2Rの見学、およびレクチャーの情景を描き出す前に、私は二つの説明をする。二つめは、さっきの敷地面積と同様にデータの列挙である。それらは無味乾燥であるしスケール感から「ほう」と思わせもする、その意味では有味である。一つめからゆく。エネルギー源としての水素を素人――私、や、あなた――がどう理解するか？　私は、燃料電池から始めるのがよいのだと思った。燃料電池は、水素と酸素を化学反応させて電気を作る。この際、生成されるのは水だけ、という発電装置である。少し考えるとわかるが、これは水の電気分解の逆の反応を利用している。酸素はもちろん空気から得ればよろしい。で、水素（純水素）は、ということになるわけだが、水素はそのままの形では地球には存在していない。だから水素は作らなければならない。要するに水素は、たしかにエネルギー源である。しかし水素を製造するのに他の、もともと自然界にあるエネルギー源＝一次エネルギーが要るから、二次エネルギー（エネルギー源）である。水素の製造方法にはいろいろある。ＦＨ２Ｒではどうしているか。水を電気分解している。

つまり、スタート地点に電気分解があり、燃料電池をひとまずのゴールに設定するならば、そこで逆《さか》しまの電気化学反応をやる。するとエネルギー（と水）が出る。

ひじょうにシンプルだ、とわかる。

描き方を変えてみる。まず、水と一次エネルギーなのだ、と。そこから水素が誕生する。そして、二次エネルギーと水、だ。

やはりシンプルになった。

だが施設は巨大だ。いよいよＦＨ２Ｒに関するデータの列挙にゆこう。敷地面積はもう挙げた。十八万平方メートル。そこに二万キロワットの太陽光発電ができるパネルが設《しつら》えられている。敷きつめられている、という感じ。この電力――一次エネルギー――を用いて、一万キロワットの水電解装置が動き、毎時千二百ノルマル立方メートルの水素を製造、貯蔵、供給する……との解説では私自身ぜんぜんスケール感が把《つか》めないので（ノルマル？）、年間およそ二百トンの水素を産めると言い直す。世界最大の水素製造施設である、とのこと。二〇二〇年二月末に完成して、稼働を始め、オフィシャルな開所の式典は三月七日に行なわれた。

大平英二さんの肩書きは、ＮＥＤＯ次世代電池・水素部、燃料電池・水素グループ、統括研究員、である。ＮＥＤＯは国立研究開発法人「新エネルギー・産業技術総合開発機構」のことで、前身の「新エネルギー総合開発機構」は一九八〇年に設立された。燃料電池の開発研究には直後から乗り出している。このＮＥＤＯと東芝エネルギーシステムズ、東北電力、岩谷産業がＦＨ２Ｒのプロジェクトに携わる。大平さんは、出身は秋田、二〇一一年三月十一日すなわち東日本大震災の発災時は、海外赴任中でジャカルタの事務所にいた。

「だから、あの震災の恐怖、というのを、当事者（日本に暮らしていた人間）としては感じることができなかったんですよ。実体験はできていない。もちろん『日本に帰れるのか？』という不安はありましたが」

ここ浪江町のプロジェクトには三年ほど前から関わる。

「初めは常磐線で仙台から南下して、浪江《ここ》に来ていました。だいたい仙台からだったんですが、一時《いっとき》、富岡町からのバスで北上することがあった。国道6号線をです。すると、目にするわけです。手つかずの地域、たとえば沿道の自動車販売業者の建物や……」

震災で停止《フリーズ》した情景だ。

「やはり衝撃でした。この水素エネルギーの研究施設が、浪江の、福島県の、復興にどう具体的に貢献するのかは、正直に言えば、わかりません。工場を作ったわけではないし雇用も生んでいない。しかし何かのきっかけになればとは思っている。僕自身、このプロジェクトがなければ、浪江《ここ》を知らなかったわけですから。いわき市には縁があったんですが。僕は、この研究施設が、人の動きを生み出せばいいなと願っています」

活性化だ。町の。

設備の見学に先立ち、まず事前の短いレクチャーを受けた。

「水素は『安全か、危険か』と言ったら、二者択一で答えなければならないのなら、危険です。でも、エネルギーであればどれもみんなそうです。石炭も、石油もガスも。作られた電気もやはり事故を起こします。だから、それぞれの性質をしっかり把握するというのが大事です。性質を認識して、これに沿った形でルール（規制）と技術を用意する。危険だから、『どこまでリスクを下げられるか』を思考の出発点にする。漏らさない、着火させない。まあ、水素は着火しづらいんですけれども。しかし他のガスと混ぜると危ない」

実際に見学すると規模感《と》というのがわかる。林立するタワーのような水素貯蔵タンク、それから運搬用トレーラーが駐まるための一角、たぶん積まれる容器は長さ六メートルを超えることになる、中型の輸送容器はカードルと言って、このカードルに小型のシリンダー（高圧ガス容器）をふた桁収める。カードルはフォークリフトで扱える。こんなことを言ったら私的な記憶にあまりに照らし過ぎなのだけれども、じつはカードルは原木シイタケを浸水槽に沈める際、積み込む鉄パイプ容器に似る。その容器もフォークリフトで移動させるのだ。私の母親がそういうことをしていた。ただし、カードルは目方三トンもあるとのこと。それではまるで似ない。

大平さんと私とは、それから屋外《そと》で三十分ほど話す。私であれば、視界《めのすみ》の隅にずうっとカードルを認識しながら。

「いまは実用化段階だと思うんですけれども」と私は訊いた。実用化段階——は実用段階ではない。その前だ。「大平さんはご自身で、実用段階というか、水素社会の実現を見届けられると思いますか?」

「たとえば十年後は、どうか、という話ですが、そもそも二〇三〇年には定年ですからねえ」と笑った。「ですけれども、質問からはちょっと逸《そ》れるんですが、僕は、自分の子供の世代になにを残せるかを考えます。このプロジェクトだったら水素を残すわけですが、僕としては、可能性を残すんだ、と思っています」

「可能性」

「ええ。それを未来に。たとえば、気候変動……、この地球温暖化は、『それは(人類の産業革命以降に、排出量の急増した)二酸化炭素のせいではない』と言う人もいます。原因に関しては、いろいろな議論があります。だからオプションを、ある程度の選択肢を準備する。脱炭素もできる、という」

「ここであれば、太陽光発電で?」

「最終的には、地域の特長を活かして、でしょうね。日本で言えば、太陽光発電ならば九州、風力発電ならば北海道、とか。たとえば、太陽光パネルを敷きつめられるのは砂漠地帯です。中東の産油国は、このままでは石油が、天然ガスが使えない未来が到来する、と考えています。しかし、いったん水素に転換すれば、使える……と考えているのではないか」

　化石燃料から水素を製造することは可能で、しかも実用段階にある。

「ただし」と大平さん。「水素を産むには水が要りますからね。あちらでは水は貴重です。そこに難がある。海水の淡水化は、できるんですが、まずは生活用水にしたいはずです」

「なるほど」

　それと――化石燃料の改質だと――二酸化炭素も排出されるのでは？

「『一つで何かを解決できる』というものは、ないんですよね」と大平英二さんは言うのだった。「いろいろなエネルギー源は、不可欠です。水素は、他（のもの）と組み合わせて、初めて価値が出る。単体ではそうならないということです。水素の役割は、つなげるです。水素《それ》だけが頑張るのではない。再生可能エネルギーは生《なま》もので――」供給が不安定である、という事実。「――だから水素のような別なエネルギー源に転換して、用いる。いろんなものを、そうして、つなげる」

　私たちの立ち話は、ちょっと驚いた領域に導かれる。

「石炭でも水素を製造できます。ぜんぜん好かれない手法ですが」と大平さんは、また笑った。「しかし石炭しか資源のない国は、あるんです。水素は、ハブです。（旧来のエネルギー、または、それしかないエネルギー源を）上手に使うためのハブです。組み合わせる、インテグレートする、しかも余裕と言ったらいいのか、エネルギー・システム間に遊びを持たせながら。柔軟性とも言えると思います。なにしろ貯蔵ができるのが水素なので。だから遊びになれる。電力は、作ったら即、使うしかありません。使わなければ捨てるしかありません。つまり再生可能エネルギーでも、それは本質的に硬直したものなのだ、ということです」

研究棟の会議室に戻った。ここで東芝エネルギーシステムズの方や、NEDOの広報部の人間も立ち会うなかで、しかし大平さんは平然と、どんどんと私に言い切る。

「水素であらゆる問題が解決するなんて、僕はこれっぽっちも思っていません。こう言うと（周囲から）怒られちゃうかもしれないんだけど。『水素の役割はなんだろう？』って、考えたうえで、水素を使う。水素《これ》の製造技術というのは、日本では一九七〇年代から、国レベルでの研究が進められてきました。ちょっと中絶《なかだ》えすることはありました。でも復活して、そうやって過去から研究が積み重ねられた。この連続性が重要なんだと思うんです。いま、たとえば、（世間は）石炭を叩きます。原子力を叩きます。しかし、完全に――化石燃料を、原子力を――なしとしてしまって、いいのか？　技術の継承が切れたら、原発の廃炉作業にも支障が出る。そう、『やめる』とは技術が切れることなんです。いま、（世間の）みんなが水素だあと飛びついたら、その時に、その時こそ、考えたいんです――『水素の役割はなんなのだ』と。水素とは、つなげるための一つのオプションにしか過ぎない。しかし、だからこそ、水素とは大切な技術です。将来に残していい、本当に『持続可能』なものなんです。それを信じています。僕は」

それから、こうも言った。

「ここ（FH2R）の成果は、これからです」

4

わざわざ記すまでもないのだろうが、私はNEDOのこの大平英二さんにじつに強い感銘を受けた。相当な人物だと思った。私の蒙《もう》が啓《ひら》かれたとも思った。だからこそ、私はここで、いったん意図的に後退してみる。もしも目から鱗《うろこ》が落ちたのだとしたら、異なる魚種のそれを嵌めなければならない。その新しい鱗もまた、落ちるのかを考える。

FH2R――「福島水素エネルギー研究フィールド」は浪江町にあるのだと言った。浪江町の棚塩《たなしお》という地区にある。

ここで私は本章の出発点に戻る、ということをする。つまり「何かを説明するには距離が要る。とても残念なことだ。しかし、その数値《データ》は必要なのだから、私はもちろん提出せざるをえない」と口にし直す。そして厭々《いやいや》それを測る。基準点はイチエフだ。FH2Rの敷地は福島第一原子力発電所から、どう距《へだ》たるか？　真北に十キロほど、たぶん九キロと少しだとわかる。私はそれから、「イチエフを考えたのだから、続いてニエフのことも、サンエフのことも、考えよう」と考える。ニエフとは福島第二原子力発電所、地元では実際にニエフと呼ばれている。サンエフとは東北電力が一九六八年一月に建設計画を公表した「浪江・小高原発」のことで、この計画は、二〇一三年三月に断念された。だからその原発は幻であり、誰もサンエフとは呼んでいない。しかし私は呼んだ。双葉町と大熊町にある東京電力の一つめの（福島県内の）原発が、福島第一原子力発電所、とされて、富岡町と楢葉町にある二つめの原発が、福島第二原子力発電所、とされたのだから、きっと東北電力のそれも町名を冠することはないだろう、と推し量って。なにしろ浪江町と、それから現在は南相馬市小高《おだか》区である旧・小高町という、二つの自治体にまたがって建つはずだったから。すると名前は、福島なになに原子力発電所、となって、これの通称は？　いいや、通称とまではゆかずとも、浜通りでは何番めの原発と認識されたか？　三番めだ。すなわちサンエフだ。

サンエフとの距離も測ろう。

ＦＨ２Ｒは、サンエフからどちらに——どの方位に——何キロほど離れる？　すると方位が出ない。出せない。距離も出せない。距離が無い。

というのもサンエフの建設予定地のただなかにＦＨ２Ｒがあるから。なかなかに広い敷地は、もっと相当な面積のある（はずだった）敷地の内側に。

一九九五年二月の時点で、東北電力は「浪江・小高原発」の運転開始は二〇〇四年度、としていた。反対運動が存在したためにそうはいかなかった。「浪江・小高原発」は、その土地の九割が浪江町の棚塩地区、一割は当時の小高町の浦尻地区、と充てられていて、造られるはずだった原発は四基。ちなみにイチエフは六基である。ニエフは四基である。比較を続ける。ここでは東日本大震災で過酷事故《シビア・アクシデント》を起こしたイチエフと、生まれてもいなかったサンエフと、の二者に絞る。イチエフの建設に反対運動はあったか？　なかった——イチエフ一号機の着工は一九六七年の九月で、この段階までに限定すると、だが。誘致それから立地ともろもろ順調だった。「どうしてか？」にはひと言で答えられる。原子力発電が未来だったからだ。未来をつぶすものとは、まだ考えられていなかった。そして一九六八年には、もしかしたら一九六七年の後半ごろから、これは開沼博の『「フクシマ」論　原子力ムラはなぜ生まれたのか』をソースに語るが、反原発運動の芽——反原発意識——が萌《きざ》したらしい。

サンエフ史＝東北電力「浪江・小高原発」の年代記《クロニクル》を少し補う。一九六七年五月に、浪江町議会が誘致決議。一九七三年十月に、旧・小高町議会が誘致決議。二〇一一年三月に、もちろん東日本大震災。同年十二月に、浪江町と南相馬市（小高区を抱える）が誘致撤回決議。

東北電力が、後《のち》、浪江町に無償提供した土地というのがある。

そこは棚塩産業団地となった。

その団地内の一つの（しかし主要な）エリアがＦＨ２Ｒである。

私がここで考えるのは、たとえば一九六〇年代の前半に〝原子力〟を歓迎して、たぶん専門家の話にだって耳を傾けて、それをもって納得したであろう双葉町の、大熊町の人びとと、いま〝水素〟を歓迎し、それがもたらす未来のビジョンに、専門家の説明も踏まえて納得する人びととの間には、図式的な差は、距たりは、「ない」と断じうること。

そして後者の集団に私が含まれた。

私が言わんとしているのは、だとしたらイチエフの誘致、立地を、私は批判しないということである。批判できないということである。

二〇二〇年十二月九日の福島民友紙の報道。浪江町の棚塩には「復興牧場」が整備されると本式に決まった。二〇二四年度の完成をめざす。記事には〈酪農技術の研究機能も兼ねた牧場としては国内最大規模となる見通しで〉〈東北電力から無償譲渡された浪江・小高原発の旧建設予定地の町有地などを活用〉し、とある。乳牛は千三百頭が飼育される、らしい。生乳《せいにゅう》の生産量は年間一万トンを見込む、らしい。しかも牛糞を利用したバイオガス発電施設も設置する。すばらしい。この牧場はほとんどFH2Rに隣接するのだろう。なにしろ幻のサンエフの内側だ、これも。サンエフとその「復興牧場」の距離を測るならばゼロだ。この原稿のこの段落を、私は二〇二〇年十二月十八日に書いている。ここ数日、私は水素、水素……と思っている。そして、これはじつに昨日（十二月十七日）のことなのだけれど、私は清水建設と国立研究開発法人「産業技術総合研究所」が水素エネルギー関連のシステムを共同開発しているのだと知る。そのシステムは〝建物付帯型〟なのだと。そして二〇一九年七月から福島県郡山市内の卸売市場――の管理棟――で実証実験が行なわれているのだと。その管理棟の床面積は二千六百平方メートル。そしてその卸売市場は、私の実家から直線距離で一キロもない。八百メートルもない。それどころか、私の実家のある集落の裏手の、墓地の、うち（古川家）の墓から間近に眺められる。距たりは四百メートルもない。しかも間にあるのは田畑だけだから視界がいっさい遮られない。私はその墓の納骨用の地中のスペースを、一年と数日前に覗いた。祖母の骨があり、新たに母の骨を納めた。母の四十九日の法要は二〇一九年十二月十五日だったのだ。水素？　それが、あの市場で、もう？

私はこんなことを考えるとは思わなかった。

私は別なことを考えていた。

その前に、こうは考えていた。幻に終わったのはサンエフである。そしてサンエフに対して距離がゼロと計測されるのがＦＨ２Ｒである。ＦＨ２Ｒすなわち「福島水素エネルギー研究フィールド」はゼロ地点に立地する。そして三が幻であるならば、さいわいにもそうであるのだから、そこがなにエフかと問われたら、ゼロエ……。そうではない。なぜならば、そこは私のゼロ地点ではない。水素、水素を考慮せよ。水素を製造するには、まず、水だ。「水素を産むには水が要りますからね」と私は言われたのだ。そして私の、ゼロの、ゼロ地点の、水は？「あった」と私は気づいたのだ。それはＦＨ２Ｒを訪問した、二ヵ月と数日後だったと思う。距離には、直線距離がある、だが心理的な距離もある、賠償金制度のための距離があって、これは絶対的かつ心理的かつ倫理的な距離である。絶対、心理、倫理。「どこからか」と問い直さねばならない。つまり私はイチエフを基準点にしていいのかと。心理、生理、生死。そこまで思考を連ねて、いいや連想と言っていいのかもしれないが、すると私が到達する水の場所があった。私の心（精神？　心？）が、だ。それは淡水だった。川だった。この気づきの直後に、私は「歩き足りていなかったのだ」と了《さと》る。あと三日でもいい、四日でもいい、もっと縦断か横断かをしなければと理解する。そして、この気づきから一ヵ月と数日後には、これもまた福島民友の報道だが、こんな見出しを目にする。〈郡山に「水素ステーション」開設へ　商用定置式、福島県2カ所目〉——一ヵ所めはいわき市にある、と書かれているので、それならば私は目撃ずみだ。鹿島街道にあったあれだろう。夏の歩行時、見たし、写真も撮った。それでは二ヵ所めは郡山市内のどこに？　東北自動車道のそのインターチェンジ近くとある。そのインターチェンジは、私が高校生の時に開いた。そして、そのインターチェンジこそが傾斜路《ランプ》を川に架けて、料金所を出れば百メートルと少し、並行する。

何に？

川に。

そのインターチェンジの、現在の設備とほとんど重なる場所で、私は、もちろん川（水中）でだが、溺れている。

あるいは
銀河鉄道としての
阿武隈川

1

この出来事に対して私と私の記憶は頼りない。スポットの当たる一点だけはいまだに生々しい。が、それ以外は？　ぼんやり翳《かす》んでいる。たとえば、合計して何人がそこにいたのか？　何人の小学生たちが？　彼と私だけではなかった、これは確実だ。たった二人で川に降りるだの、遊泳するだの、は、当時の他のシーンを想うとありえない。そういう習慣はなかった。この集落の子供たちの間に、だ。この出来事は夏であったはずだ。それ以外の季節にじかに水には入らない。岸は、だいたい厚みのない雑木林になっていて、夏休みであれば私たちの朝はだいぶ早かった。払暁《ふつぎょう》にカブトムシを、クワガタムシを捕るのだ。それらが集《たか》る樹があるポイントがある。しかし内緒にし合ったりもした。とりわけ別な集落の子供たち——潜在的な敵対グループ——には。魚も捕る。雑魚《ざこ》しかいない。そうではない川もあったのだけれど、その川はそうだった。その川は、ほとんどの場所で浅い。しかし淵《ふち》となる箇所はある。そうなると背が立たない。むろん大人はぜんぜん安泰だ。しかし小学生たちというのは大人ではない。

私たちは田舎の集落（村）の子供たちだったのだと言える。これを村童と言い換えてみる。その時は、四十数年前。私はここからをいっそ小説のように描出できたら、と思案したのだが、その場面にいったい何人が登場するのかを事前に設定できないようでは難儀しそうだ。それだから私は、村童たちには童《わらべ》用の話を、童話を、と考える。しかも淵の出現する挿話を持つ話を、レファレンスに、と考える。そうした童話であれば、なんらかのヒントを私に、私のこの記述に、この記憶に、与える……だろう。頼りない記憶には頼り甲斐のある術《すべ》を、童話を。

宮沢賢治の『風の又三郎』であればたいていの日本人が知る。そのもの全篇は読まずとも、誰だってタイトルには触れている。この『風の又三郎』の「九月八日」章に、淵が出る。それはさいかち淵《ぶち》というのである。さいかちはマメ科の落葉高木である。むろん、淵の縁《ふち》にはさいかちが育つ。

九月八日、子供たちが鬼ごっこを、地元の言葉で「鬼っこ」をしている。淵とその上流《かみ》、それから川原で。生えている楊《やなぎ》の樹木にのぼって逃げたりもして。この子らは全員おんなじ小学校に通っている。場面には一年生から六年生までが揃っているようであり、だが判然とはしない。何人いるのだろう？　いきなり夕立が来る。その直前には〈山つなみのような音がし〉たし、降り出したら〈淵の水には、大きなぶちぶちがたくさんでき〉てしまった。転校生の高田三郎は、〈何だかはじめて怖くなったと見えてさいかちの木の下からどぼんと水へはいってみんなの方へ泳ぎだし〉たのだけれども、この時だ。叫び声があがった。——**雨はざっこざっこ雨三郎——風はどっこどっこ又三郎——**。高田三郎を除いた全員が、これに唱和する。つまり〈「雨はざっこざっこ雨三郎／風はどっこどっこ又三郎」〉と叫ぶのだけれども、しかし、私がついさっきゴシック体にした最初の声、その叫び声は、じつは揃っていた誰からも発されていない。そこにはいない子供がいる。つまり、そもそも合計で幾人かが不明な登場人物に、さらに一名を足した数が、その場面を構成する。

この『風の又三郎』のシーンと事実に照らして、私の記憶は、どうであると言えるか？　そういうのではなかった、と言える。スポットライトの当てられた一点の、背景・周囲に、幾人かの子供たちがいて、そこに外部《そと》から一人足せるというのではなかった。それどころか、いるのはあと二人でもいい、あと三人でも、それどころか二・五人でも合うのだと大胆に言える。「合計四人と半分（半人《はんたり》）の村童たちが遊んでいました」でも。この異形《いぎょう》の童話調。そこから、リアルな／クリアな中心にだけ視線を向ける。

するとと古川K治くんが溺れている。

溺れはじめたのだった。古川K治くんは私の三つ年下《した》、遠戚の子で、その家は私の実家の新《しん》宅《たく》（本家分家の関係の、分家筋）に当たる。目の前で、あっぷあっぷとなり、手足が撥ねた。声も撥ねて暴れた。悲鳴だ。私は即座に反応した。助けるために岸辺から川へ入った、ような気もするし、いや違うすでに、やや下流《しも》の瀬にいた、のであったような気もする。しかしいずれにしても彼のところへ急いで泳いだ。私は何年生だったか？　小六、または小五、そこの部分もぼんやり翳むのだが、いずれにしても小学校の高学年ではあった。それについては確信している。私のその、助けるという反応だが、勇気だの善だのには由来しない。あっぷあっぷしている、だから、なんとかする（したい）。これは無条件反射だ。そして「なんとかする（したい）」は「なんとかできる」には直接は結ばれない。ここに問題が内在した。私は遊泳というのはできた。だがその実態は「沈みはしないし、どうにか前進する」程度だった。私は山の子である。私はぶきっちょうである。淡水海水を問わず水に慣れていない。それだから二十《はたち》の時にもう一度、猪苗代湖《いなわしろ》で溺れかけるという経験をする。もう一度、とは、つまり、一度めがあるということであってこの出来事こそがそれである。

一度めになる。

さきにK治くんはどうにか助けられたのだと記す。しかし私には年下の子供を抱えて泳いで岸に上げる、等の芸当はできなかったと付す。救難の訓練を受けたことはなかった、と思う。そうしたことの行なわれる地域ではなかった。それでは私はどのように無様《ぶざま》な救助をしたのかと言えば、私は、結果としてはある短い時間、自らが水面下に沈むことで、ひきかえに彼の顔を、頭を、上半身を、水面のその上に出す、――出しつづけてやる、ということをした。すると、私は呼吸《いき》ができない。

自分の事故もそうなのだが、なにより他人の水難を不用意に語ってはならない。私は結局のところ、本稿のこのパートの執筆に難渋している。私はだいぶ原稿を書いては捨てた。ひたすら自分の躊躇《ためら》いを直視した。だから迂回しながら説明を進めるし、この出来事の三十何年か後にまず飛ぶ、ということをする。それは二〇一〇年代の前半――ただし震災後――のある日である。実家でお祝いごとがあった。近隣の縁者を集めるという規模でなされた。食事の席にはK治くんもいた。ひさびさの再会だった。私は彼に酒を注いだ。彼は私に「おれ、昔、日出男くんに川で溺れたのを、助けてもらいましたよね。あっち（と西を指した）の、あの川で」と言った。そして「ありがとうございました」と頭を下げられた。私はとても驚いた。憶えているとは予想していなかったのだ。その頃、K治くんはだいぶ幼かった。小三または小二。だが、だから憶えていないと予想したと言ったら嘘がだいぶ混じる。まず第一に、結局のところ、私は当の出来事のあった後に、彼に、「お前は溺れたよな。おれは助けたよな」とほとんど言っていない。その種の話題を振っていない。直後には、しただろう。私の小学時代には、まだ「する」ということがあっただろう。が、その後には一度もない。

それがなぜかを、私はぼんやりと把握している。

そして、ここから、精緻に分析しようとしている。

けれどもその前に、感謝だ。私はK治くんに、「助けてもらいましたよね。ありがとうございました」と言われて、感激した。「ああ、憶えてるんだあ。憶えてたんだあ?」と大きな声を出したのは、私のほうだったと思う。私はこの瞬間に、自分が助けられたような気持ちになって、感謝している。三十数年前に私はこの場面を予感できていない。そこから一年二年、十年二十年と閲《けみ》しても。

ここから分析に入る。また、生々しい記憶の描出にも入る。あの出来事のだ。この出来事だ。K治くんが溺れている。私は急いだ。急いで「なんとかしたい。救いたい」と思った。K治くんは、現われた私に摑《つか》まった、そして空気をいっぱいに吸おうとしたから、私を下へ押しやった。水中へ。頭と背中が押されていたとの憶えがある。自分の頭部と背中がだ。当然のことだがK治くんは必死であり、私は、浮上しようにもできなかった。私はずっと目を開けていた。このことは（も）憶えている。口は開けていない、そんなことをしたら水を吸う、呑む、だから少しも叫べていない。苦しい。だが戦慄はない。私はむしろ呆然としていたのだった。「え、これで？」と思った、思いつづけていた、「え、こういうんで、おれ、死ぬの？」と。私は、これは（も）小五の時なのだけれど、同級生を喘息の発作でうしなっている。だから人が、ある日、突然に完全に消えるということがある、子供でも、と了解していた。しかしながら小学生よりも上にならない、自分がとの認識、意識には「え？」と反応する以外なかった。

視界の色彩を憶えている。水中でのだ。青かったし濃かった。

それから水流が斜めの線のように、可視化されている記憶がある。錯誤だろう。鮒《ふな》、いいやカジカか、そうした魚影が視野を通過した、との記憶は、これも後付けだろう。

苦しさを憶えている。自分の苦悶をはっきり記憶している。

そして「え？　死――」との念。

死との対面。

だからなのだ。だから、私は彼に、話題を振らなかった。振れなかった。私は、この出来事の渦中で、本気でおれは死ぬのだと覚悟して、または覚悟を強いられて、そうしたことがあったから「助けたよな？　おれ、死にかけたぜ」と言えなかった。言ったら咎《とが》めとなる。こうして書いてしまうことにも躊躇した、との所以《ゆえん》だ。しかし、だから（三十年余も）できなかったのだ、しなかったのだと解説しても、思考の詰めが甘い。もっと……もっとある。何かがある。そこに迫る。

何がある？

何があった？

私の感情に、心理――の奥底――にいったい何が？

罪悪感だ。

そのように名づけて、愕然とする。つまり、私がもしも死んでいたとしたら、私は一生涯、彼、K治くんを責め苛《さいな》んだとの。そうだ、彼は思ってしまっていたはずだ、「自分のために」「自分のせいで」と。もしも私が溺死していたならば、だ。そして、それは（私の内面においては、じゅうぶんにリアルに）ありえた。だとしたら私は、死者でありながらも加害者となってK治くんに憑《つ》いてしまう。憑く……むしろ死者であるから？　いずれにしても私は、罪悪を犯す側に回った。私はそれを恐れた。そうなのだ、私はあと一歩で、そうなった（なりえた）し、潜在的には（現に）そうである。

私は死者の罪悪感を持っていた。死者たちの側の。

この出来事の、出来事以降の難しさは、そこにあった。


その出来事にまつわる困難がそこにあると感づけていれば、私はもっと頭のよい立ち回り方もできた。東日本大震災後にも。私は、ここまで徹底した肉薄をしないかぎり、「死者たちの罪悪感」なる概念を捕獲できていない。だから遠回りはいろいろあったわけだ。この十年弱の歳月に。さっき私は「いかに語るか」のレファレンスとして、村童たちから童話、童話ならば宮沢賢治の『風の又三郎』だ、と進んだ。が、こうも言える。宮沢賢治の童話ならば『銀河鉄道の夜』もだ、と。

私は、この作品を朗読劇にして、震災後に全国各地で上演して回るということを続けている。全国――たとえば岩手県の大船渡、住田町、種山《たねやま》ヶ原《はら》。宮城県の南三陸、仙台。福島県の福島市、喜多方、南相馬、郡山市。青森にも行ったが、東北には限定されない。首都圏、近畿、四国。その活動に関しては、初期の記録は劇場公開の映画（河合宏樹監督『ほんとうのうた～朗読劇「銀河鉄道の夜」を追って～』）にもなった。私は、出演しているし脚本を書いている、実質的に演出も担当する。この朗読劇のメンバーは多い。出演者だけが要では決してない、ので、ここに舞台《いた》にあがる顔ぶれだけの名前は挙げない。私が説明したいのは、ふた桁のメンバーが関与するプロジェクトであるにもかかわらず、毎度、私の意思をいちばんに尊重してもらえている、との実情で、それは私がここ八年、九年間というもの執拗に脚本を書き直して、結構（設定）じたいが激変する、のも幾度かあって、私は、要するにそこまでやってしまっている。だから意見が通る。

だが、そもそもは自分が作者でもない『銀河鉄道の夜』で、どうしてそこまでやるのだ？

それは原作の梗概を追えばわかる。いまならばわかる。以前からうすうすは意識していた。しかしながら、分析は回避して、「これが動機だ」とは誰にも言っていない。

まず、これはどんな童話なの？　と尋ねてもらおう。

私は、ジョバンニという男の子がいてね、と答える。

ジョバンニ？

そう。このジョバンニが、おんなじ学校の、カムパネルラという男の子と銀河鉄道に乗車するんだ。けれどもね、星空を進むこの列車には、じつは死んでしまった人たちしか乗り込んでいない。ジョバンニは別だよ。ジョバンニ一人は。

ジョバンニだけが？

そうなんだ。

だとしたら、カムパネルラは。

そう、じつはカムパネルラは、死んでいるんだ。その夜に……乗車の当夜に溺死した。川でね、溺れてしまったクラスメートを助けるためにね、自分も川に入って、クラスメートの救助は叶った。けれどもカムパネルラは。

「え？」


だから私はその朗読劇をそこまでやっているのだ、と知るや、私は痺《しび》れたようになる。私は、つまり、自らが抱えた「死者たちの罪悪感」に駆動されて、このプロジェクトを進めた、と言い切れる。

川。

私のゼロ地点である川は、郡山市の三穂田町を流れる。いまは上方に東北自動車道のインターチェンジの傾斜路《ランプ》が架かる。じき水素ステーションがそばに開設される。で、その川は、どこで途切れる？　いいや、川は途切れないのだ。海に出るか、どこかで他の川に合流するか、が大概起きる。私の（いいや、彼と私の）川は、南のほうの大きな集落で、もっと大きな川の支流になる。つまり吸収される。その川だが、河川名が私の出身小学校の校歌に出る。歌詞の一番の一節めに、頭に、だ。で、その川は、いったいどこで切れる？　終わる？　いいや終わらないのだ。もっともっと、巨大な川の支流になる。郡山市の市街地の、何キロか南で、阿武《あぶ》隈《くま》川に合流する。阿武隈川は東北第二の大河である。そのまま海に出る——仙台国際空港の十キロほど南で。いや九キロと少し？　太平洋に注いでいる。

では、そこへ行こう。

2

歩け。だがどこから？　歩け。だがどこまで？　阿武隈川の河口が大事である、とはわかった。これは宮城県南部である。宮城。そうなのだ、私は東日本大震災を福島に限定しすぎている。原発事故の被害は、被災は、福島だけか？　まさか。

それどころか、だ。

それどころか、災害は東日本大震災だけか？

それからまた、阿武隈の名前が冠されているのは川だけか？　私はまず阿武隈急行線の解説をする。この鉄道はもちろん二〇一一年三月の大震災で被災した、二ヵ月ほど運休した、しかしそれだけではない。二〇一九年十月には台風十九号の直撃を受ける、――ダイレクトな打撃を、の謂《い》いだ。線路に土砂が流入した、線路の土台が崩れた、ホーム流失もあった。そして二ヵ月を超えても復旧しない被災区間を持った。丸森《まるもり》駅（宮城県丸森町）と富野《とみの》駅（福島県伊達市）のあいだ、である。十五キロ半ほど。この区間には他に、あぶくま駅――宮城県内の鉄道では最南端の駅――と、そして福島県側の兜《かぶと》駅がある。つまり県境いがある。

　そこに被害が集中した。

だが、集中した、などと私が書いている拠《よりどころ》は報道のみで、私は阿武隈急行線を知らない。郡山市からだと、まず東北本線で郡山駅から福島駅へと行き、そこから乗る。阿武隈急行線の福島駅からは、宮城県柴田町の槻木《つきのき》駅まで行ける。槻木駅では東北本線に接続する。これが阿武隈急行線の全容である。だがしかし、その「槻木駅まで行ける」が「（かつて）行けた」となったのが台風十九号の後《のち》で、二〇二〇年の頭にも半ばにも、全線再開とはならない。なるのは、二〇二〇年十月三十一日である。

　乗らねば、と私は思った。私は、すでに言ったがこの第三セクターの鉄道を知らないのだ。だから乗る。路線図その他を見る。というよりも二、三種の地図を眺める。阿武隈急行線は阿武隈川を、二度、またいで走る。ほとんど沿いながら走る区間もある。それこそ県境いを中心としたエリアだ。つまり、鉄道がある、川がある、それから？　私は、福島駅を起点とした場合の終点、槻木駅を眺める。その駅の界隈を。それほど川（阿武隈川）からは距《へだ》たらない。八百メートルだ、たったの。そして、左岸の、その際《きわ》には国道が接している。国道4号線が。私は「ああ、お前が？」と思った。夏、越河駅《こすごう》の手前で私はこの国道と別れた。だから〝その後〟を知らなかった。その先、仙台に続いていて終点は青森で……との知識はあった。お前は、そうか、白石市《しろいし》（ここに越河駅が所在する）からどこかで東に折れた？　目で、地図上の道路《それ》を、追った。仙台をめざして、ここからは、お前はどう進む？　北進。だが東へ、東へと引っぱられながら。そして、ある幹線道路とやがて、北東で遇《あ》う。合流した。——国道6号線と、だった。

この発見の瞬間に、私はだいぶ衝撃を受けた。

むろん自分の無知ゆえだ。

だが……だが。福島県内に暮らすなり、福島の人間と同じ視線《まなざし》を持つなりすると、こう感じる（ということがわかる）。中通りを縦断するのが4号線なのだ。浜通りを縦断するのが6号線なのだ。そして、二つは決定的に分かれた地方なのだ。震災後、抱える課題だって違う。本当は違わない部分はあるし、だからこそ、夏、私は取材してまわった。徒歩の合計《トータル》二百八十キロ、というのをやった。そして何かには触れられた。いや。「この国（日本）では、国民が家《ハウス》をもたない」との真実にも到達した。そして……にもかかわらず……宮城では4号線と6号線は合流する？

それはどんな点なのか。

おまけに阿武隈川の、最後の大きな彎曲《わんきょく》部の、ほんの北にある。

私は、私自身のゼロ地点というのから始めたのだった。川だ。あの川だ。それから一《ワン》、二《ツー》と段階を踏むとたちまち阿武隈川に変じた。これも福島県の人間の意識だが、阿武隈川とは「中通りを縦断する大河」である。だが……だが。その川だって宮城県ではそこの県南を流れる大河なのだ。決定的とはこういうことを言うのだ。私は、あそこと、そこと、ここには歩いていって、と即座に決めて、つまり阿武隈急行線には乗る、しかし途中で下車し、歩いてみる、いいや、歩いて、見る、たとえば、あぶくま駅、ここでこそホームは一部流失した、そこから東の、ひと駅さきの丸森駅まで、これは西から東への歩行になるから、横断だ、それをする、十三キロ……十五キロはあるか？　そう大雑把に測って、あとは槻木駅から4号線と6号線の合流点まで、これも徒歩《かち》だ、いや、それでは足りない、そこから蛇行する阿武隈川に沿って、河口までも、等、どんどん決める。決まらないこともある。今度も私は、縦断もするはずだ。

——それは？

どこまで？

もちろん、河口から、福島県まで。いまいちど福島に入るまで。

（私のこの文章は若干混乱している。私が「死者たちの罪悪感」なる概念を獲《え》るに至ったのは十二月、二〇二〇年の、である。川がじつのところ阿武隈川の支流の支流であって、だから阿武隈川の流域こそが新しい問いの場になるか、答えの場になる、と直覚するのは十月である。だが、罪悪感という深みに触れずとも、川だ、歩き足りていなかった、そうして……と順々に道程《みちのり》を定められたのは事実であり、私は十一月に実際のその歩行を行なうのだけれども、執筆とは「歩き直すこと」でもあるから、こうした混乱はこれ以降も何度も、何ヵ所でも起きる。

私はそれを一々は腑分《ふわ》けしない）

私は計画を練り、それはつまるところ旅程なのだが、十一月二十七日に東北本線の福島駅に降り立つ。

いまの註を括弧に入れてよいのか？

私はたぶん、十一月二十七日からの数日間の記録、記述を、ただのルポルタージュにはしないと言ったのだ。そこに現在の思考を塗り重ねると平然と宣言したのだ。しかもこっそりと。それは倫理的だろうか？　私は、こっそりと、に関してだけ、そうではないと感ずる。だから説明をしよう。ある体験をあなたがした――それは現実に「した」のだ。その体験をあなたが回想、回顧する――それは現実には「しない」のに体験されるのだ。さらに、これを誰かに語る――それは現実に「した」を下敷きにした「しない」だ。ここには見過ごせない問題があると見るか、見ないか。もしかしたら私は、東日本大震災の〝語り部〟というものをどう考えるのかと尋ねているのに等しい。そこでの語りは、通常、反復である。つまり繰り返せば繰り返すほどに、「しない」の占める割合が膨れる。その点をどう捉えるかだが、私は、もちろん肯定的にも否定的にもここで何かを言える。「それは、語り部（たち一人ひとり、その姿勢）によるよね」と言って、投げ出すことも可能だ。しかしこうも言える、「した」に「しない」を足すことはオリジナルの体験を成長させることである、と。

もしもここで私が「（オリジナルの）体験を膨張させる」と言ったら、これは否定になる。

物事は、はい、ここでお終い、だ。

だが成長……成長であるほうを私は望む。夢見る。

だいいち、いったん成長したものならば、削げる。そこから抽《ひ》き出せる。何を？　思想を。

私は、そんなふうに期待しているのだ。私は、だから「執筆とは『歩き直すこと』でもある」とこっそり言ったのだ。さっきの大きな段落のあの括弧の内側で。私は、いまから十一月二十七日からの旅を、もう一度やる。私は、二度、同じ行程に臨む。それは一回切りのものとして書かれるが、それはふりだ。が、私は、それがふりを超越した次元に入るまで、跳躍する。

そうなのだ。跳んでみる。私の現在の思考を、躊躇《ためら》わずに足す。

なにしろ今回の旅は、前回——真夏の二百八十キロ——とは違う。あそこでは、私は面会の約束ありのインタビューというのをした。ほとんどの取材にアポイントメントがあった。今度はどうか？　ない。これは絶対的な違いである。夏、私は「(他者《ひと》の話を)傾聴する」とのインタビュアー的姿勢を徹底して、自分の意見——と思考——は後まわしでよかった。むしろ、そうすることが倫理に適《かな》った。そうして倫理的に「夏のその歩行にもとづいた、長篇のルポ」を執筆し発表した。このルポルタージュの題名は『4号線と6号線と』である。極めて誠実である。今度は？

ここからは、もっと誠実になるために、誠実さから離れる。

状況は具体的に述べる。

私はこの道程《みちのり》には単独で臨むのだろうなと当たり前のように考えていた。あまりにも〝個〟の旅、〝個〟の出発点であり過ぎたから。だが前回いっしょに歩いた仲間の一人が、手伝いたい、障《さわ》りがなければ今度もともに歩きたい、と言ってきた。私は、ああ、こいつは（も）夏の歩行を延長したいのだ、とただちに了解できた。歩き足りたか、否かということ。かつ、私は国道4号線と国道6号線のあの合流を、発見した。これは〝個〟の所有……でいいのか。

「じゃあ、頼むわ」と学に返事をしていた。「手を貸してもらう」

学は三十八歳、物書き、そして前回にもその能力を揮《ふる》ったが、プランを目に見える形に落とし込める。表計算ソフトを操り、どの日にどういう予定で、地点αから地点βまでは距離は何キロで、グーグルの地図を貼るとどうで（とリンクを付けた）、その所要時間は何時間と何分を予定、宿の候補ならばこれ、緊急対応のできる病院はその界隈だとどこ、小休止の地点となりうるコンビニはそこ、ちなみに、その日の過去のその辺の気象データはこういう感じ、と格子《セル》に嵌め込めた。私の目には神業《かみわざ》である。私はそういう、現実的に現代的に物事《こと》に当たる、ということをしない。できない。そもそも人と共有できるソフトウェアを使わない。使えない。SNSにも手を出せない。しかし学は、プランを管理できる。だから私は、学を管理人に、と任じたのである。

こうして私の練った旅程は、学に整えられた旅程《それ》となって、十一月二十七日。

福島駅の東口で落ち合った。私は福島市に来るのは今年（二〇二〇年）四度めだった。もう三泊もしている。この日も泊まる。その、宿泊予定のホテルに荷物を預けて、というのはチェックインの時間前だったからだが、歩いた、もちろん阿武隈川の河畔をめざして、南へ。それは福島――福島市、福島盆地――では隈畔《わいはん》と呼ばれている、らしい。私には馴染みのない呼称だ。ある言葉が略される背景には、それが身近に感じられるから、がある。では福島市で、阿武隈川はいつから、どう、人びとの暮らしに関わったか？　江戸時代から、舟運の現場として、だった。舟はここから発ち、河口まで（たとえば米俵《こめだわら》を載せて）航行した。つまり太平洋との接点まで。河口の右岸に米の積み出し港があって、終点はそこだった。現在の宮城県亘理《わたり》町荒浜。順調にゆけば二日後の夜に、私たちは、そこ、荒浜に泊まる。それまでは、そこ、と、ここ、は単なる隔絶の感覚しかもたらさない。私たちは支流（荒川）の河川敷から回って隈畔に出た。台風十九号の痕跡は、探せば支流側にはあった。橋脚にいまだ溜まった流木、等。私は、ああ芒《すすき》が印象的だな、と思っていた。その花穂《かすい》が。ふさふさと白い。あるいは柔らかい黄色……というよりも黄金《きん》である。隈畔に入って、北へ。石碑の前で足を止めた。「隈水淹没者供養之碑」とあった。淹没という言葉を私は知らない。が、淹は（水に）おおわれるの意のはずだ。大正十四年と刻まれている。

午後四時。

私たちは、それは右岸のほうの砂地の河川敷にだが、大群の鴉を見た。数百羽いる。眺めていると、一部が翔《か》け出す。数十羽いる。

九月の報道を思い出したので、学に言った。「ちょっと前に、福島市のどまんなかで、市街地で、大量発生のムクドリの駆除、が実施された」

「行政の仕事ですか？」

「うん。結果の報道は、見落とした。もしかしたら、鴉の駆除《それ》もやったんだろうな。あれ、ハシボソガラスか？　元気だな」

午後七時。私たちは福島市名物の円盤餃子を食べる。軽い打ち合わせもする。スケジュールの細部、明朝のロビー集合時間など、の確認。こうした細部を私に守らせるのは学である。いや、正確に言う、「(朝の電車は)何時何分の発だったっけ？」とか「阿武隈急行に乗り換えは、あったっけ？」と訊いているのが私である。私は学を管理人に任じたと言った。が、プランは管理しても私という人間《ひと》の管理、要するに監督は、当人の意向ではぜんぜんない。だから管理人という呼称は——この文脈だと——ニュアンスがきつい。私が尋ねてしまうから、なにに駅へ着きますのは、次の何時ころになりますと答えるのだ。これは、この例に見る事務の執《と》り方は、車掌である。

なるほど。

学はこのプロジェクトの車掌だ。と、午後八時には認識した。

3

午前七時十分、電車は滑り出す。改札前には「ガンバッペ　阿武急」の横断幕が掲げられていた。また「祝　運転再開」の幟《のぼり》もあった。阿武隈急行線の愛称がアブキュウなのだとわかる。略されているのだから地元の親しみとともにある。あるいは（親近感とともに）あることが望まれている。車内には子供たちの手によるカラフルな電車の図画が多数飾られていた。作者の名前、ふりがな、小学校名、学年、が一つひとつの図画に添えられている。その子たちの――それぞれの――阿武急だと私は知る。この電車は福島駅発（始発）、富野駅行きで、富野には七時四十五分着。ここで丸森駅行きに乗り換える。七時五十一分の出発。

切符に目を落とす。福島、と印《いん》されていて、それから矢印、７００円区間とある。上端に、いや左端なのかもしれないが、いずれにしても2020.11.28と日付がある。

乗り換えるまでは福島県内の北上が続く。電車を換えてからひと駅と半分で、宮城県内の北上に移っている。ほとんど東へ、東北東へ進んでとなるのだけれども。福島県から宮城県へ。これを市町村の尺度で説き直すと、伊達市（福島県）から丸森町（宮城県）へとなる。私は前節で、この原稿に先立って発表された報告《ルポ》『4号線と6号線と』の名を挙げているので、これの先行作の名も挙げる。『福島のちいさな森』だが、ここでは私が、兄、古川邦一に取材している。現役のシイタケ生産業者に。そして丸森町について、兄の発言を受けて、いちど簡単な解説を試みている。やや長いが、関係する箇所をいま転記する。

〈菌床（註：菌床栽培シイタケのこと）のいろはも知らない私は、この取材前後に学んだのだが、菌床は〝玉〟と呼ばれるものを人工の原木（のちホダ木）とする。これは広葉樹のオガ屑《くず》に栄養源を混ぜ、固めた培地であって、すなわちオガ屑が必要とされる。邦一はどこからオガ屑を調達していたのか？　原町《はらまち》だった。南相馬市原町区、しかし二〇〇五年まではここは独立市町村の原町市でもあった。

工場は、阿武隈山地の東麓にあったのだろう、と想像する。

その場合、隣接するのは飯舘村である。

「そのままだったら汚染されたオガ屑を使うことになる、はずだった。線量の高い地域のやつを。けれども、うちは調達先を嘘みたいなタイミングで替えていた。ちょうど三月に――二〇一一年の三月に、宮城県の丸森町のに切り替えていた。幸いだった、と思った。県内（福島県内）のオガ屑じゃないから大丈夫だ、これで菌床栽培でいける、このままいけると思って、すると、出たんだよ」

「出た？」と私。

「放射能が」

そうか、としか私は言えない。丸森町は宮城県最南部に位置して、阿武隈川の下流域にある。この取材の三ヵ月前に、台風十九号で甚大な被害を受けた。あそこか、と私は思ったのだった。あそこは、福島県と接していて、原発事故の直後、放射性雲は（福島第一原子力発電所の）北西方向に飛んで、そして、丸森町はその北西方向だ〉

兄、古川邦一へのこの取材からまる十一ヵ月を経た。私は丸森町について、当時よりは知識がある。それを書き連ねるとこうなる。丸森町はそれなりの面積を持った自治体＝町である。かつ、この町のもっとも南端はイチエフから直線距離で四十三キロほどしか離れていない。丸森町というのは、いわば福島県に「張り出して」いて、この南方への凸部が福島の新地町、相馬市、伊達市に囲まれている。二〇一一年五月十九日付の河北新報に、丸森町の放牧場で（同月の）十一日に採集した牧草から一キロ当たり千五百三十ベクレルの放射性セシウムが検出された、との記事が載る。この町営放牧場は山間《やまあい》の地区、筆甫《ひっぽ》にあった。これを「福島県境いの凸部にある地区」とも言い換えられる。筆甫では、それまで食用にできていたイノシシ肉、山菜、茸、魚（淡水魚）、等のいっさいが、口に入れる／入れさせるのは不可となる。より生業《なりわい》に直結する産品では、林業ならば原木シイタケ、畜産業ならば牛乳の、出荷が不可となる。もちろん農業全般に痛打が。その他の産業にも。そして、こうした被害に対する対応、賠償だが、初めは国からも東京電力からも何もない。そこが福島県ではないので国も東京電力も動かない。

少し言い換える。

国も東京電力も「福島だけが原発事故」としたかった。

私は、だから「福島には原発事故だけ」になった——とも考えるのだけれども、いまは筆甫の話である。丸森町の話である。原発事故のために精神的に苦しい、福島と変わりません、と丸森町が言って、はい、なるほど、もっともです、と東京電力が（やっと）〝精神的な賠償〟に応じるのは二〇一四年の六月。支払いはこの年の九月から十月だった。

私は、本稿の冒頭で、何かを説明するためにイチエフからの距離を提出するのは、残念だ、いやだと言った。その後にも言ったので、二度も言った。にもかかわらず先刻イチエフから丸森町の最南端までの距離はと測った。さっさと証明するためにである。この、局外者の私が——「筆甫《そこ》は福島第一原子力発電所から五十キロ圏内だよ」と。そうして、できた。じつに容易に。

コンパスも持ち出さなかった。

だが、こうも言える。こうした数値《データ》だって……無味乾燥だな、と。

私は視線を車窓に転じる。まだ福島県内だ。まだ。この後どこで乗り換えるだの——富野駅だが——それがじきだのじきでないのだのは、たぶん学が指示する。車掌だからだ。このプロジェクトの車掌が学だから。阿武隈急行線には四人掛けのボックス席がある。私たちはそこに、しかし向かい合わせには座らなかった。たぶん私に気を遣ってだろう、通路を挟んだ隣りのボックス席に一人ゆうゆう座を占めた。学は、この朝の車輌に何人が乗っているのかと言えば、まあ四、五人だ。私はしじゅうメモを取っている。頭がまわり出している。この刹那であれば窓外《そと》を見ている。ぱしっぱしっと写真を撮る。今回はデジタルカメラを用意したのだ。夏は電話《スマフォ》内蔵ので撮ったのだけれど。座席の、空のシート、に視線を移す。臙脂《えんじ》色をしていて素材はベルベットだ。宮沢賢治ならばきっと紅い天蚕絨《びろうど》を張った腰掛けと言った。じっと見る。空席であることに変わりはない。が、過去には何千人だの何万人だの、延べ何百万人もがか？　そこに座った。その背を凭《もた》れさせた。そういう痕跡はある。「人の形」の主張がある。じっと見る、私は、——いる、と感じる。その「人の形」に、何かが。これは私の同行者だな。学はこのプロジェクトの車掌で、この空っぽのシートのその「形」が、正しい意味での連れだ。同じような旅行客。

が、それは「形」なのであって「人」である必要はない。

この「形」を、この連れを、どう捉えよう？

私は考えるのだ。筆甫、丸森町、宮城県。それらが以前、イチエフからの距離は「ありません」と言われたに等しいこと。「距離は測れませんでした。ええ。（除染対策のための、補償のための）距離は、無いんです」と。私はなるほどと思った。私はそれならばと思った。私には、この連れ＝「形」＝空っぽは、器だと捉えられた。いわば概念の容器だ。ラベルが要るぞと私は思った。しかも、どうしたって陳腐にはなれないものが。像《イメージ》など喚起しないメタフィジック（ス）が。だとすると――と私はすらすら答えられたのだった。概念の容器に貼るラベルは、あの言葉しかない。ゼロエフ。

それを人形《ひとがた》の容器にぺたりと貼るしかない。

すなわち私の同伴者がゼロエフなのだ。

さあ、会話しようじゃないか。お前はおれの、ペアだぞ。


車掌の学が合図する。下りる。乗り換える。

乗り換えて、乗り越さない。

なぜならば車掌の学が、じきだ、あぶくま駅だと指示する。私はリュックを背負《しょ》い直す。

が、その前に私は（というか、私の目が）窓外《そと》を凝視している。トンネルなのだ。ずっと続いているのだ。

福島と宮城の県境いの前後三百メートル以外は地中だった。宮城に入るや延々と。

午前八時二分、あぶくま駅着。

私たち二人しか下りなかった。学と私と……ゼロエフと。その無人駅で下車したのは二人だ。ホームの北側は、阿武隈川。川縁《かわべり》には産業伝承館という建物があるがシンとしている。その向こうが、静謐のもたらす威圧感のために、覗けない。あとで私たちは地元の人の話を聞いて知ることになる。そこには修繕前の旧《ふる》いホームのコンクリート部分が落ちていますよ、川に、と。伝承館内には土砂が流れ込んだんですよ、あの日、と。あの日とは台風十九号の日である。

新しいホームに新しいベンチがある。寄贈されたものだ、と解説で知る。「ガンバッペベンチ」というのだ。復興を謳い、土地の植物のオブジェが全体を飾る。腰掛け部分を下方《した》から支えるのは、タケノコ、そして茸。茸はきれいに笠《かさ》を開いている。これは金属製の……シイタケ？

横断幕がある。「祝　阿武隈急行線　富野～丸森間運転再開」とある。

無人駅というのはその駅を出るという感覚ももたらさない。あっという間《ま》に丸森の、その、自然といったら自然の、内側に取り込まれている。もしかしたら、走り去った電車の側からの視線を用いるならば、取り残されている。私たちは歩いている。丸森町の中心域（地区としての「丸森」）は東に位置するのだが、いったん西へ、西へと歩いている。風景はいきなり惨《むご》い。

さまざまなものが崩落している、山の斜面側から、川――阿武隈川へ。そっちへ。沢には、岩々。大量に転がり込んでいて、ウッと言葉に詰まる。流木群……しかも枯れている。色褪《いろあ》せている。

ここでは何かがあった、と感じる。

あるいは、この上域《うえ》では、と。

あちらこちらでアスファルトの縁《へり》が欠ける。たまにはまるまると落ちる。ボコリと崩れる。そうした箇所には注意喚起の赤いコーン、交通制限の標識、が林立する。ガードレールが無惨に折れて曲がって歪むのだが、それらは当たり前のように、ただ、ある。国道は対岸側であって、こちら側の道は違った。だから渡れる橋をめざして、私たちはいったん西進している。ほとんど橋はない。その区間、人（と車）の渡れる橋は十数キロに二本しかない。

ふいに風景が彩られる。

黄色いもので。柿だ。その、枝もたわわな実り。柿の木が路傍《みちばた》に林立する。

巨大な橋は羽出庭《はでにわ》大橋といった。

鉄材が朱《あけ》に染められている。これも風景を彩った。

そして眼下に川――阿武隈川。

その相貌は、私がたとえば福島県の中通りで馴染んだのとは、異なる。狭《せば》まっているのだ。むしろ、山と山とのあいだで窄《すぼ》まっているのだ、と描出するほうが、たぶん実態に適《かな》う。

渡ると国道３４９号線である。

ここからも西へ進んだところに、それは丸森町の中心域をめざすのとは逆方向になるのだけれども、「いなか道の駅　やしまや」がある。

やしまやのご主人、八島哲郎さんに話をうかがった。

それは事前に申し込んだインタビューではなかった。たまたま会えて、話せた。しかも声は、八島さんからかけていただいた。「東京（から）だよね？」と言われたのだ。「はい」と答えたが、驚いた。どうしてわかったのだろう？　まあ、背負った荷物がでかいからか。地元の人間ではないし、自動車も、単車も用いていないことも明らかだ。

私と学とはコーヒーを飲んでいたのだった。店内《そこ》の飲食スペースで。

やしまやは丸森町の耕野《こうや》と呼ばれる地区にある。オープンは午前八時。敷地は国道３４９号線に接していて、その接点に出る看板には、干し柿とタケノコの写真がでかでかと配される。耕野の特産品がそれらなのだと謳う。国道から、スッとは店には入れない。それは駐車場があるからだが——お店の前に、ひろびろと——理由はそれだけではない。店舗は、高台に設けられていて、コンクリートの階段をのぼらないと至り着けない。そのためだ。駐車場の隅には柿の木が生える。これまた実をたっぷり垂らしている。しかし垂れ具合は妙であり、それは柿の木のその幹が大胆に傾《かし》ぎすぎているから、とわかる。

阿武隈川の流れとは、反対側に斜めになって、倒れかかっている……というような。

店舗側に顔をあげるとウッドデッキが視認できた。真新しい。そして庇《ひさし》の下には干し柿。そういうのを確認しながら、階段に足を踏み出し、のぼり、お店の入り口の扉に至る。ランチ・メニューの紹介がある、午前十一時から、たけのこカレー、その他。もちろん惹かれるのだけれども、しかし目は、別な表示《もの》に奪われた。

ガラスの扉にはピーッと貼られたテープがある。

「台風19号の大雨で、ここまで水位が上がりました」とある。

何かが信じられない。

言葉に詰まりながら私たちは店内《なか》に入って、コーヒーを注文し、棚を見てまわり、便所を借り、飲食スペースに戻り、そこで（さっきまではお店にいなかった）店主・八島哲郎さんから声をかけられた、のだった。

「ボランティアの人たちの手助けがあって、ここは再開できたんです。台風からひと月半後、かな。ほら、あそこに写真を飾ってあるでしょう？　『お世話になった方々の写真です』って。あの、バイクに乗って、いまから帰ろうとしている男性。彼がね、ボランティア第一号です。仙台から来たんですよ。仙台から！　バイクで。直後はね、道路《みち》は寸断されていて。車では無理だった。でも、バイクだから通れて、応援に来られたんです。台風の、二日後？　だから、去年（二〇一九年）の十月の十四日。以来、大勢のお店の常連さんたちが、泥かきとか、してくれたんですよ」

店内は床上百六十五センチの浸水だった。

つまり、もろもろ水没した。

「阿武隈川は、この店の前からちょっと下流《したた》で、右にうんと曲がるんです。たぶん、そこで堰《せ》き止められた感じになったのかなあ、氾濫した水が逆流しちゃって。反対向きに大水が押し寄せてきた」――陸《おか》の上を、である――「ほら、柿の木はああなっちゃったし、他にもね。見えます？　あれとか、あれ。ここ（現在の「やしまや」）はもともと九……十年？　十年前に移築したの。それ以前はね、あっち、あの、国道とだいたい同じ高さのところに店舗があって。そこは何度も、昔、水害に遭ってます。だから高いここに新しく建てた」――たぶん六メートルは高みにある――「なのに、濁流、届いちゃった」

悲痛な声では語らないのだった。八島さんは、私の数歳年長《うえ》だと思うが、ひたすら感じが明るい。それも陽気だというのとは違う、やしまやという店舗を譬《たと》えに用いるならば、この日のこの朝、私と学がコーヒーを喫《の》んでいる一角にはいっぱいの陽光が射していた、それと似て陽《ひ》だまり的に明るい。

そして、その一角だが、ガラスを挟んで正面にウッドデッキがある。見える。

「これもね、もともとあったウッドデッキは流されちゃった。去年。作り直すには、クラウドファンディングをやって。支援者を集めて。あの、端っこの看板、見えます？　あそこに、みんなのお名前、書いてあります」

見えた。相当な人数だ。求心力のある場がやしまやなのか、求心力を持った人が八島さんなのか。

やしまやは農産物の直売所でもある。ちょうど野菜を持ち込み、シール（値札の）を貼る年輩の女性も見受けられた。私には懐かしい空気《もの》があった。

「ここは昭和な店なんです」と八島哲郎さん。

「昭和な」

「ええ。でもね、外への発信はＳＮＳなの。ボランティアの人たちに助けられたことも、そう。だからね、二つのＳなんだ」

「昭和のＳと……」

「ＳＮＳ」

のＳ。

私はすっかり感心してしまう。ＳＮＳをやらない（やれない）人間であるにもかかわらず。だから、最後に尋ねた。ストレートに質問していい気がした。この人は信頼できる人物だからと、「ここは、福島との県境いですよね、丸森町は。違いって、福島とここの差って、意識します？」――こう質問した。

「うん。する、なあ。特に、やっぱり、震災の後」と言いながら、その声量はむしろ抑えられた。ぜんぜん声高《こわだか》ではない。「宮城と福島には、差が出たから。お金の。あっちには東電の賠償が、ある。ある県。こっちは、ない県。出なかったもの、最初は。あと、うちだと、タケノコ。収穫して、店頭販売しているんだけれども、これが二年間出荷停止だった」――二〇一二年、二〇一三年と――「ただね。あんまり騒いだら、結局、丸森に放射能のイメージがついちゃうから。だから……難しかったな。うん」

私たちは最後にやしまやのカレンダーをいただいた。

二〇二一年の四季暦。表紙には、店員であるご家族揃っての写真、そして「**たけのこ初収穫日　予想クイズ実施!!**　問題：やしまやでたけのこを初めて収穫するのはいつでしょうか？」とあった。


河畔に竹林を眺めながら、東進する。

耕野地区を離れる。

以下に書き連ねるような光景を見なかったと言ったら、嘘だ。山側のコンクリに固められた斜面、そこにS61.8.5洪水位とある、少し下にH14.7.11洪水位とある、もっと下にH10.8.27洪水位とある、国土交通省とある。見た。竹林の、異様に撓《しな》ってしまって葉のない竹に、ポリ袋がひっかかる。見た。朱《あか》い衣を着せられた地蔵菩薩、祠《ほこら》に納められた虚空蔵《こくうぞう》菩薩、他、なに菩薩か不明の菩薩たち。見た。造山（災害関連緊急造山）の工事現場、道路（国道３４９号線）災害復旧の工事現場、河道を均《なら》して全体を固める工事か何かの現場、いや、直接的な護岸再構築工事。見た。崩れた路肩。見た。ショベルカー。フレコン（フレキシブル・コンテナ）袋。阿武隈川の向こう岸の、つまり右岸の、阿武隈急行線の構造物の、その補強か何かの工事を、見た。私たちは左岸にいた。国道３４９号線は左岸に沿っていた。突然、離れる。いや。旧道と分岐するのだ。旧道《それ》は離れない。離れるほうはトンネルを穿《うが》って、大胆に進む。「旧道を行こう」と私は学に、車掌に言って、「行きましょう」と学が答えて、しかし丈高い茫々《ぼうぼう》の草、岩、その他、に前進を阻まれて、引き返す。

一つめのトンネル。

二つめのトンネル。

３４９号線が曲がって、三つめのトンネル。そこに入る直前に、注意、熊出没、の警告。見た。

それから車掌が見た。トンネルを抜けてから、学が。

「凄い。白い。いっぱい。河原《かわら》に、花です。群生が——」

うん？

花ではなかった。芒《すすき》だ。

「凄いなあ。異世界だ」

「あ——見間違えちゃいましたか、僕？」

「それも、当然だよ」と私は言った。

ほとんど圧倒されてしまう数の、量の、きらびやかな花穂だ。

異世界。するとゼロエフが何かを言った。そうなのだった。私にはペアが、片割れがいた。あぶくま駅でいっしょに電車を下りたのだった。概念の容器、ゼロエフ。それがぶつぶつ言った。ぶつぶつと……。

まだ聞き取れない。

四つめのトンネルは通らなかった。

手前にふたたび旧道との分岐があり、そちらを選択した。「全面通行止」の看板が立つ。そして遮蔽の柵、鉄パイプの。徒歩の人間までを止めるものではないと判断して、行った。路面はアスファルトなのだが、じき、じゃりじゃり鳴った。砂だ。砂と流木——細い枝々が多い——に覆われている。私たちの左側の、少し離れたらその内側《なか》に349号線の長いトンネルを抱える場所は、ひたすら岩肌を示している。見たところ花崗《かこう》岩質だ。きっと切り出せば石材にもなるだろう。それが、聳《そび》える。右手は、解説するまでもない、阿武隈川が流れる。何メートル、下だろうか？　うまくは目測できない。七、八メートル？　私たちは砂を踏みつづけた。この砂も阿武隈川から来た。まるで砂浜を歩いているようである。その感覚がじつに妙である。奇妙だし、しかも何かが刺さる。感情にというか心に刺さるのだ。精神に、ではなかった。私たちの前進はさいわい阻まれない。夫婦《めおと》岩というのがあった。大きな岩とその岩にぴたりひっついた小さな岩と、やや離れて大きな岩と。そういうのが私たちの右手に、つまり川に臨んだ旧道の縁《ふち》に、現われた。大岩と小岩と、それから大岩なのだから、私は、だとしたら父母子《おやこ》岩でも家族岩でもよいだろうに、とは思った。このような所感も妙だ。観光地なのだなとは改めて思った。ここ丸森町では阿武隈川で唯一の「舟下り」が行なわれる。観光船の運航する、観光地なのだ。この目立った岩々もきっと船上から眺められる。だから——川から。川のただなかから。想像するや、視点がクルッと反転した。

自分自身に危うさを感じた。

午前十時半。さきを急いだ。たちまち旧道の幅が半分ほどに減った。ガブリ、と咬みつかれたように阿武隈川に面する側が崩落していて、ガードレールは水面《みなも》へ私たちを案内する、かのように、反《そ》り返りつつ墜《お》ちていっている。その情景が……「川を感じなさい」と言ったか？「水を感じなさい」と言った？ 旧道がのぼりになる。離れるのだ。離れて、高みの国道349号線に、吸収される。トンネルの出口を見た。そちらが西。われわれの進行方向は？

東。

横断を続けなければ。

丸森町の。

耕野地区から、役場もある丸森地区へ。夏と同様に、徒歩《かち》で。

午前十一時、阿武隈急行線が阿武隈川を渡る箇所に出る。まさに鉄橋だ。軌道のための。巨大な橋の、上部構造の鉄材は緑色に染められている。渡河するや、その軌道は349号線の頭上を斜めに駆けて抜ける。私たちは仰いで高架の腹を見る。高架鉄道の真裏を。ふいに疲れに襲われる。そういえば休憩をし足りないでいる。車掌の学に、どうだろう、あと何キロだろう、あと何分だろう？ と訊いた。市街《まち》まで、の意だ。二キロか三キロか、三キロ半かと言われた。一時間はかからないと言われた。進んだ。東進しつづけると「徐行」の看板、注意喚起の緑色のコーン、まだ護岸沿いの道路工事があった。それからやっと市街地に抜ける交叉点に着いた。ここで私は次のように理解する、市街地は交叉点の北（阿武隈川の左岸域）にもあるし南（右岸域）にもある、と。なぜならば北に、丸森駅が所在した。だとしたらそこは開《ひら》けている。また、役場や小学校、中学校があるのが南だ。だとしたら賑わいはそこにも。と、こう考えた。市街《まち》を、北側と南側に……と認識していた。

それで交叉点なのだけれども、これを右に折れると丸森橋を渡ることになる。

丸森橋は、その上部構造の鉄材が真紅に染められている、と描写できる。

あとで地元の方に教わったのだが、「この橋は別名『モダン橋』。昭和四年に建造されたのだけれども、当時、大変に近代的だったから。阿武隈川に架けられた橋では、これがいちばん最初（すなわち最古）」なのだそうだ。最新《モダン》と最古。——時間というのは奇妙に併存する。

丸森町役場へは行きたかった。だから南の市街《まち》（と私が認識するところ）へ向かった。

橋を渡ったのだった。右岸へ。そこで、ひじょうに素直に「体力的に、いま限界だな」と覚《さと》った。学にエクスキューズして、河畔の草地へ下りる。観光船が三艘舫《もや》われていた。船場だった。へたり込む。

例の「舟下り」の乗船場はやや上流《かみ》にある。

ここに、予備を何艘か、いつも溜めるのだろう。

生えている雑草にホッとする。雑草の厚いクッションに座らせてもらえることに。

午前十一時三十分。

四十分。

起《た》たねばならない。

「昼にしようや」と学に提案した。

「町役場の、前にですか?」と学。私が計画を変えようとしているので、確認する。私は、ここまでにも予定はたびたび変えたのだけれども。

「ああ。もう」と私。「食わないと、保《も》たねえ」

どうして私は丸森町役場をめざすべきポイントの一つと定めたか? 〃原発事故と丸森〃との主題で調べていたら、そこに(も)モニタリングポストが設置されていると知ったから。これは国の設置ではない。国のであれば耕野地区にもある。また県――宮城県――のでもない。町が独自に設置した。空間放射線量をモニターするのだ、と。その事実に私は衝《つ》き動かされるところがあったので、見なければ、と思った。町の設置のものは十一基で、他は小、中学校だ。学校は、これは私の出身小学校にも、福島県内のどの学校にもモニタリングポストが立つからだが、どうしても「覗いてはならない。部外者は」との気持ちがある。子供たち(の世界・場)は、そのように見られてはならないとの。そのように……。

「ここから一キロと歩かないで、市街《まち》の、定食屋に行けます」学がガイドした。「町役場も、近そうです」

正午、食事。

慌てないで腹に入れる。店の人に、いろいろと尋ねたいな、取材をしたいなと思うが、声が出ない。恢復《かいふく》を待つ。しかし、なんのだ? 単に体力の? 頭が働かない。踏んばらねばと自戒して、三十分後か、いや四十分後か、会計時に尋ねる。「この辺りは、台風で、どうだったんですか?」と。

「この辺りは、そんなに。たいしたことなかったです」

「そうなんですか?」

「ええ。土嚢《どのう》が流れてきた程度で」

応対したのは二十代の女性店員で、じつにたいしたことないんですよ顔をしている。私は「そうですか。ごちそうさまでした」と言ってしまう。定食は咀嚼しても、彼女のその返答を、土嚢うんぬんを、それ以上嚙《か》まない。

私はそんなふうに、そんなにも、阿呆だった。

店を出る。ここの暖簾《のれん》をくぐる前もそうだったが出てからも私は市街地を観察している。阿武隈川の右岸の草地を発って以降ずっと。あの草地からは坂道を少し上がり、南進し、この目抜き通り《メイン・ストリート》に至った。いいや南進するために踏む県道がそのままメイン・ストリートという貌《かお》に変ずるのを見た。初めのうち県道に面して連なっていたのは作業場を有した家々やトタン屋根を被《かぶ》る増築されたスペース、納屋(らしき建物。もしや蔵?)、それらは建材が異なっていて私はそれらの、壁、を見た。注視はしていた。だからコンクリート塀も見、いいや電柱も、賑やかなエリアに入り出してからは店舗の軒《のき》、看板、街路灯も。通学路の案内も。ちゃんと見た。通学路のそれは鉄柱に立っていて曲がっていないと確認した。私は言いたい。……私は、ちゃんと……何かはしていたのだ、と。しかし何かとは何?　昼食の後《のち》に街区を東、南、東、南と進む。役場に至る。その敷地は広い。私はモニタリングポストを探した。あった。後ろに駐車場をしたがえている、四階建ての庁舎を背景にして、立っている。私はここで「モニタリングポストは、典型的にはどのような恰好をしているか」を解説する。おおきな円柱である。むしろ巨《おお》きな親指である。天を指している。そして、親指に譬えられた場合の、爪、に当たる部分に電光表示がある。赤いデジタルの数字がそこに点って単位はμSv／hである。これはマイクロシーベルト、毎時、である。そこには相当に低い数字が点る、と私は確信している。○・一マイクロは絶対に超えない、ありえない、と、これは事前的に安堵している。そして、実際にはどうだったかだが、私は目を疑う。ないのだ、数字が、数字の表示が。消えている。赤い数字が四つ並ぶ——はずのところに、消灯の様相《ありさま》があるだけ。消灯?

電源が入れられていない。

電気が来ていない。

しかし、と私は思うのだった、このモニタリングポストは太陽光パネルを頭上に翳《かざ》している。だから電力は常時供給されて然《しか》るべきである。測られた放射線量が示されていて当然である。

表示はない。

私はモニタリングポストのその白い筐体《ボディ》に尋ねたかった。「なぜだ?」と。けれども動かされていないものが回答するはずもない。どうして動かさないのか? 正直に記述、記録するが、私はたぶん、この瞬間に気色《けしき》ばんでいた。事情は問いたださなければならない。自治体の職員にだ。私は、学に「ありえないだろ。これ」と言って、一人すたすた正面玄関に向かった。庁舎の。だがガラス製のドアは開かない。土曜日なのだった。今日、二〇二〇年十一月二十八日、には、そこ――丸森町役場――で業務に当たる人間はいない。

引き返した。「しかたがないな」と思った。(ここで付言する言葉だけ括弧に入れる。……註として。私は、ある種の憤懣を抱えながら「しかたがないな」と思えてしまえるほどに、……そういうふうに、そんなにも……阿呆だった)役場の敷地を出て、以後どうしたかと言えば、東へ、東へ行って、道から外れて土手をのぼった。阿武隈川の支流の一つである新川《しん》の堤防、その高みに歩行者・自転車のための舗装された道がある。これを北へ。高いところにいるのだから市街《まち》をむろん見渡した。新川の、内側(流れや反対側の土手)、これも覗いた。わずかなフレコン袋、わずかな新造の護岸部、ちいさな水門、と幾つか確認して、重機はひとつもない、とも確認して、排水ポンプ場のところで土手の斜面をザ、ザザッと下りる。西へ。交番があり、郵便局もある。これも本通りか?　こっちが?　さきにメイン・ストリートと認識した県道にいま一度出る前に、東へ戻る。今度は南へ。喫茶店に入る。温かい飲み物を摂《と》る。疲労が極みに達している。じきに午後二時か?　なかなか店主に声をかけられない。土曜だからか、ランチ・タイムの混雑があった、とは言える。やっと、ちょっとだけ店主と言葉を交わせた。すると「お店の外では、私の首の真下まで、水があふれて。あの台風で」とゼスチャー入りで説明された。

この市街地は水没していた、と私は言われた。

4

東日本大震災以降、見えないものを代表する語は放射能（放射線）である。私は丸森町が見えないものの測定をやめているのだと推断した。放棄したのだと無根拠に考えた。無責任だとも考えた。その丸森の市街《まち》が一年前に……たった一年とひと月半前に……一メートルどころか一メートル五、六十センチも冠水したのだとの事実を私は見なかった。水。見えなかった。私にとっての見えないものはここでは水害の痕《あと》だった。水だった。

弁解を並べたい。

内水氾濫について。市街地に猛烈な雨が降れば、その雨水は捌《は》け切らない。のみならず、市街地が平坦なところに展《ひろ》がっていて、その周囲に山々（山間部）がある場合は、山々からの雨水も市街地に流れ込む。すると市街地の雨水処理能力は超えられてしまう。水路から水があふれ、じき、市中《まちなか》は沈んでしまう。この内水氾濫が丸森町のここで起きた。河川の氾濫にウワッと呑まれた、切れた堤防からドドーと奔《はし》り出る濁流に襲われた、のではなかった。つまり「氾濫があったのならば残るであろう（と想像してしまう）痕跡」は——私の目に留まる形では——残らなかった。だから気づけなかったのは已《や》むなしだよね、と言うのは、これは弁解である。どうであれ丸森の市街《まち》はあっぷあっぷした。

比較について。ふり返ると、私たちが昼食をいただいた店で、あの女性店員の口にした回答

（「この辺りは、そんなに。たいしたことなかったです」）は、もっとも痛ましい被災の様《さま》と比べるならば、が背後にある。台風十九号による丸森町の死者・行方不明者は十一人、関連死は除外して、の数字なのだが、これは宮城県内の犠牲者――合計二十一人――の半数以上となる。土砂崩れは町内のじつに百五十ヵ所以上で起き、もっとも惨《むご》い死の現場は、土石流の発生した山間部にある、と局外者である私も知る。それに比較したら、ここは……と彼女は言って、あるいは氾濫であれば耕野地区も念頭にあったはずだ、まさに「やしまや」も、それに対して、ここは、たいしたことないと言っていて、だけれども私は「たいしたことない」と言われた前景（現実）だけに注目した。その背景、背後が感じとれなかった……のは、まあ、無理はないよね？　との弁明は、私は自分自身でもって断じられるが、情けない。

鮮烈な映像について。ニュースの。私は「丸森町の中心部が水浸しに」との報道には、たぶん触れた。ここでたぶんと言ったのは記憶に自信がないからであり、これまたたぶんとしか言えないのだが台風襲来の当日、また翌日、こうした時期に私は丸森の市街《まち》が沈んでいる映像を目にしていない。ニュースには〝インパクト順〟というのがあって、水没関係だとトップに来たのは長野県、北陸新幹線の車輛基地の画《え》だった。何十輛もの……というか、連結されているから何本もの新幹線が沈んでいた。正確には百二十輛が千曲《ちくま》川の氾濫水に浸ったらしい。また、私であれば、福島県本宮市の駅前が水没、のショックが大きかった。市街地を救出用のボートが浮いて進んでいる。この、鮮烈な二つ、これらは宮城県の丸森町の映像ではなかった。この県のこの町ではなかった、から、ついつい私の「頭にもなかった」……んだね、と釈明するならば、私はやはり直後にいたたまれないなと感じる。

単なる言い訳に過ぎないものについて。私は脳内に勝手に図を描《か》いていた。阿武隈川を挟んで、北側にも市街《まち》がある、南側にも市街《まち》がある、と。そしてここに水害のその痕跡が（私の目には）見つけられないのであれば、ここではない側が水害に遭ったのだな、と考えていた、というのは嘘であって、いいや、そういうことは無意識にはあった、あったのかもしれないが……それもわからない。やはり「（水没情報は）頭にもなかった」のだ。以上。

私は弁解を捨てる。

捨ててモニタリングポストのことを考える。あれも沈んだ。冠水した。たぶん何日間もだろう。二〇二〇年十月十日付の産経新聞の配信記事に〈役場庁舎内では、町長や職員、住民ら約240人が2日間にわたり孤立状態となった〉とあり、また、ある人は〈役場3階の会議室で3日間を過ごした〉とあった。この記事を、出発前に発見できていたら――きちんと読めていたら――と思うが、言っても詮《せん》ない。そうした後日談、後日の後悔、をここに塗り重ねても、今日（十一月二十八日）の行動が薄まるだけだ。今日、私はどうした？ どうする？ 私はもちろん猛烈に打《ぶ》たれるのだ。なんという誤解をしたのだ、おれは、と。あのモニタリングポストが動いていないのは、自治体＝丸森町が「作動させていない」からだと決め込んだ、「（作動）させられない」の可能性に思い及ばなかった。そして批判した。口にも出して批判しかけた。むろん、直して作動させる、ということが求められて当然である。しかし丸森町には、水害があって土砂災害があったのだ、〝直す〟ということが優先されるべきはその関連（の事物）

であって、これではない。

ということが、わかる。

わかって、私は、これほどの誤解、曲解をした自分に、率直に言って蒼褪《あおざ》める。「なんという阿呆だ……」と、ここに至って阿呆との語が出る。そして、阿呆《ばか》め／阿呆《おれ》め、「作動させろ」と言うのならば、お前がさせてみろ、やってみろ、とその蒼白の面《つら》で考える。


そして、私はするのだ。

こうするのだ。今日、私は阿武隈急行線に乗った。何時間か後にはふたたび乗る予定（丸森駅で乗車、終点・槻木駅で下車）だが、すでに乗ってしまっている区間にて、私は何かをした。午前中に。それも午前七時台に。福島駅―富野駅間のそこで。私は兄の古川邦一との会話を思い出して、実際には兄との会話《それ》にもとづいた文章を引用して、丸森町について概説し、そう、それからしたのだ、自分がボックス席に一人いるので、正面の座席に何かを座らせたのだ。人の形をしてはいるけれども人ではないものを、概念の容器というものを座らせたのだ。この器にはゼロエフと名づけた。この器、ゼロエフは、耕野から国道３４９号線を東進する午前十時台に、三つめのトンネルを通り抜けてから、ぶつぶつ言った。何を言った？　聞き取れなかった。なぜならばゼロエフは人ではないからだ。人形《ひとがた》の容器ではあっても概念の容《い》れ物でしかない。人間ではないものはしゃべれないのだ。しゃべらないのだ。しかし私は、このゼロエフに「さあ、会話しようじゃないか。お前はおれの、連れ《ペア》だ」と誘っている。その矛盾はひとまず無視して、私は、するのだ。さらにするのだ。あの丸森町役場の敷地に設《しつら》えられているモニタリングポストの、その筐体《きょうたい》、そのボディをゼロエフに授ける。

こうだ。

そこに電車がある。ボックス席がある。私が座っている。向かいには？

向かいのシート（臙脂《えんじ》色で、ベルベット素材の）にはモニタリングポストがいる。すこん、と立っている。座《シート》に直立する。

濡れている。

すっかり濡れている。私は濡れていない。モニタリングポスト、すなわちゼロエフ、が濡れているのは水没したからである。市街《まち》をも沈めたものに沈んで、溺れて、そうして現在は動作がままならないのだから死んだのだった。私にはその経験はない。ないのだけれども「死者たちの罪悪感」という概念を獲得した。ゼロエフは、いまだ概念としては虚《うつ》ろである。しかしモニタリングポストの堅い容器、これは獲得した。そんなものを与えてもらったのだから、動け、と私は思う。「さあ、動け動け」と実際に声も出す。――出して、待つ。

動かない。まだ。

動かないから、顔面（それを親指に譬えた時の、爪の部分）には数の表示がない。

差し向かいに座ったまま、私たちは時間《とき》を過ごす。

あるビデオのことを私は想い起こす。その動画が存在する、と。どこに？　私の古い携帯電話の内部《なか》に。その動画の被写体はモニタリングポストである。撮影日付は二〇一二年一月三日である。撮影者はもちろん私である。撮影場所は福島県郡山市の、私の出身小学校（の敷地内）である。私は一人ではない。私は帰省していて、妻がかたわらにいて、また同じように帰省している姪、甥もいた。姪は、私に四人いる姪らのうちの最年長者である。兄、邦一の子である。甥は、私に二人いる甥らのうちの若いほうである。邦一の子である。姪も甥も、そこが、その小学校が母校である。それを言ったら邦一も。父、邦男も。私は東日本大震災の後の一年間で、二度、小学校に来てしまった。覗きにだ。最初は夏休み、二〇一一年の七月の末頃で、その時には校内には確認できなかったものが、物体が、この冬休みの校内にはあって、だから撮影した。……そうか、設置されたのだな、と思って。その放射線量測定装置、円柱形の装置、の周りを私はぐるぐる廻《まわ》りながら撮った。甥もたしか、「（東京の）友達に見せる」と言って、写真は撮った。動画は、そうした〝人間たち〟の姿は収録していない。しかし声は収めている。たとえば私の妻が、「〇・四九？」と聞き返した。その直前に私が「レイ、テン、ヨンキュー……マイクロシーベルト」とぶつぶつ独語した。そういうビデオがあるのだと、私は想い起こした。

姪は、この頃は独身だったがいまは三人の子供の母だ。

甥は現在も独り身である。

それで、ゼロエフだが。ゼロエフのことなんだが。今日、二〇二〇年十一月二十八日、私はゼロエフ（というモニタリングポスト）と差し向かいに座っていて、最初はやや自分でも理解に苦しむ違和感に囚《とら》われる。「ちょっと背《せい》が高すぎる」と考えている。それは座《シート》にすとんと据えられているためなのだが、いや違う、それだけではない。私は、もしかしたらこちらが高いとは思っていない。あれが、私の（ではない、私たちの）小学校にあったものが、もっと矮躯《わいく》だった、甥はたしか屈んで写真を撮っていたと思っている。だとしたら――。

だとしたら？

こうだ。

私はゼロエフに、私の出身小学校のモニタリングポストの、その筐体《ボディ》の、高さ、を授ける。

すると、今度のゼロエフは座席にすっぽり収まる。

もちろん座《シート》に立てられて、据えられての前提だけれども。

だが、具合がよい。

とうとう具合はよい。

するとゼロエフの顔面、すなわち巨大な親指に譬えるならば爪のありかに相当するところ、に点るライトがある。赤い電光。「生き返ったのだ」と私は思う。とうとう、とうとう……溺死した装置《もの》が、息を吹き返した。しかし――。

しかし？

数値ではないデータが表示されている。文字だ。漢字なのだ。三つの漢字なのだ。私はけれども納得する。人ではないものはしゃべらない。ゼロエフは人間ではないのだからしゃべれない。しかし装置であるのならば表示する。これならばコミュニケーションは成り立つ。誰と誰の（コミュニケーション）？　と問われれば、私とゼロエフの、と私は答える。私は、だから点された三つの文字を読む。不可視とある。私は、この問いにも答える。――「不可視」とは、さあ、なんだ？　この概念を、どう定義する？

肉眼では見えない、ということ。

それでは何が見えない？

私は、すると三つの答えが挙げられたのだった。一、放射能（放射線）。二、丸森町の中心部にあった水害の痕跡、すなわち水。これは私には見えない。そして、三。三は……。宮沢賢治の童話に描かれる銀河鉄道が、死者たちを乗せる列車であったことを惟《おもんみ》れば、すなわちカムパネルラのようなもの。すなわち、つまり、亡き人。

浄化論へ

1

丸森町には日没過ぎまでいた。さらに三、四人の地元の方と言葉を交わした。いろいろな情報を得た。たとえば丸森橋は別名「モダン橋」だったとか。その橋を渡り直して――右岸側から左岸側へ――阿武隈急行線の丸森駅へ行き、われわれの終点に当たる槻木駅まで行って、下り、東北本線に乗り換えて、下り、ある町のホテルに泊まった。翌十一月二十九日、私たちは午前《あさ》のうちに槻木駅まで戻って、そこから駅前を東へ向かって歩き出し、いいや北東へ、すると国道4号線が、阿武隈川の土手に、沿うように

「沿うように現われたのだった」とストレートに続けたかったが、しかし止《よ》す。

この文章のこの新たなパートに従前どおりの体裁で記録を、記述を接《つ》いでも、何も深まらない。たとえば私の思考が深まらず、たとえば私の欲求が満たされない。私の欲求とは何か? 私は、あの大震災以来、思想に餓《う》えた。祈りには餓えなかった。祈りならばじゅうぶん持った。もしも「餓える」が不適切ならば「渇望する」に換える。思想は誕生したか。たとえば反原発思想(思想?)はある層、あるジェネレーションでは優勢なものになった。これは――思想?――原発事故がもたらした。それでは津波は何をもたらした? あの津波の犠牲者たち

は、つまり亡き人たちは、何を私たちに「思考しろ。思想を生め。思想《それ》を誕生させろ」と言ったか？　ここで挙げた津波には、陸上の津波（たとえば福島県須賀川市における藤沼湖の決壊の）も含まれる、時に〝山津波〟と言われる土石流（丸森町における台風十九号被害。それからまた、東日本大震災でもって発生した福島県白河市の葉ノ木平《はきだいら》の土砂崩れも、ある人はこれを「山津波」と形容した）も含まれる。私は、私の「不可視」概念にこれが――亡き人（たち）が――内包された以上は、放射能を考えるのであれば当然だが、こうした死者らのことも考慮するとする。

　誠実な態度とはそれを言う。

　私の問題意識を、より円《まろ》やかに、あるいは過激に、言い直せば次のようになる。あの原発事故は語られた（し現在も語られる）。つまり人災というものは語られた（し語られる）。だが震災そのものは？　東日本「大」震災の「大」は、むろんマグニチュードの途方もなさを示しているが、やはり複合災害である点も明示する。その震災には原発事故は内包される。だとしたら人災だけを語って震災は語らない、はなんなのだ？

　私だって「それはね、厄介だからだよ」とは答えられる。ほら、即答した。

　二〇一二年の五月のことを個人的に想い起こす。五月の、十八日金曜だったのだが、私たちは岩手の大船渡市にいて、夜、永沢仮設団地を訪問した。この私たちとは朗読劇『銀河鉄道の夜』のメンバーである。大船渡はあの大震災で、もっと言えば津波で、市《まち》の中心部が壊滅した。私たちは仮設団地の集会所で、おのおの詩や賢治の戯曲の一節を朗読したり音楽家であれば演奏をしたり、そういう芸をやってから人びとと交流した。その時、ある年輩の男性（大船渡の、そして仮設暮らしの）が私に言ったのだ。「津波の翌朝に行ったんだよ。避難場所から、海のほうへ。見に行ったんだ。そうしたら、海はきれいだった」と。「やっぱり、それでもきれいだった」と。その言葉はリアル過ぎて、私は絶句せざるをえなかった。

つまり厄介だった。

この、人災にはああだこうだ批判の礫《つぶて》を投げられるけれども、震災には――同じことは、同じふうには――できない、の例は、私はじつは他にも見出せる。たとえばイチエフの過酷事故《シビア・アクシデント》のその事故対応で、国が批判された。国家は批判されなかった。そのことを私は『4号線と6号線と』で言ったし、その文章内でも「この国（日本）では、国民が家《ハウス》をもたない」との真実が、とまとめた。私たちはたぶん、人災を起こすようなものが国であって、これはすなわち、政府機関だのなんだのであって、それは本質的な国家ではない／国家の本質ではない、と思っている。それを「肚《はら》では知っているのだ」と表現もできる。そして人災に国を、震災に国家を対応させることもできる。私たちはどんなに酷《ひど》いことがあっても、「でも、国家はきれいだからねえ」と言えてしまう。どんなに酷いことがあっても、と書いたが、これを「どんなに酷いことをされても」と書けるし「どんなに酷いことをしても」とも書ける。そして恐ろしいことに、国、には一般の国民《わたしたち》は含まれないのだけれども、国家、という概念は国民《わたしたち》を内包しているように日本の国民《わたしたち》は感じている。すると、「どんなに酷いことをしても」の主語は、自分たち自身（＝あらゆる日本人）を含む、となる。

さまざまな問題の根がここにある。

もちろん私たちは「どんなに酷いことをしても」と言いたいとは思わないから、「家《ハウス》をもたない」国民であることを選択した、と、こう言える。震災後に。いいや、もしかしたら、戦後(満洲事変後の十五年間の後《のち》)はずっと?

こう言った瞬間に根はさらに深みへ、深みへ伸びる。

が、国家は国民を内包する、との直観に沿って、あと一歩ここで話を進めれば、「私たち《わたしたち》は、『国家』について考察する場合は、理屈にしたがえば内省を迫られることになるから(だって私たちは『国家』の構成物だ)、しない」とも言える。

私は、いま眉をひそめている。というのも、さっき書き記した「その事故対応で、国が批判された。国家は批判されなかった」とのセンテンス、これは私の実体験から書いているのだけれども、しかしながら、日本人以外にこのセンテンスの意味が通ずるのか? 要するに、訳せるのか? 英語ならば、ここでの国とはgovernmentだのadministrationだのとなって国家はstateではないか、とは推し量れるのだが、しかし日本人は国家に(も)nationを宛《あ》てている気がする。ここには相当な検討課題がある。けれども民族主義nationalismに足を突っ込まずに、「日本語における『国家』の、翻訳とは相性の悪い(かもしれない)要素」をもっと掘ると、そこには国土を含意するcountryがぴたりと、その概念(「国家」)に貼りついているからだ、との見通しに至る。

天災多発の国土である、ということだ。

私は、いうまでもないけれども、人災がなぜ起きたのかを問うことは大事だと思う。そこから生まれる思想も。しかし、天災に対して「なぜ」を問い、そこから生まれる（かもしれない）思想を、私は、やはり／もっと「大事だ」と思うのだし、思った、ほぼ十年間思いつづけてきた、要するに待望していた。現在ここで理解するのは、その待望、その渇望が満たされないのは国家が問われなかったからだ、ということ。

すると私にできる堅実な一歩めは、それを問うことなのだ、とも理解された。

問う＝思考する＝思想するための方法論はあるか？

私にほとんど手持ちはない。が、徹底的に足を使う、これならばやれるし、事実やった。夏、合計《トータル》二百八十キロ。そして、秋、二〇二〇年十一月の二十七、八日の丸森町の一部横断、縦断までで、すでに二十数キロ。ここから、予定では、宮城県岩沼市の国道4号線と国道6号線とが交わる箇所までで、まず十キロ超。いったん休憩とし、そこから……。足す《プラス》十数キロ。阿武隈川の、河口に臨み、亘理町の荒浜地区に泊まり、そこから福島県をめざして、足す《プラス》三十キロ前後。

それを十一月三十日までにやる。

では記述に戻る。あと一日半ほどの嵩《かさ》しか残されていない。

よって記録よりは思索を最優先する。また、ゼロエフには随時ご登場を願う。モニタリングポストの形状をした私の同行者、相棒、である。

2

4号線と6号線は合流した。

この呆気なさを私は描写する。やたらと古びて錆《さび》がいたるところに目立つ歩道橋がある。歩きながら私はそれを目にする。かたわらを通過する。私は国道4号線の、(西と東にある二つのうちの)東側の歩道にいる。そこを学と歩いているのだ。信号機のある交叉点を直進する、が、その渡った道路も6号線ではない。6号線《それ》が「じきだ」とはわかるのだが予兆がない。横断歩道のほぼ正面に、郵便ポストがあった、その斜め奥にひろがる敷地には空き家があって、黒い屋根瓦が何枚か崩落の兆しを見せている。ここまで4号線には、ほとんど歩行者がいない、二時間弱のあいだに幾台かの……三台の?……自転車とすれ違っただけだ。川(五間堀《ごけんぼり》川。阿武隈川水系)を渡る。視界が展《ひら》ける。私の、前方には「空き地っぽいトライアングル」があった。否、三角形に区切られた荒れ野は事実あって、丈高い草を生やして4号線にその一つの辺を接し、手前側の——私たち(私と学)に向いた——一辺は、カーブして入り込む車道であって、残る一つの辺にはちゃんとした車道。そこまでは認識した。そこまで認識して、しかしながら、これが6号線との結合によって生み出された〝三角地帯《トライアングル》〟なのだとは瞬時には消化《こな》せない。頭脳は消化不良を起こす。いっさい道路標識の類いがないのだった。アナウンスがないのだった。なんら。ここなのか? ひきつづき三角形に擬せば、私は底辺に相当する辺り（の対岸）をうろうろした。４号線から外れて、そうではない側へ行った。そちらの歩道に立って、というか、歩道はもう切れていたのだけれども、車道の際《きわ》に立って、南を見た。つまり福島県のほうを。新地町や相馬市のほうを。その道路の遠方《さき》に実際に新地町や相馬市があるのならば、それは６号線である。

どうやら６号線だった。

横断歩道はない。

苦労して渡った。

６号線（の東側に設《しつら》えられた歩道）を、ほんの二十メートル進んだ。三十メートル進んだ。すると、それは、６号線ではあるが６号線だけではないものに、歩道は、６号線のものではあるが６号線のものだけではないものに、変わった。６号線は４号線であり、また、４号線の歩道が６号線の歩道である。そのポイントに佇《た》って、来た方向を見た。すると、交通標識が二本の鉄柱に突き刺さって、なんだ、いちおうある……。ただし「(東京方面に）上《のぼ》る」人間・車輛にだけ、示されている。何と書かれていたか？（４号線）東京まで　３３３km——だ。私はその瞬間、二つのことを思った。まず第一に、なんだよ、それっぽっちかよと。それから、３３３って、三かさなりかよと。

遠さと近さがごっちゃになる。圧縮された。

そこからほんの少しだけ北進した。たぶん百メートルとちょっと、そんな短い距離でも自分が4号線を歩いているのか、それとも6号線を歩いているのかが判然としないとか、実際にどちらとも言えないというのは奇妙だった。ただし「ここが福島県内ではない」とは強烈に意識したたし、するようにした。4号線が中通りを縦断して、6号線が浜通りを縦断するのが福島県なのであって、そうではないここは福島の外だ。ここは、住所は宮城県岩沼市である。ここには4号線に固有の風景はない。6号線に特有の課題、問題はない。それはとんでもないことだった。福島Fukushimaのエフ（F）がない。

百メートルとちょっとで事前に当たりをつけていたファミリー・レストランが現われる。入った。そこは和食が中心で、宮城県内を中心に展開しているチェーン——の一店——のようだった。郷土料理のはらこ飯を注文した。はらことは鮭の腹子（イクラ）のことで、飯にはこれと秋鮭の切り身が載る。しかし鮭イクラ丼ではない。切り身のほうは、醬油、日本酒などの割り下で煮られていて、飯は、この煮汁で炊きあげられている。つまり炊き込みご飯である。それと〝宮城県の郷土料理〟との紹介だと誤りになって、これは「(宮城県) 亘理町の名物なのだ」と言わなければならない、らしい。亘理町は、この岩沼市の、阿武隈川を挟んで向こう、というよりも阿武隈川の左岸は岩沼市で、右岸が亘理町、私はこう認識した。私は、河口までは岩沼市の側にとどまるつもりだ。私は、県境いであれ市と町の境いであれ、「境界とは何か」を考えている。また、そう考えることに「はたして意味はあるのか？」ともいまや考えはじめている。鮭は、たしか社会学者の開沼博さんの好物だったはずだぞ、開沼さん——というよりも何十年か前の開沼少年——はイクラ好きで、それから鼻、コリコリした鮭の鼻が好きだったんだ、と連想して、私は、福島県楢葉町の今年（二〇二〇年）八月五日の木戸川のことを顧み、そこでの鮭漁、そうだ「合わせ網漁」なのだった、江戸時代からの伝統漁法、そして楢葉町は福島なんだからエフ（F）、と考えて、そのエフの不在の地、ここと続けた。ここ、は、宮城県岩沼市であり岩沼市のファミレスだ。

私は、自分たちが占めるボックス・シートを見た。あちらに学、こちらが私。

窓を見た。

窓に面した席だったのだ。これは「道路のほうに面した席」とも描写できる。だから6号線の、……6号線の？　いいや、4号線と合流ずみの、その、……4と6のかさなり線が眺められる。

私は食べ終わる。

学も食べ終える。学は、リュックからコンピュータを取り出して、卓上に置いて、開き、表計算ソフトの書類《ファイル》に本日の来《こ》し方、行《ゆ》く末を、訂《ただ》し、予想して打ち込む。この車掌は集中している。そういうことをするために斜向《はすむ》かいに座をとってもいる。ボックス・シートは四人掛けである。

私は、正面に人はいない、と考える。

人がいないのではない。人はいない。

（助詞の）はを強調する。

途端、私のイマジネーションはゼロエフをそこへ座らせる。

ゼロエフはじつにシンプルにそこにいる。たとえば座席がベルベット素材であることを要求しない。臙脂《えんじ》色に変えろとも言わない。私を駆動する力、私を駆動させた力は、エフの不在にお前は集中しろと命じた。もしかしたら車掌（＝学）に比してお前はと強調した。なるほど、と私は応えたのだと思う。そのようなわけでゼロエフはゼロエフ単体にて姿を現わした、のだと思う。つまりモニタリングポストが、そのファミレスにいた。そのファミレスの店内の私の眼前の席《シート》に。だいぶ小柄なのだった。その上背《うわぜい》は小学校の三、四年生といったところなのだった。ほとんど私には愛らしいのだった。座席から垂らす足、ぶらぶらさせる両脚もつけたい、とまで思った。が、私のイマジネーションはそういう私の思いを斟酌《しんしゃく》しない。あるいはこうも言える、私を駆動して、私を駆動させる力はつねに私よりも速いのだ、と。だから、愛らしいモニタリングポストの顔面に、ふたたび文字を点す、ということだけをした。ふたたび三文字を。私は読むのだった。**周期的**とあった。そして、読んだのであれば理解しなければならない。それがゼロエフからの出題であるならば、定義しなければならない。さあ――「周期的」とは、なんだ？

繰り返される、ということ。

何が？

もとより目的語までは「周期的」の概念には含まれないのだが、私はさっさと自らの問いに答え出す。（そうなのだ、それはゼロエフの設問ではなかった、しかし）反射的に私は、たとえば周期的な地震、たとえば周期的な天災、と続ける。日本とは天災多発の国土 country なのだと咀嚼し直す。そしてここは、エフが不在であるここは、宮城県だ、こうも再認識して、そこから順当に「宮城県沖地震、一九七八年」と思い及ぶ。そのマグニチュードは7・4。私はこの地震をかなり鮮明に憶えている。当時十一歳だった。仙台市、その人口は当時六十万を超えていたはずだが、ここのガスや水道、通信網、すなわちライフラインが損なわれて「大変な事態《こと》になった」と理解した。しかし、もとより、宮城県沖地震というのが周期的である。太平洋プレートの沈み込みに伴うその地震は、一七九三年のマグニチュード8・2の大地震以降、(数え方にもよるが)ほぼ四十年間隔で繰り返されている。マグニチュード7・5程度の地震が、だ。そして二〇一一年三月九日にもこの、いつもの震源地である海域の近辺でマグニチュード7・3の地震が発生して、と私は話を続けられるのだけれども、そこは要点ではない。要点は「宮城県沖地震は『周期的』であると定義するならば、一九七八年の宮城県沖地震は、一回性の特異なものとはならない」点にある。私はいま定義のうえに定義を積んだ。大都市(仙台市)の地震災害から出発してその特異性を無化した。だが――東北最大の商業都市、仙台、を襲った大地震を特殊視しない時に、私がどうしたことか考え出すのは、東北地方のその東北を命名した方位の核心、方角の基準点、つまり(これまた)ゼロ地点である都《みやこ》のことであって、すなわち私は「日本の首都と大地震」と発想し出しているのだけれども、その首都とは、壊滅する首都とは、東京ではない。

京の都である。

私は前々段落から、まず念頭には東日本大震災を置いているから二〇一一年、そこから三十三年さかのぼって一九七八年、さらに百八十五年さかのぼって一七九三年、と時間《とき》の遡上をやっていて、いま、いっきに一一八五年までさかのぼろうとしている。そこには私が、「自分は知っているのだし、語れる」と言える大地震がある。この〝知る〟とはまざまざと脳裡に描いたという謂《い》いでの〝知る〟で、〝語れる〟とは言葉をもってそれができる、しかも実際に私(古川)はそうした、の含みもある。

さて、それにしても。遡上とは鮭の譬《たと》えか？　だとしたら一一八五年は、私にとって母川《ぼせん》がそこで一度堰《せ》き止められている、ダムのような箇所、か？

その作業にはおよそ二年が費やされたのだが、私は、『平家物語』の現代語訳をした経験を持つ。『平家』は、私が訳したものは小学館の「新編日本古典文学全集」(校注・訳＝市古貞次)に収められる原文を踏まえて、で、ここにもそこからの原文を引く。必要な箇所にだけ逐語訳を挿《はさ》んで、そこは太字にする。

七月九日の午刻《うまのこく》ばかりに、大地おびたたしくうごいて良久《やや》し(**大地が激しく震動して、それは相当に長く続いた**)。赤県《せきけん》のうち、白河のほとり、六勝寺《ろくしようじ》皆やぶれくづる。九重《くぢゆう》の塔もうへ六重《ろくぢゆう》ふりおとす。得長寿院《とくぢやうじゆゐん》も三十三間の御堂を、十七間まで振り倒す。皇居をはじめて、人々の家々、すべて在々所々の神社仏閣、あやしの民屋、さながらやぶれくづる(**皇居をはじめとして、地位そして身分のある方々の家々、ここかしこの数多《あまた》の神社仏閣、賤《いや》し**

い者らの暮らしている民家、何もかもが壊滅状態になった）。くづるる音はいかづちのごとく、あがる塵は煙《けぶり》のごとし。天《てん》暗うして日の光も見えず。

大地さけて水わきいで、盤石《ばんじやく》われて谷へまろぶ。山くづれて河をうづみ、海ただよひて浜をひたす。汀《なぎさ》こぐ船はなみにゆられ、陸《くが》ゆく駒《こま》は足のたてどをうしなへり。洪水《こうずい》みなぎり来《きた》らば、岳《をか》にのぼッてもなどかたすからざらむ**（洪水がワッと押し寄せてきたのであれば、丘にのぼって難を逃れることが、どうしてできよう？）**。猛火もえ来らば、河をへだててもしばしもさんぬべし。ただかなしかりけるは大地震《だいぢしん》なり**（まことにどうにも痛切で、どうにも恐ろしいのが、大地震だ）**。

太字だけを読んでもらえば、何が書かれているか――『平家』が何を語ったか――はわかる。私たち日本人の首都はこういう体験をかつてして、こういう体験をかつて文字に遺《のこ》した。私は、いま逐語訳しか原文の合間に添えなかった。少しだけ私の現代語訳について触れると、つまり訳書として刊行した『平家物語』（二〇一六年）のことなのだが、ここには直訳などはない。いっさい、ない。私はまず、この物語＝『平家』はいったい誰が語っているのだろう、と考えた。語り手の存在は冒頭部から匂っていた。そういうのは原文を読めばわかる。しかし、誰なのだ？　と考えたのだし、それが把握できれば私なりに訳せるとも考えた。最終的に、私は十二巻＋一巻（灌頂巻《かんじょうのまき》）の『平家』を三つのパートに分けた。これは、物語的に三分割して把捉したのではない。語り手がいるとしたら、三人いると定めたのだ。そして、初めは王朝的な人物に、次いで（日本史的には）登場したばかりの武家的な無骨な人物に、と語らせて、それでは三人めは——と沈思し、結果それは一人ではないと結論した。私は無数の人物に『平家』の終盤部を語らせた。男がいて女がいて、若いのがいて年寄りがいて、貴人《あてびと》も卑賤の者もいる。わかるだろうか？　私は、一一八五年の大地震の被災者に、『平家』を語らせたのだ。彼らが「生きているか死んでいるか」は問わなかった。なぜならば、歴史を踏まえた物語《ナラティブ》である『平家』に登場する人物は、その大多数が実在した人間であって、かつ実在したとは八百年九百年前のことを指すのだから、現在は生きていない。誰もその作中人物が生きていない物語は「生きている」被災者にも「生きていない」被災者にも語られうる。

繰り返す。

私は『平家』の後ろ三分の一を、大地震の被災者たちに語らせた。

こんなおかしな訳し方は、私以外は試みていないのだろう、とは思う。しかし、それこそ、一一八五年＝元暦二年の「首都を襲った巨大地震」をわが身に引き受ける、ということだった。

今日は十一月二十九日だ。二〇二〇年＝令和二年の。

正午——午後零時——四十五分、ファミレスを出る。

午後一時二十分、阿武隈大堰《おおぜき》の前にいる。

私は、そのダムは順当に自分の目の前に現われたと感ずる。なぜならば鮭の譬え、次いで母なる川の堰き止めの譬喩《ひゆ》（そこではダムとは一一八五年だった）が、さきほど転がり出ていたから。

阿武隈大堰の前に立つためには二キロを超えて川を上流《かみ》へ戻る必要があった。そうした。大堰に、ゲートは十門もある。うち二つが開いている。水量が調節されている。いや、ここでは「水位が」と言わなければならないのだろう。取水もされている。その水は、灌漑用水になり工業用水になる。ある人が前日「正直に言うと、あれ（阿武隈大堰）は、阿武隈川沿いにある製紙工場のために建造した。工場《そこ》へ水を引くために」と私たちに説いた。この、正直に言うと……との前置きは、公共事業はやはり私企業に優先的に益しては、駄目だな、との常識論――というか社会倫理、規範？――から出ている。「公共（の利益）のために」が、一つの理想として存在することが、わかる。で、理想とは？　……理想とは往々「実現していない状態」である。こう考えると、公共性というのは彼岸的に見える。

私はさほど此岸《しがん》的な動機は拒まない。此岸、つまり現実・現世、それが持っている固さは、彼岸、つまり現実には顕《あら》われていないものの透明さに手をのばそう、跳ぼうとする際、（踏ん張るための）堅地《かたじ》になると考えて。そして〝固さ〟ということだが、阿武隈大堰は事実堅固だった。東日本大震災の津波に、やられなかった。河川津波はここまで来た。さかのぼって、止まった。河口から――津波《それ》は――十キロは遡行したのだし、阿武隈大堰のゲートの側面には「津波高　ここまで」の標《しる》しも残る。……残る、ということなので確認したかったが、私は視認できなかった。代わりに魚梯《ぎょてい》を見た。これは魚道ともいい、流速の落とされた副水路で、そこにダムがあっても魚たちは遡上を続けられる。

阿武隈川の鮭も、と私は思う、ここを通るのだな。

いないいな。

季節は過ぎた？

魚梯から視線をあげ、二門のゲートが生み出す緩い瀑布《たき》を眺めて、阿武隈大堰という巨大構造物の全容を眺めやる。私は、あっ、これとあれは同質だっと感ずる。ほとんど閃いた。だからビジョンを視《み》た。これとは阿武隈大堰だが、あれとは、瀬戸内海の人工島である。阿武隈大堰は一九八二年に完成したが、その人工島は一一六一年に築造が開始された。工事は公共事業、そして〝水との闘い〟が主題であって、しかもこの公共事業の動機は、極めて此岸的である。意思決定したのは誰か？　平清盛である。

築かれたものは経《きょう》の島という。

私は再度『平家物語』から原文を引かなければならない。太字で直訳を添えて。応保元年というのが一一六一年であり、エピソードの題名は「築島《つきしま》」である。

何事よりも福原の経の島ついて、今の世にいたるまで、上下往来の船のわづらひなきこそ目出《めで》たけれ**（なによりも福原の経の島を築造して、現代に至るまで、畿内と九州とを往き来《ゆき》する船に風雨の心配がないようにしたのは、まこと結構なことだった）**。彼島《かのしま》は去《さん》ぬる応保元年二月上旬に築《つ》きはじめられたりけるが、同年《おなじきとし》の八月にはかに大風吹き大なみたッてみなゆりうしなひてき。又同《おなじき》三年三月下旬に、阿波民部重能《あはのみんぶしげよし》を奉行にてつかせられけるが、人柱《ひとばしら》たてらるべしなンど公卿御僉議《せんぎ》ありしかども、それは罪業なりとて、石の面《おもて》に一切経《いっさいきやう》を書いてつかれたりけるゆゑにこそ経の島とは名づけたれ（**ふたたび応保三年三月下旬に、阿波の国の豪族・民部重能をその事業の担当者として、清盛公は〔一度は海中に崩れ去った島を〕修築させられたのだが、この時、公卿らは「工事成功のためには生《い》け贄《にえ》となる人間を埋めるべきだ」などとご意見を交わされた。が、しかし、清盛公は「それは罪深いことだ」と判断されて、石の表面に大蔵経《だいぞうきょう》を書写して〔海中・地中に沈めて〕築造されたので、これをもって経の島と名づけたのである**）。

福原がどこかと説けば、現在の神戸市兵庫区。清盛は、独裁権力を確立した後《のち》に、この福原に遷都している。福原は大輪田《おおわだ》の泊《とまり》に隣接する。神戸港の古名が大輪田の泊であって、要するに経の島はこの港の防波堤（として機能する人工島＝埋め立て地）だった。清盛が大輪田の泊を開いた――そのように修築した――のはなにゆえか？　日宋貿易の拠点とするためで、つまり、これは国家対国家の交易、である以上に平家一門の私腹を肥やすため、でもあって、ここに公共事業と私腹、という〝公〟と〝私（わたくし）〟の対置、および、その動機のめざすところ、その動機の拠《よ》るところの彼岸、此岸が出た。

私は自分が、なんらかの根拠をもって連想を展開している、と感ずる。いま。

午後一時四十分。

河川敷を下流へ歩き出す。

午後二時。国道6号線の道路橋でもある阿武隈橋の真下を通過する。歩き抜けた。土手を上がる。サイクリング用コースとして整備されている道に出る。その前後で、国土交通省による洪水位の看板、岩沼水位観測所の説明の看板《それ》、等の消化。

午後二時二十分。散歩中の地元の男性といっしょに歩く。

「昭和五十三年の地震でも、波は、けっこう上がってきて」

「そうなんですか？」

「東日本大震災では、一つ下流《した》の、ほら、あの高速道路、見えるでしょう？」

「はい」道路橋がある。

「あそこまでが、津波（上がってきた河川津波）が、酷かった」

「あそこですか。あれですか。常磐自動車道——」

「高速道路は、嵩上《かさあ》げされているでしょう？　だからね、亘理（亘理町）のほうは大変なことになって」

「津波が、止まって？」陸上を奔《はし》ってきた津波の意味で問う。

「そうそう。惨《むご》いことに……」

福島、という地名も出た。

地震との関係ではなかった。

「わたし個人は」とその七十代と思《おぼ》しい方は言う。「地震よりも、台風よりも、大雨ですねえ。恐いのはそれです。福島のほうで『大雨が降ります』となったら、わたし、絶対に注意します。福島が降られると、ここ（阿武隈川の大彎曲《わんきょく》部。最下流のそれ）の水位は、上がるんです」

「そう……ですか？」

「はい。水位は大雨で上昇します」

私は思うのだった。宮城との……と。連繫？

宮城と、

福島と、

その連続性と。

「ありがとうございました」

「本当に河口まで？　ずうっと歩いて？」

「はい」と私。

「そうです、はい。日が暮れないうちに」と学。

「頑張って！」と岩沼市のその無名の男性《ひと》。

私たちは散歩とは言いがたい速度に戻る。

午後三時。

四阿《あずまや》で休む。「日月堂前休憩地」とあった。阿武隈川の河口部まではあと五キロほど。休憩の直後に知るが、近場に「日天月天」と額に書いて掲げた石造りの鳥居があって、参道の奥には祠堂《しどう》が建つ。ゆえに日月堂……なのだけれども、日天《にってん》も月天《がってん》も仏教世界の住人であるはず、と理解する私は少々戸惑った。鳥居？　じゃあ、神仏習合？　廃仏毀釈との関係は……等、そのように当惑するのは「日月堂前休憩地」での二十分ばかりの休憩を終えてからで、記述を現在に集中させれば、私は四阿のその屋根の下に入る。長机が一つ、長椅子が二つ、私はメモを取るために腰を下ろす。私がそういう作業に入ったので学は離れて、一帯の写真を撮るだのなんだのする。私は（テーブルに置いた帳面から）顔を上げる。ゼロエフが座っている。

二人と二人とが向かい合わせに座れるベンチがあったのだった、ここには。

しかも私の正面の席《シート》は空で。

私のイマジネーションは今度は抜かりない。テーブルの下に隠されてはいるのだけれども、だからぶらぶらは見えてはいないのだけれども、しかし感じられる。両脚があって、それは揺らされているのだ。ゼロエフはいま足を持つのだ。ただし手はない。手、腕は。白い筐体《ボディ》のモニタリングポストにそんなものはないよ。けれども足は、ある。ほら、付け根。あれは腿《もも》だ。

それから顔。顔面。

赤い電光がある。

点されているのだ。文字の表示で、今度はふた文字である。武士とある。だが私が読んだ途端に明滅した。武家に変わる。変わった、と認識した途端に点滅した。武力と表示した。これら「士」「家」「力」と二文字めが入れ替わってのメッセージ。これは三語揃っての出題か？

では、とその問いに答えるために私は腰を上げる。リュックを背負《しょ》う。ゼロエフも腰を上げる。学が「行きますか?」と言い、私たちは歩行を再開する。

河川敷の側に石造りの鳥居を見る。額束《がくづか》には「日天月天」。私は困惑するが、しかし混乱は真っ当に私を刺激する。別々のもの（仏教信仰と神祇《じんぎ》信仰）が、融和し、分離し、ある時は一方だけが勝《まさ》り（廃仏毀釈→仏堂《てら》の〝神社〟化）、けれども現在も……融和はする。そこから「武士」とはとゼロエフの設問を照らすと、いろいろと縺《もつ》れをほぐさなければならない。「武士」を定義すれば、これは軍事力――すなわち「武力」――を構成する、かなりミニマムでかつエッセンシャルな単位である。私の思考の視座は、『平家物語』に置く、これは院政期だとなるが、まず、この頃、国民に兵役の義務がない。律令国家にはあった。しかし廃止されている。なのに「武士」という存在が生まれていて、もとをたどれば自然発生の「武力」であって、開墾された土地（＝私有地。荘園）の自衛力である。私はいまの文章を「自衛隊である」とも言い換えられる。朝廷には、それでは公的な「武力」はなかったのかといえば、あった。たとえば九世紀からあったのが検非違使《けびいし》で、これは京（＝首都）の内外の治安維持に当たった。見取り図を用意すれば、「武士」は地方に拠点があって、朝廷の軍事力は中央にある。そして『平家物語』の時代には、そのように別々であったものが別々ではない。「武士」たちは政治的な要請等から中央で登用されて、以降、地方が中央に融《と》けるわけで、この段階で「武家」なる概念が生まれる。と私は考えている。院政は最大のファクターである。さて、融和に続いて、分離。朝廷という中央政府に重なったのちに、この朝廷から自立する「武力」＝軍事政権が、幕府である。

私は、いま、「幕府」とはそのようなものだと定義した。

ここで平清盛に立ち戻る。清盛は初の武家政権を樹《う》ち立てている。朝廷内において「この一門（平家）にあらざらむ人は、皆人非人《にんぴにん》なるべし」ということ。一門の公卿十六人、殿上人《てんじょうびと》三十人余。これは英語にするならばthe Heike Government だの the Heike Administration だのとなるのであって、つまり、国だ。政府こそを「国（government または administration）」と見做すのならば。平家こそが「国」であり、往時の国民《わたしたち》は含まれない、そこには。この平家政権 the Heike Government は、院政を布《し》いていた後白河法皇の幽閉をも行ない――治承三年＝一一七九年十一月のクーデター――まさに軍事政権として自立した。ゆえに幕府である。日本における最初の幕府は、ここに現出している。次のように言える、平清盛は源頼朝に先駆けた、と。が、通説はそうは言わない。なぜか。清盛が将軍（征夷大将軍）ではなかったから？

私は、清盛に「見取り図的な失敗があったから」だと思う。ただの失敗、失政はここには採りあげない。「源氏との〝武力〟対〝武力〟の戦い（＝内戦）に敗れて」「結果、一族が亡《ほろ》んで」の〝敗戦〟から逆算、遡行もしない。そういうのであれば、『平家物語』の作者がやった。訳者（私・古川）は、そうではないことをする。見取り図に照らして、平清盛・平家一門はいかなる失態をやらかしたのか？　これは空間の問題である。概念の定義がどうの、ではない。

京の都には「国」＝朝廷があった。

この同じ（日本の）中央に、平家はその武家政権＝「国」を建てた。

空間の一点は一つのものに占められる。であるのならば、一つの空間に二つのgovernmentsは存在しえない。原理として。だから、平家――の政権――は倒れて、頼朝は、鎌倉幕府という形で成功した。いうまでもないが鎌倉は（日本の）地方である。

次のように考えたい。

日本には「国家」がある。もちろんある。ここでは国土countryの含みを前景化させてよいのだが、この「国家」の内部に、同時に「国」が二つ、同じ所在地《ロケーション》に、はありえない。

頼朝は見取り図に関して、相当な冴えがあった。だから東国《とうごく》・鎌倉から動かなかった。ちなみに、これに比すと、同じ源氏でも木曾義仲（源義仲）は相当に虚《うつ》けだとなる。寿永二年＝一一八三年の七月に五万余騎の兵を率いて入京したがゆえに、翌寿永三年＝一一八四年の一月、わずか主従七騎となって都落ち、となる。

しかし『平家』現代語訳者として、清盛の弁護はできる。この「武家」の棟梁《とうりょう》は福原遷都を断行したぞ、と。それは見取り図に敏感だからだった……とも考えられるぞ、と。この都《みやこ》遷《うつ》りは、じつに四百年ぶりのものだった。京（平安京）、すなわち現在の京都府京都市から、兵庫県神戸市兵庫区へ。ただし清盛は天皇も二人の上皇も、天皇とは孫の安徳天皇で上皇とは高倉上皇と後白河法皇だが、福原へ遷幸《せんこう》させてしまっている。つまり、またもや、『国家』のなかに『国』を二つ、同じロケーションに」だ。ゆえに、このような遷都は一年と持たない。

というよりも半年で還都《かんと》した。

ただし、さらに弁明もできる。平家一門の栄華の拠点は六波羅《ろくはら》だったぞ、と。これは鴨川の東岸にあって、そもそもは〝平安京外〟である。洛中＝鴨川以西に対して辺土《へんど》と呼ばれた。が、この六波羅に平家の一族郎党はおのおの居館を構えた。この点を踏まえれば、平家政権 the Heike Government は中央にはなかった、在・辺土だった。

清盛も「地方にあらん」とはしたのである。

だが所詮川ひとつ向こうだった。それではやはり失策だろう。と私は考える。

さっき木曾義仲の入京のエピソードに触れたが、六波羅はこの時、炎上した。ただし木曾の軍勢に火を放たれたのではない。平家一門が自らの手で燃やして、いわゆる西海《さいかい》落ちした。ここが気になる。焼け落ちるのは公卿・殿上人たちの邸《やしき》、のみならず、従者たちの宿舎、そして六波羅一帯。〈四五万間《しごまんげん》の在家《ざいけ》、一度に火をかけて皆焼き払ふ（**四、五万軒の民家に一度に火つけ、ことごとく焼き払った**）〉――とある。なぜ？　まあ「他人《ひと》に奪われるならば（その財産は）焚焼《ふんしょう》してしまえ」の心理なのだろうが、まるで理解できない。私は……訳者であったというのに……共感できない。しかし『平家物語』は気にしていない。つまり作者がだ。そして作者の同時代人も、すなわち読者も、だろう。こういう箇所にぶつかると、私は頭が痛かった。だけれども戦争そのものに対しては、『平家』のその立脚地は、うなずける。武将たちの恋人、妻妾《さいしょう》や家族の群像となると、満ちるのは歎《なげ》き、涙、虚無の感覚である。現代語訳を行いながら「これはまるっきり反戦文学だな」と私は思った。そう痛感、実感したから、そのように訳出した。戦場の〝主役ではない者たち〟にも光を当てた、である。私は、前述したが、『平家物語』は震災文学であると感ずる。同じ口振りで言うのだけれども、『平家物語』は反戦文学である。日本の、古典文学、にして、古典反戦文学。そういうものがあるのならば(事実ある)、日本の、現代文学、にして、現代反戦文学もあるだろうと探した。脳内にだ。答えは瞬時に出る。日本国憲法。

午後四時だった。

3

四時になる前から、阿武隈川は南へ、南へと流れはじめていた。私たちは左岸にいて、だから岩沼市内にだが、太陽は真西にあった。対岸は亘理町だ。しかし亘理町に陽《ひ》が沈むのではない。どこか遠いところに没さんとしている。河川敷には芒《すすき》の群生が望める。しかも二・五メートル、三メートルと丈がある。野性《ワイルド》とはこれを言う。野《の》に生えるではない、真の野の性質。凄い。ほとんど彼岸の眺めだなとは素直に思った。だから前日に学が芒の群生を認めて、「凄いなあ。異世界だ」と言ったのかと思い出した。異世界、他界。私は『平家』に登場した女人《にょにん》たちが、どこまでもどこまでも彼岸を希求して已《や》まなかった様《さま》、を考えた。そう考えたのは、たぶん三時五十分過ぎからで、そして四時。

日本国憲法だ。

その条文、九つめの、を引用すればこうである。

日本国民は、正義と秩序を基調とする国際平和を誠実に希求し、国権の発動たる戦争と、武力による威嚇又は武力の行使は、国際紛争を解決する手段としては、永久にこれを放棄する。

前項の目的を達するため、陸海空軍その他の戦力は、これを保持しない。国の交戦権は、これを認めない。

一九四六年の公布、翌年の施行だから、戦後文学＝現代文学と言える、はずだ。

ここからは皮肉で言うのだけれども、この文学作品は見事に「行間ばかり」が読まれる。だから私たちは自衛隊を持つ——持てる（黎明期の「武士」か？）。そういう冴えた解釈だの、天晴《あっぱれ》な読解力だの、文芸批評力だのは、どうか別のところで発揮してくれないもんかねとは思うのだが、私が言いたいのはそういうことではないのだった。国民《わたしたち》が戦争を放棄しながらも、自衛隊を保持しなければならない「国家」＝日本は、当たり前の現象としてこう、あ、る、からだ。

シンプルに解説する。

他国《よそ》が軍事力を持つから、日本も持つ。

憲法のこの条文には「国」としかないが、前文には「国家」とあるから（——〈日本国民は、国家の名誉にかけ、全力をあげてこの崇高な理想と目的を達成することを誓ふ〉――）、問われるのは「国家」である。他国《よそ》がそれを保持していて、「軍事力（または武力、戦力。日本国憲法の第九条にはこれらの二語が見られる）を持つのが国家である」と考えている場合、「軍事力を保有しない国は『国家』ではない」のだから、じゃあ自国《うち》の領土にしようや、となる。

あまりにも簡単なことなのだ。

反駁するためには「『国家』というのは、そういうものではないよ」と言わなければならない。日本の国民《わたしたち》がだ。

現状、言えていない。それどころか、だから日本人は東日本大震災後にみな「（自分たちのための）家《ハウス》がない」状態になった。――という結論には先走らず、『平家物語』視座の思考に戻れば、鎌倉幕府は成功者だった。平清盛に対して源頼朝が、だ。が、これは「国」である。源氏政権 the Genji Government である。これが「国家」と化す瞬間を見よう。一二七四年＝文永十一年と一二八一年＝弘安四年に元寇があった。この元軍を鎌倉幕府の「武士」たちが撃退した。これは「国家」対「国家」の戦争である。服属を迫る元に、日本は、幕府＝国と朝廷＝国が一致して「しない」と応えている。これは「国家」としての応答である。そして「国家」として交戦し、勝利し、しかし鎌倉幕府は倒れた。私は、鎌倉の the Genji Government（とうに北条政権だが）は元寇のせいで滅亡したのだと考える。『平家物語』の源平合戦を見よう。あれは内戦だ。「国家」対「国家」ではない。さらに言えば「国」対「国」でもない。源頼朝の勢力は勝利した、すると、その「武士」たちはたとえば地頭《じとう》になれた。荘園を得られた。それまで平家のものであったもの（土地）を獲得できたのである。で、元軍を撃退して、九州の御家人《ごけにん》――鎌倉幕府の「武士」たち――はユーラシア大陸の地頭になれたか？　否。結果、幕府の威信は地に墜ちる。

もっと歴史をさかのぼってもよい。私は前節で律令国家と書いた。これは見事に「軍事力を持つのが国家である」の謂《い》いの国家で、対外戦争をやっている。六六三年の白村江《はくそんこう》（朝鮮半島南東部の河川）の戦い。これは倭《わ》・百済《くだら》軍と唐・新羅《しらぎ》軍の海戦であり、「国家」連合対「国家」連合の戦争である。日本――まだ倭だったと思うが――は大敗した。大宝《たいほう》律令（大宝元年＝七〇一年）をもって〝律令国家〟として完成する日本が、兵役を国民に賦した、というのは、こういう国際情勢から（も）出る。

そもそも律令という「法」は唐に倣《なら》ったから、ということもある。

いずれにしても日本の外側からの視点がある。孕《はら》まれる。

私たちは、外側からしか日本の「国家」を定義していない。単純計算して千三百数十年前からだ。

私は、こうも言える。

この日本を、実際に外側から見ると、国家を「内部からは未定義の国（国家）」となって、このような国家は、空洞を抱えているように眺められるはずだ、と。

その空っぽに、何かを入れるチャンスが東日本大震災後にはあった。――と断じると、シニカルになる。だから私は、そうは言わない。依然そのチャンスは続いているのだと言う。

午後四時二十分。

ほぼ日没と同時に河口部に出た。「河口には何があるの？」と尋ねられたら、馬鹿な私は、やっと答えるだろう。「河口にはね、海がある」と。そして「どうして『平家物語』だったの？」と続けて質問されて、ああ、ああ……と唸るだろう。平家一門は、海で、壇ノ浦で滅亡した……したんだった、と了解して。清盛の妻の二位《にい》の尼（平時子）は、孫、安徳天皇を抱いて入水《じゅすい》した。武将の、たとえば平教盛《のりもり》、経盛《つねもり》の兄弟も入水した。資盛《すけもり》、有盛《ありもり》の兄弟と、いとこの行盛《ゆきもり》も海に身を投げた。最後の最後まで勇猛だった平教経《のりつね》も、最後に理知の極まりを示した平知盛《とももり》も、同様に自害した。海に入って。また侍どもも――「手に手をとりくんで、一所《いっしょ》に沈みけり」――手に手を組み合って、ともに海に沈んだ――すなわち平家一門とは、溺死の一族。「その一族に、『考えろ』と言われた」と私は答えるのか？

そうではある。実際にそうではある。

だが違う。その死と、二〇一一年の水死とは。並べてはならない。

慄《ふる》えが来る。

溺れるということを考える。

河口に出たからといって、ゴールではないのだった。そんな露天では夜を明かせないのだった。今日、二〇二〇年十一月二十九日、最低気温は何度だ？　零下《マイナス》一、二度か？　リュックに付ける点滅灯を出す。学にも渡す。私はリュックの前にとりつけて、学は後ろに。そうやって分担して、歩いて、阿武隈川の上流に戻って、亘理大橋を渡る。それは五百メートルもある。長い。途中で岩沼市から、亘理町、の境界ですよ、の標識。橋の両側に、なにか圧倒的な面持《おもも》ちの中州。闇がどんどん増す。亘理町の、荒浜地区に入ったのだが何がなんだかわからない。街灯がない。いや、ある、あった、だが印象がもっと濃い。いや、この描写では不明すぎる、濃いのは暗闇で、いま右手に観音像のようなものの輪郭を確認した、慰霊塔？　両掌《りょうて》を合わせたかったたが、急いだ。土地はフラットだ。フラットなのは流されたからだ。ぽつぽつと新築の建物。たぶん新築だ、としか認識できない。日没の一時間十分後、民宿に到着した。風呂に入らせてもらう。食事が出る。美味い。取材ノートをつける。就寝する。

寝られない。

歩きすぎて、疲れすぎて。

それだけか？

それでも眠り、起きる。朝、ゼロエフが部屋にいる。いっしょに出発する。

4

亘理町は山元町とともに亘理郡を構成する。どちらも宮城県の南東部、太平洋岸の町だ。阿武隈川の河口に位置するのが亘理町、福島県に接するのが山元町。どちらも国道6号線を縦貫させていて、どちらも常磐線を走らせる。私は、もう国道4号線にも6号線にもこだわらない、だから6号線は通らない。そこを歩かないで、もっと外側を、できるかぎり太平洋に面した側を、縦断する。

亘理町と山元町についてもっと解説すれば、亘理はその東半分が津波で浸水した、私たちの泊まった民宿のある荒浜、が、もっとも壊滅的な被害を受けた。これは海からもやられたし、また側面からの河川津波――阿武隈川の堤防を越えた――にもやられたためである。町内の死者数はたぶん二百七十人なのだと思う。「たぶん」というのは、正確に死者数を調査するのは私には困難だし、つらい。宮城県は死者および行方不明者が二百六十九人とした、との記述を少し前に読んだ。しかし亘理町の死者は三百六人で、うち荒浜地区の犠牲者は百五十一人、と刻んだ鎮魂碑もあるらしい。私は本当に、一人、一人と死を数えるのがいやだ。山元町に触れれば、町の面積の四十パーセントほどが津波に呑まれて、宮城県によると死者と行方不明者数は六百九十八人、しかし七百人という記述にも接した気がする、だが今日(二〇二〇年十一月三十日、月曜)、私は山元町内のわずか二ヵ月前に公開されたばかりの震災遺構にて、死亡者数は六百三十七人、そこに遺体未発見の死亡届が六人、および、関連死の二十人が含まれる、とのパネルも発見することになり、だから私が言いたいのは、こうして数を書きつけていて――もしかしたら写し間違いだってするかもしれないのだ、もしかしたら、もしかしたら――、それだけでなにごとかが酷烈だということ。だから面積のほうに話をそらせば、その震災遺構（中浜小学校）のパネルからだが、農地面積の約五十九パーセントに浸水、水田の六十九パーセント、畑地の四十五パーセントが冠水、「いちご農家被災件数」は百二十九戸のうちの百二十五戸、とあった。私は、この日、苺《いちご》、苺と考えて、何度か心が痛かった。それは、私と兄の古川邦一とのあいだにいる姉、西間木順子が、苺を生産しているからだ。もちろん。夏、私にその「穫《と》れたて苺の自動販売機」や栽培ハウスや、そういうものを見せてくれて、いろいろと話を聞かせてくれたからだ。私はそういう瞬間に、私たちは三きょうだいで、上から順に三歳、六歳、と齢《とし》が離れていて、兄は一次産業（林業のようなシイタケ栽培）、姉も一次産業（苺、そして米の専業農家）、私だって本しか書かない、書けない生産者なのだ、と、こう痛切に感ずる。山元町に話を戻せば、その死者数は、人口に占める割合だと女川《おながわ》、南三陸に続いて宮城では三番めではなかったか？　そうした報道に、震災の年あるいは翌年に触れた気がする。そして、「なのに山元町のリポートが少ないのは、三番めだから」うんぬんと語られた気がする。

それはなんなのだろう。

亘理町まで話をひき戻せば、荒浜地区に江戸時代の米の積み出し港があった。漁港は、戦後に阿武隈川の河口から鳥の海の湾内に移った。鳥の海というのは汽水《きすい》湖で、つまり淡水と海水が混ざり合う。もちろん太平洋につながっている。じつはここは阿武隈川の旧い河口である。

民宿はその鳥の海のほんの北側にあった。

荒浜地区は、亘理町の観光拠点だった。

しかし私たちは、いわゆる観光はしない。できない。この「できない」の意味は二重である。

それにしても朝食から美味しい。

今日は体力が要るので、はらこ飯を追加でつけてもらって、目いっぱい食べる。宮城・福島県境いに到達するには二十八、九キロ……三十キロ超か？　当たり前だが、はらこ飯はその滋味の具合で前日のファミレスに格段に勝《まさ》った。イクラの粒もだいぶ大きい。ちょうど十一月末日の今日で「はらこ飯はお終い」だとのこと。午前七時五十分にはチェックアウト。この民宿も、もちろん津波で流された。二〇一四年に再建、再開した。私は、若いオーナー夫妻と話したのだけれども、津波のその日にはここにはいなかった、「だから戻れたんです。じかに津波《それ》を体験した人は、ここ（亘理、鳥の海界隈）に戻れないんです」との言葉が、刺さった。

「この民宿の東の、空き地、ありますよね？　あそこ、松林だったんです」

「え……？」

「流されて」

民宿を出る。朝の風が冷たい。それは吹きっさらしであるから、でもある。

民宿を出た私たちは三人だった。私と学とゼロエフと。ゼロエフはちゃんと両脚を具えて、歩ける、ちゃんと歩いている。やっぱり小学生に見える。そのモニタリングポストは、だ。私が先頭、次いでゼロエフ、後尾が学。まず鳥の海をめざして、その湖に浮かぶ小島を見る。蛭《ひる》塚《づか》という。歩道橋があるのだがゲートが鎖《とざ》されている。そこは昔、疫病患者のサンクチュアリだった、とも伝えられる。それ以上に私は、鳥の海は阿武隈川の河口の、前のもので――と思って、それは、いわば死者としての河口で――との想いに撲《う》たれている。こういう認識の妥当さ、あるいは倫理的にどうの、ということが自己判断できない。だんだんと自分が何をしたがっているのかがわかる。私は死者たちに取材をしたいのだ。夏、ＮＨＫとともに福島県内を動いて、さまざまな人たちの声を聞いたが、それは生者たちの声ばかりだった。テレビカメラは生者たちしか撮影できない。だとしたら――と私は考えている。この意思は不届きである。この意思は不届きではない。私は揺れる。

まず鳥の海の西手をまわる。半弧を描いた。排水機場、新しい護岸、がちがちに固められた様相に弾《はじ》かれながら、水路を渡り、水路を渡る。視界の内陸側に重機、上空には緩く旋《めぐ》る鴉、それから風景の端《はし》に風力発電のブレード。荒蕪《こうぶ》地には太陽光パネル、住宅地に入っているのだが「かつての住宅地に」と言ってしまいそうになる。どの住居の敷地にも隅には……北西の？　その北西の隅には小祠《しょうし》。とうとう「津波で住宅がさらわれて、現在はソーラーパネルが敷きつめられる敷地」の端にも、しかし残された石の祠《ほこら》という場所を見出す。白い猫がいる。住宅の基礎の、塀、のうえに乗る。「売り地」の看板。そのかたわらにはやはりソーラーパネル群。

太陽を拝み、太陽を拝み、太陽を拝んでいる。どのパネルの一枚も。そんなにも敬虔な太陽神崇拝？　天照《あまてらす》と私は想って、しかしそういうのとは違うと思って、正しい祈り方を見つけたいと念じて、願って、歩いて、南へ歩いて、それにしても人がいない。その、人、とは生者たちのことなのだけれども、私は死者たちも見出せない。ただただ南への歩行の線をのばして、三キロメートル、四キロメートル、宮城県道38号線にぶつかる。それは宮城県道なのだけれども南下しつづけた先の福島県道でもあって、相馬亘理線だ。電柱に「ここの地盤　海抜1メートル」とある。海のほうへ折れる。つまり38号線から外れる。いったん東進。

どんどんと風景が荒《すさ》ぶ。

ハウス群がある。農業用のハウスだ！　大規模で、何かの事業……公共の事業だと察せられる。説明板がある。「東日本大震災で本町（亘理町）の苺栽培は壊滅的な打撃を受け」「大切な地下水の塩水化にまで影響を及ぼした」「今回の事業は、これらのことを踏まえ」「節水ができる高設《こうせつ》栽培に移行」——いちご団地とある。私は、コウセツという語を耳にして、そこに漢字を宛《あ》てられなかった体験を、夏にした。姉夫婦に取材して、だ。義兄《あに》の、西間木嘉大に話を聞いて、だ。

このいちご団地は、名は「開墾場団地」というのだった。

それから寺院、真新しい墓地、その寺地に祀られる神、東日本大震災の慰霊碑、卒塔婆《そとば》。人の気配はない。おまけに、これは私の感受性の……衰え……麻痺……愚かさ、だろうか？　死者たちの気配もない。寺院の東側には小高い丘のように盛られた防災公園が設けられている。

その丘を、登る。四方を見る。メガソーラー……メガソーラー……三方は完全に幾千枚幾万枚数十万枚かのソーラーパネルに囲われている？　丘を下りる。もっと海岸のほうへ。ソーラーパネルの敷地の縁《へり》にはずっと、フェンス、鉄条網、そして「セキュリティシステム作動中」の警告。おれは追い払われている、弾き出されていると私は感じる。防災林を造成している光景が見え出す。列になった植樹の様《さま》、ちいさな樹木、また樹木。そこを抜けると。

巨大防潮堤。

海＝太平洋は見えない。

のぼる。私が。学が。ゼロエフが。あった、海だ、海はあったのだ、そして堤防のうえの道は（それは道ではないのかもしれないが）南北に続いていて、私たちは南へ、南へ、とめざすから、福島県新地町の火力発電所が見える。煙突が。濛々《もうもう》とわいた煙が。近いとは思えた。でも遠いなとは頭が理解する。その火力発電所は新地町と相馬市、そして福島県が開発した相馬中核工業団地――の臨海部分――内にある。

「火発《かはつ》だね」と誰かが言った気がして、足を止める。

学が「なんです？」と戸惑った声。

しかし私は、学には答えない。私はゼロエフに尋ねている。何が言いたいんだい？　と。するとモニタリングポストはその顔面に**浄土**と表示する。意外すぎるふた文字で、私は、うっ、うっ……となる。詰まった。「浄土」を定義しろ、と？　私は一時《いちどき》に二、三のことを思う。私は除染から浄《きよ》められた土地というのを、つまり浄土を連想したことがある。だが思考は深めなかった。しかし放射能汚染の大地は穢土《えど》と言えるだろう、そこには穢《けが》れがあるのだから、とは思った。いまも思う。そして仏教的に（仏教的に？　日本的に、ではないのか？）言えば穢土の対義語は浄土だろう。それから私は、ここに至るまで……この防潮堤の、この真上の道に至るまでに、復興ってなんなんだろうなとは感じた。「清浄《クリーン》にしている」のだとはわかった。たとえば整備された土地の管理されたメガソーラー、たとえば海岸防災林＝保安林、たとえば、この、巨大な防潮堤。とてもクリーンで、とても、とっても浄化で、だから私はおかしな印象を持った。除染のない土地でも、おんなじだな――と。というよりも、こういう災害復旧・復興工事は、除染だな――と思った。感じてしまったのだ、除染《それ》をしているみたいだと。でも、だとしたら、なんの？　放射性物質を除《の》けるのではないとしたら、何を除けている？

放射能（放射線）は見えない。「不可視」の定義どおりに。

ここで、この津波の被災地で、見えないのは……。

死者だ。

「死者たちを除いている？」と私は洞察してしまい、嘔吐しかける。

嘔吐感のなかで、私は、浄土を――と願ったのだった。これだけは正直に言う。願い求めた。仏教用語を用いれば欣求《ごんぐ》した。

その「浄土」を私はシンプルに定義する。阿弥陀《あみだ》の約束した地（仏国土《ぶっこくど》）である。極楽浄土である。約束した、と言ったが、阿弥陀は現にそれを設立ずみだ。と経典には書かれている。

阿弥陀はもともと人間だった。一人の王様だった。だが出家した。そして誓いを立てた。四十八もの誓願《それ》を立てたのだが、そのうちの一つは「あらゆる人間が、浄土に生まれたい、と思って、自分（阿弥陀）の名前を唱えた時に、浄土に生まれないようならば、自分は仏にならない」だった。そして、阿弥陀は終《しま》いには仏になったのであり、ゆえに本願は達成された。浄土（極楽浄土）は存在する。阿弥陀仏に「南無《なむ》（敬礼いたします）」と言えば、死後、誰もが浄土に往《ゆ》ける。

私が言いたいのは、浄土は究極の慈悲の産物であるということ。

むしろ阿弥陀仏が、慈悲、そのものであるということ。

多数の『平家物語』の登場人物が、南無阿弥陀仏、と唱えながら死んでいったこと（幼帝の安徳すらも）。

そして仏国土、これも国土countryであること。なかばは阿弥陀の「国家」。

私は、目を瞬《しばたた》いて、「いや。大丈夫だ」と学に言った。

「大丈夫ですか？」

「大丈夫だ」と繰り返した。

「このまま南下ですね、日出男さん？」

「そうだ」

「もっと休みますか？」

「あとにしよう」

五百メートル、六百メートルと歩いていって、それから堤防（のうえの道）を下りる。西側＝陸《おか》のほうへ。水が溜まっているのだけれども津波の痕跡が多い。そこにだけ取り残されて旧堤防の断片、残骸が。斜めになり折り畳まれ裏返り重なる。溜まった水の面《おもて》から鷺が翔《と》ぶ。須賀海岸、というところにいったん出る。海に好感が持てない。戻る。湖沼めいたものがあって牛橋河口というらしい。鴉と鴨の混成軍が私たちを迎える。いや鷺も。荒れ地。寂《さみ》しい電柱。……電信柱が寂しげだ？　私は何を言ってる。宮沢賢治にでもなったつもりか。踏破しろ。踏破しろ！　水門がある。道路工事の案内板がある。町道の。確認して、やっと知る。とうに山元町に入っていたのだ。今日の二つめの町。そして山元町では県道38号線は「ストロベリーライン」と呼ばれるのだ。いつ、そこへ出る？　出るのか？　高瀬川の排水路に沿って南下する。出た。この道路の両側にかつては苺栽培施設が多数あった。だから「ストロベリーライン」なのだ。

座頭橋というのを渡る。

工事がある。38号線＝「ストロベリーライン」そのものの工事だ。が、そこはもう後にした。

それから、この空白地、この沈黙しがちな歩行、の果てに、まず最初に道の右手前方（とは真南である）にこんもりとした茂み……いや低木林と、「アスレチック施設か、何かか？」と思われる櫓《やぐら》、仮設トイレ、等を発見して、しかし問題はその向こうだった。低木林の向こう、そこに、道路沿いに、鳥居が建っている。

青巣《あおす》稲荷神社というのだった。

鳥居を見、さらに奥の鳥居を見た。注連縄《しめなわ》がゲートを作っている。低木林は、参道の両側にあるのだった。鎮守の杜《もり》というには程遠い、が、伸びようとしている。繁ろうとしている。プレハブの小屋、これは社務所だろうか？　驚いたことに鐘楼《しょうろう》堂がある。神社で鐘を撞《つ》くのか。そのお堂に「青巣稲荷神社」とあって、両隣に「山元」「花釜」とある。花釜とは地区名だろう。いろいろと写真が貼ってある。復旧、復興の過程の。津波の跡地にぽつんと建った鳥居の写真、一本の樹の写真。ご神木？　休憩所がある。井戸もある。井戸？　その水が飲用ならば……ライフライン？　拝殿があり、参拝した。もちろん人はいなかった。拝殿の横手、裏手の碑《いしぶみ》や、小祠や。いろいろなものが接着させられている。流失したものが発見されて、置き直された（祀り直された）のだ、と推測される。そして、なにか自分たちは大事なところへ来たな、と思い、参道の入り口のほうをふり返ったら、人がいた。

社務所に荷物を運び込もうとする方が。

宮司さんが。

「あ」と声を出していた、私は。「おはようございます」

「おはようございます」とにこやかに、宮司の藤本和敏さん。

その応対の柔《もの》らかさが、私にさまざまな質問を許す。いろいろ、訊いたのだった。教わったのだった。ここが「ご神木の椨《たぶのき》以外は流失してしまった神社」で、だから鳥居も流されている、や、社殿も、それから境内の――いま挙げた神木（＝神体）のほかは――流されている、や、しかも、その当時の宮司は藤本さんではなかった、や。

「そうなんですか？」

「はい。先代の宮司さんは、二〇一……四年だったかな？　退かれまして。その後継者がいなかったものですから、自分が」

「もともと（藤本さんは）こちらの方ですか？」とうかがった。

「いえ。ぜんぜん」

「え」

「ボランティアで、震災後に、山元町に来るようになりまして。結果、ひき継ぎまして」

それは凄い。この地区に縁《ゆかり》がないのに、いまは……と考えてから、ボランティア行為そのものが縁なのだ、とハッとする。

藤本さんは私より何歳か年下《した》に見える。

「拝殿は、あれは神社本庁と、それから宮城県の神社庁でしたね、そこからのご支援で同じ型をいただいて。はい、同型、同じユニットのものです。それを地面に、そのままですね、置いてあります。台座がないんです」

「本当だ！」

「この（境内に植えられている）樹々は、公益財団法人からの援助で、植樹祭のプロジェクトが行なわれたんです。それが繋り出しています。あと、これ（と南側の不思議な木造構造物を示す）は神楽の舞台です。ここに、畳を敷きまして、踊りを奉納しました。この神楽殿もボランティアが力を協《あわ》せることで完成して。震災数年後の例大祭から神楽を復活させることができました。ただ、今年（二〇二〇年）はコロナで、はい、やれなかったんですけれども」

「それと、この鐘楼。これは珍しいですよね？」

「珍しいですよねえ。この神社は、由緒があるようです」

このひと言が凄い。他所《よそ》から来て、地域のために努め、ついに宮司になり、しかし距離は保つ。いっさい代弁者の顔はしないで、なのに代表（神社の長《おさ》）として存在する。

私は、この山元町の、たぶん花釜というのであろう地区の、津波の被災地となってしまった裸地《らち》に、鳥居が建ち、一つひとつ建ち、社殿があれもこれもと建ち、社務所がプレハブで建ち、流された鐘が見つけられ、社《やしろ》に戻されて鐘楼堂も建ち、そして百本どころか一千本どころか二千本を超える樹々が植えられて、いま、伸びる、この様《さま》を高速で脳裡に視《み》た。

「ここは、第一種区域でして」

「第一種？」

「はい。『津波防災区域』についての条例の、その指定の、第一種区域なんです。居住用の建物は、新築できないんですね。だから家ができません。津波で、形が残っているもの（住居）をリフォームすることは可能で、それを為《な》さって住まわれている地域の方はいらっしゃいます。それでも、わずかですね。たとえば苺の農家は、ここでは、もう……」

「難しい、ですね」と私は言って、それは「(難しい)ですよね?」と訊いたつもりだった。

「そうなんです。それでも、神社の再築は許されています。お寺もそうですね。お寺の再建も。だから神社、寺院には人が集まることができて。神社で言えば、震災後にここ(山元町)を離れてしまった人も、お祭りには戻れますから」

そういう場所なのだ。

*

私は藤本和敏さんとは七、八分、せいぜい十分しか話をしなかった。しかし強烈に植えつけられる感情があった。

それも一つの植樹だったのかもしれない。

だとしたら、責任をもって樹木《これ》を繁らせる。

こう言おう。私は、このように現実の方と遇《あ》えたのだから、自分のイマジネーションの産物とだからこそ会話する、と。しかしながら、あと少しだけ歩いてみる。38号線を。ひたすら南下だ。私たちは「やまもと　ストロベリーライン」と書かれる看板を目にした。かたわらにJAみやぎの苺の集中選果場があって、建物には人間《ひと》の気配はない。その先に、その丘陵は現われる。人工的な丘である。ほとんど「墳墓だ」と言いたいけれども、役割はまるっきり逆だ。避難丘なのである。ここらの海抜は一・三メートル、しかし頂上は九・〇メートルに盛られていて、私たちは欄干《らんかん》の設けられた階段をのぼる。頂上にはじつに立派な四阿《あずまや》がある。展望スペースでもある。四阿のその屋根の下に学が入った。私たちは入らない。

私たちとは、私と、モニタリングポストだ。

「算数をやらないか？」と私が言う。

ゼロエフが首を傾《かし》げる。

いや、そろそろ語らせよう。まず「え」と言わせよう。ゼロエフは「え。算数？」と私に訊いた。

私は「ちょっと数学かもしれないんだが」と言う。

すると小学生のようなモニタリングポストは「え。難しいの？」と尋ねる。

「いいや」と私。「ぜんぜん単純だ。あのね、まず、こういうフレーズがあるんだ。東日本大震災後の福島県は、イコール原発事故、って。これはね、私を苛立たせるんだ。『そういうのは紋切り型の理解、紋切り型の報道、批評、受容だろうよ』って。このね、東日本大震災後の、福島はイコール原発事故、という言葉はね、この原発事故というのはそのまんまイチエフを指すよね？　福島第一原子力発電所がシンボルだというか、イチエフに表象されるよね？だとしたら、イコール・イチエフ、となるわけで、福島県は、ほら、地名だから大文字で始まるFukushimaで、英語にするとだけれども、大文字のFなんだ、となると、この言葉は――」

なぁに？　というゼロエフの眼差し。

「『F＝1f』という式で表わせる」

あっ、そうだね、というゼロエフの顔つき。あるいは、そうなの？　という小学生のまごつき。

「この紋切り型を変えるには、きみが必要だ」と私は言った。

「え。僕が？」——あるいは、あたしが？　の返答。

「そう。きみだけでいいんだ。この等式をちょっとだけ改変するんだ。イチエフをやめて、きみにする。つまり『F＝0f』にする」

ゼロエフの目がきらめいた。

私に「えっと。そうすると、どうなるの？」と訊いた。

「ゼロにはね、何をかけてもね、あれだよ。どういう掛け算をしても、答えはゼロなんだよ。小文字のｆにどんな値を代入しても」

「エフ、イコール、ゼロエフ、がイコール……」

「イコールつなぎの式だと『F＝0f＝0』だ。福島は無《ゼロ》になる。福島県にまつわる紋切り型は」

「あっ。あ」

「でも、それはただの前提なんだよ。前提の条件だよ。いわばきみは前提の数式なんだ。そして、この数学……いいや単純極まりないんだから、やっぱり算数だ、この算数を実行、実践するには一つだけイメージが要る。イメージの共有、共感というのが求められる。『それはなんなの？』と問いかけてほしいんだが、問いかけてもらえる？」

「えっと。それはなんなの？」とあたかも威儀を正して、両脚を具えたモニタリングポストは訊いた。

私は「東京電力福島第一原子力発電所は、事故を起こしたんだよね。過酷事故《シビア・アクシデント》を」と小学生に見えるモニタリングポストに説明した。

うん、とゼロエフ。だから僕が——あたしが——いるんだ被災地に。

「それは、地震のせいだよね？」

うん。そう。

「地震がひき起こした巨大な津波のせいだよね？」

うん。そうだ。

「波の高さは十一メートルを超えていて、そういうのが二〇一一年三月十一日の午後、三時三十五分、福島第一原発の敷地に到達した。そして敷地を呑んだ、呑み込んだ。このことで福島第一原発は、通称イチエフは、溺れた」

「あ。あっ！」とゼロエフ。

「溺れて、全電源喪失から炉心の損傷、炉心溶融《メルトダウン》へ。三つの建屋の水素爆発へ。つまりね、溺れて……」

「海水で、沈められて、死んだんだ」

私はうなずいた。

あの津波で、イチエフは溺死したんだよ、と。そういうことなんだよと。ここまで考えて、ここまで考えて初めて、私は原発事故を許す。私は、次の一歩を踏み出す。それは「死者たちの罪悪感」である。その概念が私に遠回しに伝えるものである。イチエフはそもそも罪の意識にさいなまれている。だとしたら。だとしたら？　この、すでに彼岸にいるイチエフをも内包した思想を、どう萌芽させるか。

萌芽させて〝樹木〟とするか。

浄土が足りない、とは私は考えた。天災多発の国土である日本に、「国家」を定義するには浄土《それ》が足らない、と。しかし欠けているのは宗教的な観念などではない。私は、浄土とは慈悲の産物だ、と今朝《けさ》言った。阿弥陀は慈悲そのものだとも定義した。そして彼岸＝他界の、阿弥陀の「国家」＝極楽浄土が慈悲のカントリーであるならば、私たちが日本という「国家」の抱える空洞、その空っぽに嵌め込むべきは。

「慈悲、という理念だ」と口にしながら、私は同時に、このフレーズの安手さを言い換えている。ほとんど同時であるかのように、こうも……こうも言い放っている。「死者たちを除染しない国家になることが、要る」と。

死者たちを除染しない国家。

日本国憲法第九条。に、これを。

ゼロエフが「えっと。どういうことなの？」と訊いた。

「日本という『国家』はまだ外側から『国家』概念を定義していないがゆえに、空っぽなんだよ」と私は説いた。

「そうなの？」

「そのように見えてしまう、そのように他国《よそ》からは眺められてしまうんだよ。『あいつらは空洞を抱えてる』って。だから、その空洞に、あのね、あらゆる死者たちを入れるんだよ。ありとあらゆる震災の犠牲者をね。もちろん、溺死したイチエフもね。これはね、『彼岸を内在させた〈国家〉』になることで……むしろ『国家』とはそのようなものである、と宣言することだよ」

「ねえ？　それは概念なのかな」

概念だろうか？　わからない。なのに私は言ってしまう。うん、そうだ、と。

「それは概念だよ」

ゼロエフがにっこりした。


それからゼロエフは、いくぶん細い両脚をもって、私たちのいる避難丘から先んじて下りて、南へ、南へと、つまり福島のほうへと歩き出す。

私はそれを見送る。そのモニタリングポストの、円柱形のどうにも愛らしい後ろ姿を。私はそれを送り出した。

［二〇二一年一月］

長い後書き

これら一連の文章（『福島のちいさな森』『4号線と6号線と』『国家・ゼロエフ・浄土』）を書きながら、私は高いところへ行こうとはしなかった。深いところへ行こうとはした。もちろん譬喩《ひゆ》として言っている。高い、とは、正当である、に近い。震災後の諸問題が〝正論〟でもって解決されるのだとは、私には思えない。というより、この十年間を眺めるかぎりにおいて信じられない。かつ、私は、どういったことを指向した——指向しながら思考しつづけた——のかと言えば、原発事故の惨《むご》さと巨大津波の惨さ、そこには異質なものが横たわる、にもかかわらず、つなげたかった。その断《た》ち截《き》られてしまっている諸点（それは私には見えた）をつなげたかった。そのため、「もっともらしいことは言えないな」と覚悟した。深さ、とはそのことを指している。

　高いところへ行かないために歩いたのだろうか？

　私はしばしば「どうして徒歩で？」と尋ねられた。または驚かれた。結局、私は合計《トータル》三百六十キロ超をそれ（徒歩）でやってしまっている。私という人間には非常に計画性があるが、反面、非常に計画性がない。これらは表裏一体である。計画性がなければ長篇小説は書けない。書けるにしても、年に一冊だの三年に一、二冊だの発表しつづけられない。だが、反面、長篇小説は——短篇の作品に比較するならば——作者が統御するというよりも作品に頸根《くび》っ子を作者がつかまれて、「ああしろ」「こうしろ」と展開をコントロールされてしまう、との側面を持つ。だから計画性はつどつど廃棄される。私はそういうことに馴《な》らされてしまっている。夏は用意万端だった。〝二百八十キロ踏破〟のための心と体の準備があった。秋は、無計画であって、なかなか哀れだった。宮城県の南東部を縦断しなければならない、と、自分が判断するとは、ぜんぜん予見していなかった。

「どうして徒歩で?」と尋ねられて、それなりに場面場面で回答はした。しかし屁理屈もあった。だからいま、ここで考えてみるのだが、それはやはり私が小説家だったからだろう。しかも現代の日本(の文学シーン)に限定するならば、ほとんど阿呆なサイズ感の巨篇を連発しているからだろう。作品の発想というのは、これは閃きと形容してもよいのだけれど、一瞬に到来することがある。しかし、それを一瞬で(とはまあ六十分とか四十六時間とかだが)書けるか? 無理だ。そこから地道で、地味な毎日がただただ連続する。その「地道」にも「地味」にも〝地〟の字が、地面がある。大地がある。

だから私は地べたを行った。

そういうふうに、いまならば言える。

歩きながら、思考しながら、そして執筆しながら、私は「こうした本は、何か・誰かを拒絶することになるな」とは身構えた。ここで自分というものが問われたのだけれども、私は、何かを(……原発を? 自然を?)、誰かを(……東電を? 国を?)、怒りながら拒みたいとは思わない。だから優しさということを考えた。それを私が持てたとは言えない。ただ、兄に「取材したい」と言い、兄がそれに応じてくれ、姉に「取材したい」と言うどころか、「NHKのカメラ付きなのだが」と言い、これに姉が応じてくれ、そうやって家族の名前というのを、幾度も幾度も、(これは本当に初だったのだけれども)自分の文章のなかに刻みつづけて、やはり、触れられたのだとは思った。優しみにだ。そして、終《しま》いには実父の名前すら出てしまったので、あと一人、名前をここに挙げようと思う。私の亡母の名前は古川フクである。片仮名のフクである。それは、もちろん、福島のフク（福）の意だ。それどころかイニシャルはFでもある。

そうしたことを、私は、もちろん意識していたのだった。

そこから優しさということを考える。

二〇二一年一月十三日

古川日出男

ここで普通であれば後書きは終わるのだろうが、増築する。なるたけ嘘を入れないで本書『ゼロエフ』は出したいのだ。言葉はどうしても自ら飾るものだから、完璧にはそうならない。それでも努力はしてみる。

私は、いったいどうして〝三百六十キロ超〟の踏破という無謀さに突入してしまったか。どうして宮城の亘理《わたり》郡までと思ったか。その理由を、私は本書の第三部『国家・ゼロエフ・浄土』から一部省いた。話がうじゃうじゃするからである。過剰に暗鬱になるから。しかし、うじゃうじゃをやってみよう。

第二部『4号線と6号線と』の、とうとう国道6号線に入った件《くだ》りだ。いや入る直前だ。この本の九十七ページめ、そこに〈常磐線に乗る。／宮城県山元町の坂元駅で下りる。国道6号線はほんの少し先。三人で歩き出す〉とある。ここには嘘がない。ないから問題なのだ。坂元駅は、新地駅の隣り駅であって、五キロほど北。その福島県内の新地駅も、また同様にＪＲ常磐線に所属する富岡駅（福島県内）も、私は二〇一一年と二〇一三年、二〇一五年に見ている。いや「見られない」と確認している。どちらも駅舎が流されたのだ、津波で。だから私は跡地を……土台だの、鉄路《レール》の残骸だの、を見た。常磐線における駅舎流失――という最悪の罹災――はこのふた駅である、と認識していた。それは……福島の人間として、そう認識したのだ。私は何を言いたいのか？　何を告白したいのか？　坂元駅は、その日（二〇二〇年七月三十一日）、電車から下りたらぴかぴかだった。ああ、ぴかぴかの新築駅だなあ、とは思った。改札の向こう側で、ＮＨＫが撮影カメラ（カメラマン）、音声マイク（音声マン）、そしてディレクターと三人揃い踏みにて待機していた。構外でだ。そういうのが視界に入って、ああ、急がないとなあ、と思った。私は「映ること」すら意識していた。そして観察も、思考も怠った。観察も・思考も・だ。知らなかったことは許す。私は、宮城県内のどの鉄道のどの駅（駅舎）が、いかに被害をこうむったか、に無知だ。あらゆることを「知る」のはどだい無理だし、望んでもならない。そう、だからそれはいいんだ。けれども、どの鉄道だったのか？　坂元駅の所属はＪＲ常磐線だった、しかも新地駅の、たったひと駅さきだった。県境《けんざかい》いを越えたから（とは「他県ネタだから」の謂《い》いだ）との理由で、私は、その情報を持っていない。漏らした。だがそのことは大目に見て、どうして私は「真新しい駅舎が、ここにある。なぜだ?」と立ち止まらなかったのか?

旧《ふる》い坂元駅は流失した。

二〇一一年三月十一日に。

イエス、私は大馬鹿者である。

これが経緯《いきさつ》だ。事の次第の一部で(も)ある。このこと——駅舎流失は計三駅——に後日気づいてしまったこともあって、私は阿武隈《あぶくま》川の河口からの、また、旧河口・鳥の海からの縦断が要ると判断したのだ。虚《うつ》けは、歩いたほうがいいぜ、と言われた。自分自身に。

しかしおれがおれを叱ってばかりでは芸がないから、やや高いところから物を申してみる。前言撤回だ。私は**死者たち**を次のように定義する。もはや納税者とはなりえない存在(国民)と。国家というのを〝国民を護るもの〟だと規定するならば、護るためにどうしているのかといえば、課税している。護る方法はいろいろある。軍事力の話もできる。これは国家の外側《そと》からの攻撃に対して、護る。そして自衛隊はもちろん税金で維持・運用され(てい)る。国家の内側《なか》での護り方は、たとえば社会福祉・社会保障の確立が図られる、等。その具現はもろもろ税金でやってる。となると、こう言える。国家が、死者たちを黙殺するのは、当然であると。原理的に考察したならばかかる結論になるわけだが、しかしながら、見よ。黙殺という語のおどろおどろしさを。「黙って殺す」ときた。いいかね、死者たちはすでに一度死んでいるんだぜ。それをまた殺すのか？

私は、そんなふうに「国家」に言いたい。だから理念を翳《かざ》したんだ。

この世界が〝正論〟では動いていないとか、動かないとか、問題もいっこう解決しないんだったら、それ以外の術《すべ》はない。

私は、国家が他国《よそ》から国民を護る、また国内《なか》の暮らしを護ると言った。守護に警護、保護に庇護。そして、もっともっと理念的な「国家」のことだ。「国家」が、死者たちに視線《まなざし》を向けるのならば、これは〝外〟にでも〝内〟にでもない、〝過去〟にちゃんと目をやるということだ。それができるのならば？　視線《まなざし》は〝未来〟にも向けられ（う）る。つまり、死者たちに目を向けて、それからやっと――やっとなのだ――いわゆる「核のゴミ（高レベル放射性廃棄物）」の処分にちゃんと頭を働かせられたりする。「国家」は、である。

いいんだよ。原発を推進しても、原発に反対しても。

しかし〝未来〟と〝過去〟は表裏一体でしょうよ。

おれに言わせんなよ。


二〇二〇年十一月三十日、私たち（私と学）は懸命に旧・坂元駅を探した。その跡地を。復興用の道路建設の現場をうろうろした。だがしかし、どうにも発見できなかった。ここのはずだ、そこのはずだと探し求め、眺め、足掻いて、それでもないものは、なかった。

さらに増築する。もういちど優しみに戻りたいから。
たぶん、それがこの本に必要だ。

二〇二一年一月十六日

古川日出男

佐藤那美さんは宮城県の荒浜出身の音楽家である。その佐藤さんの曲をここのところ聴きつづけている。音楽にはいろんなタイプがあると思うが、それらはひとまずアンビエンス（環境）という言葉が鍵になる音楽だ。たぶん「風景を見せる」ということを意図しているのだなと感じる。それは被災地の、巨大津波の被災地の、そこが郷里《ふるさと》である彼女の、あるいは彼女が接した人たち——〝過去〟において——の、また接する人たち——〝未来〟において——の、風景《それ》なのだろう。私が私なりに評言として出せるのは、この人の音楽は「空間が広いか、狭いか」の問いを無効にする、ということだ。ただの一点、ただの一瞬に、どれだけの密度を込められるか。そこが問われていると思う。それは音の〝厚み〟というのとはぜんぜん違う。その密度を感受するのは、ただただ心である。

そういう音楽に触れられて、ありがたいなと感じつつ、私は再度の告白に入る。佐藤那美さんが宮城県の荒浜の出だから、その存在を、その音楽の存在を私は知った。それは自分が亘理町の荒浜にゆき、この荒浜地区に泊まったり、荒浜のことを考えつづけたりしていたからだが、佐藤那美さんというのはここを郷里《ふるさと》にしているのではなかった。宮城県内ではある。しかしながら仙台市の荒浜の出身だった。そこは若林区の一部である。そして、そこ――若林区の甚大な津波被害であれば、知っていた。けれども宮城・仙台・若林と続いて、その先のちいさな単位名《ユニット》までは、私の認識は追いつかなかった。ゆえに思い違いというのは生じてしまって、そして、それでよかったのである。音楽《それ》に、触れられたから。言い方を変えるならば、その荒浜も、あの荒浜も、知れたのだから。私はさまざまに風景を喚《よ》び起こされたし、さまざまに風景を増やせた。

もしかしたら私は、自分が「他所者《よそ》でよかった」とすら思っているのだ。

あっさりと越えられる境界もある。

歩行の距離をのばすように、私は補足の文章をのばした。

私は栃木と福島の県境い、福島と宮城の県境い（北へ）、宮城と福島の県境い（南へ）、福島と茨城の県境い、と徒歩《かち》でやったのだから、ここでも「越える境界」のように、ある一つのことをゴール視する。生まれ落ちると始まるものが、終わると絶える。そういう境界線が、ある。

つまり、やはりもう少し母のことを書いておきたい。

私は、母が私のデビュー作『13』を読了したことに驚いた。それは原稿用紙で千百枚を超える大部《たいぶ》の小説であったのだ。感想まで口にしてもらえ、うれしかった。ちなみに私は、自ら実家に本を送るということをしなかった。しかし、母は書店に行き、買い、読み、そして買いつづけ、読みつづけた。私は、自分が書物を書き著わすことで、母を喜ばせている、喜ばせることができていると知って、本当に本当に驚いた。ちなみに『13』という作品は、中央アフリカの熱帯雨林と日本人少年、という主題・背景を持っている。それがジャングル（おおきな森）であったのは、私がまだ〝ちいさな森〟には触れられなかったからだ。そういうことを口に出せない。語ろうとしても壁にぶち当たる。だから『13』の内部《なか》で日本人のその少年は〝おおきな森〟を彷徨した、茸《きのこ》類を食べて、毒に中《あ》たって幻視をして。……そうなのだ、私は本当は、とても正直なことをその小説に書いている。どうして茸屋の息子が、林業の家の次男坊が、小説を著わす＝物語る人間になったのか、その当時の力量で（たいした力量ではない）、あるいは精神の拘束の内側で（それはぎりぎりと締めつけていた）、やれるかぎり、やった。……だが母の話なのだった。二〇一五年の晩秋から、病《やま》いにより、もう本は読んでもらえない、私の表現に関心を持ってもらえない様態になって、私は、苦しかった。自分の無力さを思い知りつづけた。もはや、何を書き著わそうと、励ませない。

おれに意味なんて、あるのかなあ。

自分の生に対して、ぼんやりと、そう思った。泣きたかった。何度かは、泣いた。

しかし、いま、この本を母に献《ささ》げようと思う。

私自身のことを含めて、言います。

私たちは矛盾している。私たちは間違いをおかす。そこから出発する。いつだって再出発しないと。0《ゼロ》から。

以下は謝辞である。

百数十キロなり二百数十キロなりの歩行をともにした碇本学くんと田中耕太郎くんに感謝する。学は、二度めの歩行（二〇二〇年十一月）の支援もしてくれたが、この際は私は二つの現実を認識し、体験しつづけていて、そういう人間といっしょにいるのは存外きつかったのではないかと察する。とはいえ「はらこ飯」を二度もいっしょに食えたことはよかった。何かを誰かとともに食べることには、記憶を私を超えて肉体に植えつける作用がある。耕太郎が、二〇二〇年三月の終わりに、「五輪の延期が決まって、これで古川さんは歩かないことになるのだろうか、と一瞬考えたのですが、『いいや、きっと止《や》めない。歩くだろう』と思いを改めました。即座に」と伝えてくれたことは、ああ、信頼というのはこういう形をしているんだと私に思わせた。また、アジアン・カンフー・ジェネレーションの後藤正文（ゴッチ）さんにも感謝する。Gotch名義のシングルに『Route 6』があり（つまり6号線だ）、あれはどこをイメージしているの、と尋ねたら、富岡町の辺りを、と答え、この会話は二〇一九年の秋になされたのだけれど、私は「来夏、福島の国道を二つ、縦断してみる」との構想を話した。すると、少しの区間だけでいいから、いっしょに歩きたい、そう言ってくれた。ある意味ではゴッチは最初の同行者だった。新型コロナウイルスが禍《わざわ》いして直前に——たしか三日前に決断した——これが社会情勢的に叶わない、となったのはかえすがえす残念なのだけれども、しかし楽曲『Route 6』はつねに私の歩行とともにあった。頭やら心《ハート》やらに鳴っていた。

そして二度の下見と三度の声援のため、4号線、6号線と車を走らせてくれた甥の古川邦明と、その家族、陽子、陽奈子に感謝する。桃やキュウリの浅漬け、そういう差し入れは沁みた。また陽奈ちゃんとともに、私の出身小学校の校歌にも出る川と、阿武隈川との合流点を見に行けたことは、ああ、この子（陽奈子。まだ二歳だ）もいずれ同じ小学校に入るんだな、と後で思わせて、そこには永続の感覚が、はっきりと、あった。いまもある。希望である。

また、もちろん私は歩行に対して不安を抱えていた。準備段階でのことだけれども。それを和らげられたのは、医師の鍋島悠子さんとインストラクターの大久保祐子さんのおかげである。熱中症対策は、とらねば危険すぎた。身体は、まる七ヵ月かけて鍛えなければどうにもならなかった。こうして書いてみるとダブルゆうこさんだと気づいた。ありがとうございます。

そしてNHKチーム。十九日間をともにしてくれた、ディレクターの籾木佑介さん、撮影の川下修司さん、音声の河合清志さん、ありがとうございます。私は、テレビ番組の素材にするには面倒すぎる人間だと思う。だいたい『4号線と6号線と』の記述だって酷《ひど》すぎる。ああいう、テレビ（の制作）への当たりのきつさは、やってはいけない。いけないのだけれども、嘘をつかないのがルポルタージュの姿勢であるべきだとは原則的に感ずる。なので書いてしまう。そういう面倒さを許されよ。プロデューサーの宮本康宏さんにも最大限の謝意を表する。じつにじつに助けられました。宮本さんがいなかったら、私は一回半ほどダンプに轢《ひ》かれたと思う。

番組制作陣を離れると、私が最大の感謝を口にしなければならないのはＮＨＫの鍋島塑峰さん（ＥＴＶ特集のディレクター）である。「ひとかたならぬお世話になる」というのはこういうことを言う。さまざまなプランニングの、裏側というか、外側からの支援に、またアドバイスにどれほど助けられたか。

そして、あえて名前を繰り返しては記さないけれども、現地（福島県・宮城県内）で会った方々には、これはもう、「啓発されました」としか書けない。私は、あなた方にお目にかかれてよかった。あなた方のお話を傾聴できて、自分を変えるということをやすやすできた。それにしても、宮城に至っては、本文内にお名前――実名――を出すのは事後承諾だった。ご許可がありがたすぎます。

また、夏の歩行時には私は「４号線と６号線と」のロゴ入りタオルを首に巻けた。そういうタオルをデザインしてくれた椚田透さん、そういうタオルをこっそりプロデュースしてくれた浦谷晃代さんにも謝意を。そして、この二人とも朗読劇『銀河鉄道の夜』の関係者なのだから、このチームの顔ぶれをここに記すと、管啓次郎さん、小島ケイタニーラブくん、柴田元幸さん、関戸詳子さん、川島寛人くん、河合宏樹くん、北村恵さん、朝岡英輔くん。ほか、「始《スタ》動《ート》以来の関係者は……」となると延々増えるので、もうしわけないけれども最近二、三年のチーム構成員に限定した。河合くんは、映画『ほんとうのうた　～朗読劇「銀河鉄道の夜」を追って～』の監督であり、彼がここに「うた」との語を用いたことは、歌と音楽の本質的な違いはなんだろう、もしかしたら前者に song という英単語を宛《あ》てて後者を music とするより、music の魂の部分を「うた」——平仮名のうた——と考えるべきかもしれない、と、そういうふうに私に思わせた。そういうのは国と国家（の差異。厳然とあるもの、本質＝深みに横たわるもの）を考えるのと似ている。

福島民報社の秋山義仁記者にも深謝したい。また、当時の文化部長の佐藤克也さん、編集局長の鞍田炎さんにも。私の無謀さへの全面的な理解に、「背中を押してもらえるとはこういうことだな」と思った。

また、「ただようまなびや　文学の学校」の事務局長である森彰一郎くんには、じつに多様な局面で精神的なサポートをもらった。同じく「ただようまなびや」のスタッフである椎根聡人くんが映画『百万人の大合唱』のＤＶＤを手配してくれた。この映画には五十年前の阿武隈川が映る。そのことに私は（どうしてだか）とても胸打たれる。「ただようまなびや」では松本文章くんにも相談に乗ってもらった。

そして古川幸治くん、城下和子さん。感謝です。

この本『ゼロエフ』を書きながら、決定的な過ちはおかさないよう、とことん努めたつもりだけれども、記憶違いはあるかもしれない。いや、私の記憶のことだから、ある。私は幼少期にさかのぼり過ぎたので。だが、さかのぼってみたらわかった。いつもいつも、私の周りに環境《アンビエンス》があった。いっぱいの人たちがいたし、いる。

本書のためのいちばん大切な「環境」は、講談社が植えて、育んでくれた。何人にもお礼を述べたいが、絞り込む。文芸誌「群像」の北村文乃さん、文芸第一出版部の森山悦子さん、ありがとうございます。現「群像」編集長の戸井武史さんと〝雑誌の方向性（今後の「群像」）〟について話す機会が仮に持てなかったとしたら、たぶん、この『ゼロエフ』はない。そのことに感謝するとともに、私を「群像」に本格的に書き手（小説家）として起用してくださった前々編集長の亡き佐藤とし子さんに、特に記して感謝したい。

二〇二一年一月十八日　東京都内にて

古川日出男

古川日出男（ふるかわ・ひでお）

小説家。1966年福島県郡山市生まれ。早稲田大学文学部中退。98年『13』で小説家デビュー。2001年刊の第4作『アラビアの夜の種族』で日本推理作家協会賞・日本SF大賞、05年刊『LOVE』で三島由紀夫賞、15年刊『女たち三百人の裏切りの書』で野間文芸新人賞・読売文学賞をそれぞれ受賞。16年「日本文学全集」第9巻『平家物語』の現代語全新訳を手がけた。他の代表作に『森　おおきな森』『ベルカ、吠えないのか？』『聖家族』『馬たちよ、それでも光は無垢で』『南無ロックンロール二十一部経』『ミライミライ』などがある。小説執筆のほか脚本、演出、朗読、他ジャンルのアーティストとのコラボレーションなど、多彩な表現活動を行っている。本作が初のノンフィクションとなる。

http://furukawahideo.com/

装幀　水戸部功

写真　著者

初出　福島のちいさな森　「群像」二〇二〇年四月号
4号線と6号線と　「群像」二〇二〇年一一月号
国家・ゼロエフ・浄土　「群像」二〇二一年三月号・四月号
長い後書き　書下ろし

ゼロエフ

二〇二一年三月三日　第一刷発行
二〇二一年八月二日　第二刷発行

著者　古川《ふるかわ》日出男《ひでお》
発行者　鈴木章一
発行所　株式会社講談社
東京都文京区音羽二―一二―二一
〒一一二―八〇〇一
電話　出版　〇三―五三九五―三五〇四
販売　〇三―五三九五―五八一七
業務　〇三―五三九五―三六一五
印刷所　凸版印刷株式会社
製本所　株式会社若林製本工場

定価はカバーに表示してあります。

ISBN978-4-06-522793-0　N.D.C.916 336p 20cm